下の誓い
満月はひとつに重なり合った二人をほのかに照らし続けながら、その誓いを見届けた。

# 月下《げっか》の誓《ちか》い

向梶《むかじ》あうん

*ILLUSTRATION*：日野《ひの》ガラス

# 月下の誓い

LYNX ROMANCE

CONTENTS

# 月下の誓い

――なぜ、自分は生きているのだろうか。

漠然と心に広がる冷たい感情に傷つきながら、シャオは始まった暴力にさらに背を丸めた。

「この役立たずめ！」

抵抗を諦めて身体を縮めるシャオを、男は唾をまき散らしながら大声で喚《わめ》き、容赦なく蹴り上げる。微《かす》かな呻《うめ》き声が零《こぼ》れるが、繰り返し振り上げられた足はまた下された。

靴底は脇腹に深く入り込み、苦しみに開いた口からは一筋の血が流れる。それを拭うことも許されないまま非道な痛みは小さな身体に降り注いだ。

これは受け入れるしかないものだ。反抗することも、逃げ出すことも決して許されない。なぜならシャオは、そういう立場であるのだから。

無抵抗の身体に絶えず暴力を振るっているのは主《あるじ》であり、そしてシャオは彼に買われた奴隷だった。

本来奴隷を個人が買い持つことはほとんどないのだが、シャオは痩せていて誰も欲しがらなかったため安く売られていた。それ故に一介の農夫である今の主でも手を出せるほどの値段になっていたのだ。

この男にシャオは買われた。人生だけではない。自由も、人間としての尊厳も、一瞬の平和さえも、すべて含めて。

無理矢理働かされ、こうして殴られ、蹴られる。仕事で失敗すれば勿論《もちろん》、鬱憤《うっぷん》を晴らすためだけのときもある。そこに正当な理由など存在せず、だからといって過ぎた暴力に異を唱えることは許されない。たとえそれが気まぐれなものだとしても。

ただ身を縮め、主の気の済むまで捌《は》け口《ぐち》になるしかなかった。

今は、シャオが山から拾ってきた木の枝を運んでいる最中に躓《つまず》き、転んだ拍子に背負っていたそれらを道に散らしてしまったことが原因だった。すぐに謝罪して枝を拾い集めようとしたがすでに遅く、伸ばした手を踏みつけられて現在に至る。

主がこうなってしまったからには、しばらくこの状況は続くのだろう。そうして終われば狭い物置小屋にでも閉じ込められ、食べ物も毛布もなにも与えられず夜を明かして。そしてまた、いつものように日も昇らぬうちから働かされるのだろう。

これまでの経験から、それはほぼ確信ある予想であった。ひどいときには吊《つ》るされたまま一晩を過ごしたこともある。

過去の折檻《せっかん》のことを思い返しているうちにも身体は痛みを与えられ、やがて変化が起き始める。

蹴られ続ける背中の感覚がなくなってきた。加減などない暴力のはずなのに、痛みが鈍い。

折り畳んだ足も、白くなるほど握った指先も、歯を食いしばっているのかさえももうわからない。

このまま、死んでしまうのだろうか。

いつしか鼓膜まで乱暴に叩《たた》く王の声も聞こえなくなり、痛くもなくなり、そうしたら自分は終わってしまうのか。――終われたら、楽になれたら。どんなにいいだろう。

感覚が失われていくということを確かに感じながら、焦りも恐怖もなくただそれを受け入れる。

身体も冷えきり自分という存在が端から消えていくなか、ふと、気がついた。

とても、目元が熱かった。焼けてしまうかと思うほどに。その熱はすうっと目尻を伝って肌を流れていく。そこでようやくシャオもそれの正体を思い出した。

久しく感じなかったもの。まだ、自分に残っていたもの。

――ああ、そうだ。

これは涙だ。忘れた振りをしていた感情だ。こんなに喉が渇いていても、それでも涙は出るのか。

これまで抑えてきた想いが一度形をとれば、もう止まりはしない。子供が加減もわからず玩具を振り回してしまうより性質《たち》が悪い暴力を振るわれながら、身を丸めながら、声を殺したまま静かに涙を流す。シャオはもう、身も心も限界を迎えていた。とうの昔におかしくなっていた。

きっと今流す涙が涸《か》れたとき、そのとき本当に自分は壊れてしまうのだろう。なにもかも終わってしまうのだろう。

生者をのみ込む底なしの沼に、シャオはもう半身を浸《つ》からせている。縁にしがみつく手を放してしまえばあとはもう奈落の底だ。

もう嫌だ、もうたくさんだ——と、ずっと終わりのない苦痛から逃れたいと思っていた。それなのにどうしてか、シャオの手はここで踏ん張っている。

芯まで凍える場所で、生に耐え続けることはもうできない。いっそ自ら死の世界に飛び込めばいいのに、引きずり込もうとする闇はあまりにも恐ろしくて。

すべての感覚が遠ざかっていくなか、あまりにも熱く頰を濡らす涙が、死よりも強く望むものを口にさせる。

「——け、て」

か細い声出たが、罵詈讒謗《ばりざんぼう》に搔《か》き消される。

シャオはもう一度声を絞り出した。

「たす、けて……！」

誰か助けて。この痛みから、苦しみから。迫る恐怖から、救い出して。自力では這《は》い出せないこの場所から、誰か。

死ぬことは怖い。死にたくない。本当は生きたい。でも一人ではどうしようもなくて。

先程よりわずかばかり大きくなった声。だが、それでも怒鳴り声に覆い隠される。そんなものが周囲に届くわけもないと、シャオ自身理解していた。

たとえどんな大声を上げたところで、傍らで耳をそば立てている者がいたとして。それでもきっとシャオの言葉は誰にも届きはしない。わかっている。わかっていて、無駄と知りながら言葉にしたのだ。

なぜなら、助けを乞うている者は人間ではない。

〝シャオ〟ではなく〝奴隷〟なのだから。

奴隷が粗相をし、それを主が叱っているだけのこと。必要以上な折檻だとしても、自身が所有する奴隷をどうしようが主の自由であり、与えられた権利である。

自分の立場について説明を受けているわけではないが、日々与えられる言葉で、行動で、それはシャオの身体に教え込まれていた。周囲の反応も、シャオの扱いはなにも異常なことはなく、全って正常であることを示している。

　シャオが生きるこの町は、世界全土の中でももっとも広大な地域を統治する大国シヴァンに属している。シヴァンは他国を侵略し領地を広めていった武力国家であり、その戦力の一端は奴隷によって支えられていた。

　捨て駒として最前線に立たされ、ときに兵士の盾とされ。彼らは意思ある者でなく、まさに道具として扱われる。男であれば徴兵されることが多く、ろくな装備も与えられないままに戦場に立たされた。戦争がなければ普段は主のもとで肉体労働をさせられる。

　逃げれば惨《むご》い刑罰が科せられた。戦地に赴けばひとまずの食事は確保され、粗悪ながらも屋根とぼろきれのような毛布が置かれた寝床が用意され、奴隷という立場のなかでもいくらか優遇される。功績が認められれば今の身分から解放されることもあり、現状を打破したい者であるならば、己の肉体が傷つく争いを厭《いと》うより、むしろ自ら率先して参戦したのだった。だがこれまでに奴隷から一般市民に戻ることのできた者どもが、実は国が送り込んだ役者であり、実際に自由の身となった者がいないことは当事者たちだけが与《あずか》り知らぬ周知の事実だ。

　見るからに非力であったり、病や年齢によって戦えなかったりする者、あまりに心が弱い者は統率を乱し士気を著しく低下させることから候補からは外される。

　奴隷に堕《お》ちた者に多い黒髪を持つシャオもまた、本来は戦争の駒とされるべきだった。だが物心ついた頃から劣悪な環境に置かれていたせいか、成長が芳しくなく、身体も木の枝のようにどこも頼りないほどに細いのだ。そして臆病でいつもなにかを恐れているような姿はあまりに頼りなかった。

　身体的にも劣り、その怯《おび》えようは周囲にも影響しかねないと、シャオは国から戦には不要の者だとされた。戦地を知らないからこそ悲惨な扱いを受けている。だがたとえ役に立たないという烙印《らくいん》を押されたとしても、多少優遇される場所にいられたとしても、やはり奴隷は奴隷である。

　今まさに道端で繰り広げられている奴隷への暴力。時折その脇を無関係な町人が通ったが、誰一人として惨い行いを止めようとする人物はいない。それはシャオであってもの奴隷であっても同じ反応であっただろう。

　はしたなくない程度に様子を一瞥《いちべつ》するだけで、あとはなにも聞こえていないかのように歩き続ける。

　いつもそうだった。人目の多い場所であろうとも、今まで救いの手を差し伸べた者はいない。

　シャオはもうそれを理解している。ちゃんと、わかってはいるのだ。

　心の底から絞り出した、救いを求める声。でも誰も見向きもしない声。それでもなにかを変えたいのなら、変えてほしいのであれば、もっと張り上げなくてはならない。だがそこまでする勇気はなかった。

　主には逆らうな。そう躾《しつ》けられた。こうして密かに叫ぶことさえ本当は許されないことである。

　現れぬと知る助けを乞うくせに、なにかの変化を求めるくせに、主の逆鱗《げきりん》にすら触れられない声を上げては啜《すす》り泣いて。これでなにが変わるというのか。

もはや主は人形のように、規則的にシャオを踏みつける。いや、人形なのはシャオ自身かもしれない。殴られてもただ丸くなるだけなのだから。

　激しく罵る主の声ははるか遠くのものとなり、視界さえも暗くなっていく。

　完全にシャオの意識が闇に落ちようとしたそのとき、暴力を振るう主人の足が突然止まった。

「な、なんだおまえはっ」

　かろうじて聞こえた主の声は上擦り、なにかにおののいているようだった。

　力を入れていた身体を少しばかり緩める。頭に回していた腕をそっと解き、主人に気がつかれないよう、乱れた髪の毛の隙間から周囲を覗《のぞ》き見た。

　シャオから数歩離れた場所にこれまでいなかったはずの第三の人物が立っていた。くるぶしまである裾の長い灰色の外套《がいとう》を、目元をすっぽりと隠すように被っている。下から覗く位置にいるシャオにはその素顔が見えているはずだが、今は目が霞《かす》んでよく見えない。だがぼやっとした視界でも、その外套の人物がシャオより背が高い主と並んでも、頭ひとつ分さらに高いことがわかった。肩幅も広いようだ。

男、なのだろうか。

「なんだおまえ。なにか言いたいのか！」

じり、と足を引きずりながら主はわずかに後ろに下がった。警戒心を隠すことなく自分よりも背の高い外套の人物に対するが、相手はなにも応えない。口も動かなければ、露出する数少ない部分である指先も動かなかった。

去ることさえしようとしないが、虐《しいた》げられていた奴隷の傍らにわざわざ立ち、主に身体を向けているのだから、なにかしらあるだろう。

「いいか、こいつはおれが買ったんだ。なにをしようがおれの自由。わかったならさっさとどっか行っちまえ！」

主が鼻息荒くまくしたてるも、それでも外套の人物は動かない。

主もそしてシャオも困惑し出した頃、ようやくその人が動きを見せた。

すうと腕を前に出すと、手にしていたらしいなにかを主に向かって投げる。それはシャオの頭上を、きらりと弧を描き飛んでいった。

日の光に煌《きら》めきながら、それは反射的に出された主の掌《てのひら》の中に吸い込まれていく。

目で追いかけながらも、未だ暴力のあとで霞む視界ではその正体はわからなかった。

自分の手の中に収まったそれを見た主が顔色を変えた。

「こ、これは……!?」

慌てたように顔を上げ外套の人物を見る。そんな主の様子に外套の人物は、一切口を開かないままにシャオを指差しただけだった。

シャオは痛む身体を奮い立たせ、どうにか上半身だけを起こす。

傍らに立つ外套の人物を見れば、そのとき主が声を上擦らせた。

「ま、まさかこいつを買うと？」

――か、う？

主がこいつと示す人物はこの場にシャオしかいない。それくらいのことは無学な頭でもわかることで、買うとはつまり、シャオ自身をやり取りしているのだ。

ならば先程投げられたのは銀だったのだろうか。それを見て主は奴隷の買い取りを連想したのだから、銀でなかったとしても今彼の手の内にあるものは、なにか価値のあるものに変わりないだろう。

奴隷の交換や買い取りはよくあることで、それならば個人同士でなされることもそう珍しくない。だからこそ自分の身の上で起きている出来事になんら違和感はなかった。

だがひとつだけ、思うところがある。

一体なぜ、シャオを買おうなどと思えるのだろうか。使えないからこそこうして主に叱られているというのに。

しかし、シャオの疑問など問題ではない。

主はしばらく考え込むように沈黙し、手元を見つめてにやりと笑う。

なにか思いついたらしく、農夫らしからぬ、まるで商人のような顔つきになっていた。

媚《こ》びるように目尻を下げると、猫なで声を出す。

「ちょっと、ねぇ……いくらなんでも、奴隷をたった金一粒で売るわけにはいきませんよ」

先程までの悪態を一変させ手をこまねき、こいつは高かったんです、と笑う。その言葉を傍《はた》から聞いていたシャオは目を見開いた。

確かに、主は金一粒と言った。〝たった〟金一粒じゃ奴隷は、シャオは売らないと。ならばあのとき投げられたのは銀でなく金だったのか。

耳に届いたあまりの金額に、思わず商売をする主に目を向けそうになる。しかしそうしてしまえばまた殴られるかもしれないと思い直し、向けかけた顔を慌てて下げた。

視線の先一面の地面を呆然《ぼうぜん》と見つめるも、戸惑いは胸の中で薄く広がっていく。

シャオは、銀五粒で今の主に買われた。銀は七粒で金一粒と同等の価値になるものだ。

いくらシャオが非力なあまり売れずに残っていたとはいえ、通常は金一粒ほどで取引されるものである。その事実をシャオは知らなかった。売られた当時理解していたのは、自分は安く売られたということだけである。しかし、だからこそシャオは自分の身にそれほどの価値しかないのだとも知っていたのだ。

なぜ主の怒りに触れていたシャオを外套の人物が買おうとしているのかわからない。役立たずな白分には金一粒の価値すらないだろうに。

もしかしたら外套の人物は、人を――奴隷を買ったことがないのだろうか。

そうであるなら、叱られているシャオを買うなどと酔狂な行動に出るのも頷《うなず》けるし、奴隷の相場など知らないことも十分にあり得る。ならば、まんまと主に騙《だま》され、買い取ろうとする奴隷の価値以上のものを差し出してしまうだろう。

一体どうなるのか。自身の行く末を案じる傍ら、外套の人物にちらりと視線を向けてみる。

ちょうどその人が、先程のように主にものを投げているところだった。今度こそシャオの視界もそれを捉える。小さな金色の煌めきがふたつ、宙で光を反射した。

主の手の中にひとつめと同じに吸い込まれるよう飛び込んだそれらを、愕然《がくぜん》とした気持ちでシャオは見つめる。経過した時間のおかげか視力は回復し、主の脂肪のついた厚い手の内になにが収まったのかわかってしまった。

あれは、金だ。金を二粒、外套の人物はさらに寄越したのだ。

シャオは襤褸《ぼろ》のような麻生地の薄い布の上からわかるほどに痩せっぽっちのちびで、男のわりにそれほど筋肉がついていない。頭もよくないのかろくに仕事も覚えられず失敗ばかりで、毎日のように主に叱られる、そんな役立たずの奴隷なのに。――もうじき、捨てられる身であったはずなのに。

　強欲を見せた主もさすがに合わせて金三粒を持つ手を震わせて、それらを失《な》くさぬようにと両手で強く握りしめる。抑えきれない喜びで顔をくしゃくしゃにしながら、陽気な笑い声を上げた。

　嬉《うれ》しそうに弾む主の声音をシャオは初めて耳にする。怒鳴ったり、機嫌の悪かったりする彼の声しか聞いたことがなかったのだ。

　シャオを手に入れたときの倍以上の金を手にした喜びを隠しきれない主は、長年酷使した奴隷に目を向けることはなかった。その視線の先にはもう、手にあるものしかないのだろう。

　商売をした相手さえ見ずににんまりと浮かべていた笑みを、奴隷の主であった農夫ははたと気がついたように整え、軽く咳払《せきばら》いをした。それでもすぐに緩んでしまった頰のままに口を開く。

「どうぞどうぞ、それはもうあなたさまのものですよ。連れて帰ってお好きに使ってくださいまし。ではすみませんが、わたしはこれで失礼します」

　早口でそれだけを告げると、主は手の内のものを大事そうに胸に寄せる。あっさりと二人に背を向けると、シャオを置いて、先程の怒りの原因だった枝も散らしたまま家に向かってしまった。

　残されたシャオはあまりにもあっさりした態度に呆然とする。しかしすぐに自分がなすべきことを思い出し、びくびくとしながらそっと外套の人物と距離を取り体勢を正した。

「あ、の……このたびは、おっ……わたくしを――」

　外套の人物――新たな主に、シャオは硬い地面の上で膝を折り揃《そろ》え、両手をつけて頭を下げた。

　役立たずでしかない自分を買ってくれたことに礼を述べようとするが、うまく舌が回らず、次の言葉がなかなか出てこない。

　奴隷の譲渡はままあることだが、自分が金三粒という高額な値で取引された理由が理解できず、シャオは混乱するばかりだった。それでなくても普段からあまり話す機会がないため、言葉を声に乗せることがひどく苦手なのだ。

それでも耐えかねる暴力から救ってくれた新たな主に、感謝を伝えようとする。

「わたくしを、か、かっていただき、まことに——ぁっ!?」

つっかえてばかりのたどたどしい言葉は途切れ、シャオは小さな悲鳴を上げた。地に預けていたはずの身体が突然、ふわりと宙に浮いたからだ。

置き場を失った手足は無意識に暴れ、その不安定さを和らげようと咄嗟《とっさ》に近くのものにしがみつく。

触れたものが新たな主の外套に覆われた長身だと気がつき、慌てて離れる。しかし結局のところ均衡を崩してしまい、シャオは目の前の胸に自分の身を押しつけるように間を詰めた。

膝を抱えられ横抱きにされたことをようやく理解したシャオは、思わず暴れそうになったが、すぐに背中の痛みと自身の立場を思い出して大人しくする。

腕に抱えた者へなにか言葉をかけるわけでもなく、外套の人物は静かに歩き出した。

胸に顔を寄せてもなおも声をかけられなかったため、小さく震えながらも少しばかり身を預け素直に運ばれる。

その間、顔を上げることは恐ろしくてできなかった。


ふと目を開けると、そこには木が入り組み作り上げられた見慣れぬ天井があった。

「——……っ?」

身動きをすると布と肌が擦《こす》れる。驚いたシャオが視線を自身へ向けてみれば、寝台に横たわっていた。さらさらとした手触りの敷布に慣れない。

いつもだったら牛舎の隅にいるはずだが、ここはまるで見知らぬ場所だ。夢なのだろうかとも思ったが、目に映る手の汚れや、身体中に残る鈍痛が、これは現実だと教えている。

上半身を起こしてみれば、普段ならば目覚めたときに感じる、身体が固まったような軋《きし》みがなかった。相変わらずなにかがとり憑《つ》いたような重みはあり、暴力の名残も身じろぎしただけで息を詰めてしまうほどにはあったが、この程度ならばいつものことだ。

　身体はまさしく自分のものなのに、なぜ寝台などで寝ていたのか。

　困惑しつつも、シャオは眠る前の記憶を思い返してみる。

　すぐに頭に浮かんだのはあの外套の人物。取引が済んだ後、シャオはその人に抱えられ運ばれたのだ。

　今までの疲れもあったのだろう。わずかに揺れるその感覚が心地よく、寝てはいけないとわかっていたが、気を失うようにその腕の中で眠りについてしまったのだった。

　思い出せばさあっと全身から血の気が引く。前の主から受けた傷がすべて蘇《よみがえ》るように痛み出した気がした。

　なんという失態を犯してしまったのか。〝主〟に運ばせてしまったうえ、愚かにも寝てしまうなど。そんな自分に一体どんな罰が与えられるのか想像もつかない。

　未知の恐れに強く自分の身を掻き寄せたとき、左の腕を摑《つか》んだ右手に覚えのない感触が当たった。

　視線を向けてみれば、左腕には汚れた身体と正反対の真っ白で清潔な包帯が巻かれている。よくよく自分の身体を見てみれば、あちらこちらに包帯だったり、布が当てられていたりした。それに気がついてようやく草の香りが鼻に届く。

　それらは紛れもなく治療の痕だった。処置され隠されている部分には、前の主から受けた傷があるはずで、一番初めに触れた左腕の場所には目も当てられないほど化膿《かのう》した傷があったのだ。そこから特に強く、青い香りがする。

　いつの間にか身体の震えが止まり、今度は表しようのない不思議な気持ちがシャオの心を包んだ。

　戸惑いにも似たそれに呆《ほう》けていると、不意にこつこつと足音が聞こえた。恐らくあの外套の人物なのだろうと考え、慌てて視線を下げる。

　以前の主は視線が合っただけでシャオを殴ってきたので、目を合わせないようにすぐ俯《うつむ》く癖がついていた。

ほとんど反射的に顔を下げれば、足音は確実にシャオへと近づき、やがて寝台の傍らまで来て止まる。下に向けた視界にあのときの長い外套の裾と靴が映り、心臓は痛いほど高鳴った。どっと冷や汗が噴き出て恐怖に身体が震え始める。

耐えようと自分の手を睨《にら》むように見れば、いつの間にか掌の中に毛布が巻き込まれ握りしめられていた。

毛布に寄る皺《しわ》に、はっと自分が過ちを重ねていることに気がつく。

埃《ほこり》まみれの身体で寝台の上にいるだけでなく、さらには泥のついた手で毛布も汚してしまったのだ。そろりと左手だけを退《ど》ければ、乾いた泥がそこにすりついてしまっている。

慌てて寝台から出ようと、転げるように温もりの中から出ようとすると、ぐいっと大きな手に肩を摑まれた。

「っ——」

思わず上を向いた目に映ったのは、外套の人物だった。片手にはなにやら盆のようなものを持っていて、空いたもう片方の手でシャオの身体を寝台の中へ押し込む。その人はシャオを同じ体勢に戻すと、跳ねのけられて乱れてしまった毛布をかけ直した。

好きなように動かされても、シャオは一切反応ができなかった。それらを気にする余裕が吹き飛んでしまっていたからだ。

いつもならば相手の顔を見ればすぐに、奴隷として躾けられたがために下がる視線。だがシャオの灰眼は今、晒《さら》されている外套の人物——新たな主の顔に釘《くぎ》づけになる。

室内であるからか、シャオが気を失う前は目深く被っていた覆いは、今は首裏へと垂らしてある。そのため、その人を隠すものはない。

新しい主はやはり男だった。それは高い背に外衣の上からでもわかる広い肩幅から予想ができていた。男であったことはむしろ納得さえしている。

しかし——。

シャオの目の前で、男の白く長い髪がさらりと肩から垂れる。思わずそれを目で追うと、上げた視線の先で赤い瞳と目が合った。

その瞬間、心臓が激しく高鳴った。

先程のものは恐怖だ。前の主から与えられた生々しい傷に、次なる主はどう接するかという不安である。しかし今感じたものはそれを凌駕《りょうが》する暗い感情であり、絶望だった。

長く真白《ましろ》の髪。そして血色の瞳。

まさか彼は——鬼、なのか。

日中は暇なく働くため周りに目を向ける余裕などなく、町に溢《あふ》れる噂にはとんと疎いシャオでも知っている恐ろしい噂がひとつあった。それがこの町の近くの森に住まう鬼の話だ。

その鬼は、白髪に赤い瞳を持っているのだという。

世界に溢れる鬼の伝承はとてもあやふやなもので、悪魔と契約をして異形《いぎょう》へと変えられた愚者ともされているし、森に迷い込んだ人間を頭から食らう、人の形をした化け物とも、出会ったら最後、地獄へ誘う冥界の使者とも言われていた。

以前、森から帰ってこなかった子供が幾人かいたというが、その子らは鬼に食べられたのだと人々は噂していた。ときに見かける白髪の男がやったのだろうと。

いつしか身体をがたがたと震わせ、俯いたまま、気がつかれないようにこっそりと垂れた髪の隙間から彼を窺《うかが》う。荒くなる息を殺すも、そろりと吐いたはずのそれがやけに耳につく。

俯いた視界からは胸元までしか見えなかったが、やはりそこには白い髪が結われることなく流れていた。先程見た男の顔はまだ若く、二十代後半ほどだ。老人には到底見えないのに、それなのに彼の髪は一房も残さず根元まで、赤い瞳を縁取る長いまつ毛までもが白かった。

若くして白髪の者などいるわけがない。生来のものか、はたまたそう変えられたのか。理由は定かではないが常人でないことには違いない。いや、常人であるわけがない。

やはり彼は、鬼なのだろう。ならばこのまま噂通りに頭からばりばりと食われてしまうのだろうか。それとも地獄へ連れていかれてしまうのだろうか。身体の先から切り刻まれ遊ばれるという話も聞いたことがある。

それでもシャオが逆らうことは許されない。買われた以上、男はシャオの主なのだから。

がたりと音がした。男が近くの椅子を引き寄せ腰かけたようだ。

なにも話さない彼が余計にシャオの恐怖を煽《あお》った。いっそのこと情けないまでの怯え様に高笑いのひとつでも聞かせてくれればいいのに、時折こちらに視線を向けるのを感じるだけだ。

いけないとはわかっていても、また毛布を強く握りしめてしまう。そうでもしなければ、今にも男を突き飛ばし、この場から逃げ出してしまいそうだったからだ。たとえ弱りきったシャオの身体では逃げきることはできないとしても、衝動はどうしようもない。

不意に男が上半身をシャオへ傾けた。

反射的に目を閉じるが、すぐにそれは開かれる。毛布が被さる膝の上に、ぽんとなにかが置かれたからだ。

開いた目で認識するよりも先に、ふわりと温かないい匂いが鼻に舞い込む。

「え……あ……」

膝の上に、男が手に持っていたはずの盆が置かれていた。そこに乗せられていたのは拳をふたつ並べたほどの大きさのパンと、両手で持つほどもない器いっぱいに盛られたスープだった。いい匂いはそこから漂っている。

まだできたばかりなのか、それとも温めただけなのかはわからなかったが、スープは自身の熱を訴えるように湯気を上げていた。器、盆、毛布、服——間に挟んだものなどものともせず、じんわりと膝が温まっていくような気がする。

ごろごろと雑に切られた野菜が少し入っただけのスープは、飢えに乾くシャオの干された身体のどこにしまわれていたのかわからない水分を掻き集め、口の中を涎《よだれ》でいっぱいにする。生唾を飲み込めばごくりと喉が動いた。

食べたい――食べたい、食べたい。それだけに頭の中が覆い尽くされ、今すぐにでも飛びつきたくなる。それでも指先ほどにまで縮んだ理性で耐えた。耐えるあまりに、毛布を握る拳がぶるぶると震える。

ちらりと男を見上げると、彼は無言でじっとシャオを見ていた。

恐ろしい赤の瞳が睨んでいる。そう、今のシャオには思えた。

気がつかれないように唇を噛《か》みしめる。

奴隷が主の許可なくして飯にありつけることはない。つまり、男の許可を得なければシャオは目の前の食事を食べることができないのだ。

――なんて、意地悪な人なんだろうか。

どんなに飢えていても、どんなに食べたい衝動に駆られても、もし一口でも食べてしまえばどんなに惨い折檻が待っているかわからない。経験したことがあるからこそ、既《すんで》のところで欲求を押し留めることができたのだ。

男はシャオの目の前に食事を出したまま許可を出さない。耐える奴隷の姿を見て面白がっているのだろうか。これならばまだ目の前にパンの欠片《かけら》すら見せなかった前の主のほうが優しく思えてしまう。届かないものを欲するのと、届くものが目の前にあるのではまるで話が違うのだ。

身体は空腹を通り過ぎ飢えを訴えていて、もう鳴ることさえない。だからなのか、目の前の食事をさっさと与えろと言わんばかりにねじれるように胃が痛んだ。

気配で男が動いたのを察してさらに身体を強張《こわば》らせると、彼は盆に乗せられていたスープの器と匙《さじ》を手に取る。

シャオは息をひそめて、次に起こる主の行動を付った。

恐らく、自分でスープを飲んでしまうのであろう。

だが、男の取った行動はシャオが予想だにしないものだった。

「あ……」

男は匙で零さない程度にスープを掬《すく》い上げると、それをシャオの口元に差し出してきたのだ。

間近に迫る熱に、それに少し遅れて感じた匂いに、一瞬頭が真っ白になる。だがすぐに心の中で頭を振り、唇を噛む力を強めた。

まだ許可は下りていない。それなのに食べることは許されない。

ぎゅうっと震えるほどに拳を握るが、それに気がつかない男はさらに匙を口元へ近づけた。ぴとりと触れさせられ、これにはさすがに困ったシャオは、そっと主に視線を向けてみる。

ぱちりと目が合うと、彼はゆっくりと頷いた。

声に出していいとは言われていないが、これは許可されたのだろうか——頭で考えながらも、もう限界だった身体は答えを出す前にスープを啜っていた。シャオの動きに合わせるように、男は匙を傾け飲みやすいようにしてくれる。

じわりと、口の中が温かな潤いに満たされた。その一口だけで、これまでの強固だった抑えが利かなくなるほどに食欲が暴れ出す。

夢中になって匙に残った雫《しずく》を啜る。冷えきった身体は熱源移動していく様をシャオに知らしめた。喉を通り、胃に流れるまで、その下る速度を感じるほどに。

気がつけば二口めが差し出されていた。思わず飛びつきそうになった身体をなけなしの理性で抑え、シャオは胸の前で両手を振る。

「ひ、ひとりで……たべれます。だいじょうぶ、です」

男はあっさりと匙を入れたままの器をシャオに差し出した。それを受け取るも男は傍《そば》を離れようとせず、じっとシャオを見つめている。

シャオは鋭い赤の瞳を感じながら、今度は自らスープを口に含んだ。

じんわりと、身体の中に熱が広がる。もう一口啜ればもっと温かくなった。パンに手を伸ばせば、シャオの指の圧に耐えかね平たくつぶれてしまう柔らかさ。心の底から喜びが込み上げる。

一般的に見てみれば、特別なものはない日常となんら変わりない食事。それどころかパンとスープだけなのだからいささか質素なものといえるだろう。だがシャオには、奴隷には、質素と呼ばれるものであろうと上等で贅沢《ぜいたく》なものだった。

普段から与えられる食事は一日一回、朝のみ。内容は何日も放置されて石のように硬くなったパンひとつだけのときもあったし、腐りかけの野菜だったこともあった。まずまともなものは用意されたことがない。

課せられた仕事は日が暮れてもなお続いた。誰もが眠っていて当然の時間になって、ようやく身体を休められるというのがシャオの毎日だった。しかし、目覚めは太陽すら昇りきらないうちから始まる。

寝床も劣悪な環境であった。場所は牛舎で、牛たちとともに眠る。冷たく硬い地面の上に、与えられた片手で抱えるほどもない少量の藁《わら》を敷くだけだ。毛布すら与えられなかった。夏ならまだしも、冬にはあまりにもつらい状況に耐えかね、主には秘密で牛たちの腹に身を寄せ温めてもらったこともある。牛たちはまるでシャオの立場を知るように、寝床に侵入してきた小汚い奴隷を追い返すこともなくそっと身を寄せてくれた。それにどれほどシャオの心が救われたことか。

食料は当然足りず、道端の草や木の幹すら齧《かじ》った。度重なる暴力に血を流す身体を手当てすることもできず、ときには熱に浮かされたこともあったが、それでも繰り返される奴隷としての毎日になんの変化もなくて。

もはやシャオの心も身体もとうに限界を迎えていた。人として、他の奴隷たちにすら劣る扱いを受け、精神が悲鳴を上げないわけがなかった。

それなのに今、シャオは生きている。

初めて乗る寝台はまるで、空に悠々と漂う雲の上にいるようにふわふわと柔らかい。大きな布に挟まれる感覚は少し窮屈にも思えたが、それでもつまれまですっぽりと隠れてしまうほど大きなこの温もりは、心にまで届くほのかな熱を生む。

　気がつけば夢中になって飲んでいたスープは身に染みて、柔らかなパンが腹の中を満たしていく。

　それらは、生きていなければ感じることのできないすべてだった。人として生きている証《あかし》だった。

　齧られて一口大にまで小さくなったパンの欠片と、匙一杯ほどのスープを残したところで手を止める。持ち上げて掻き込むように飲んでいた皿を腿《もも》へ置いて、俯いた。

「おい、しい……」

　小さな呟《つぶや》きとともに、ほろりと涙が一粒落ちる。それはぱたりと自身を主張して毛布に吸い込まれていった。それに続いて次々にぱたりぱたりと音を立てて、雫はシャオの瞳から滑り落ちてゆく。

　なんの変哲もないただのパンと、野菜がごろごろと大雑把に切られて入っているスープ。繊細な味付けなどされてはおらず、塩と胡椒《こしょう》が適当に振られただけのそれはあまりにも無愛想だ。けれど――とてもおいしかった。おいしくて、おいしくて、すべて食べてしまうのがもったいなかった。

　スープと毛布に暖めてもらった小さな身体が震える。鼻先がじんと熱くなり、頬もかっと赤くなった。耳にすら熱が集まるのがわかる。

　寒くないのに身体が震えて、痛くも怖くもないのに涙が止まらない。腕で目を擦っても、すぐに滲《にじ》んでは零れていく。

「う、ぅ……」

　嗚咽《おえつ》を押し殺そうとしても、わなわなと震える唇が外へと通してしまう。きゅっと下唇を噛んで耐えようとするが、耳には情けない自分の声が届いた。

　こんなことは初めてで、どうすればいいのかわからない。

　いつも自分が流す涙の理由を知っていた。苦しくて、つらくて、怖くて逃げ出したくて。でもどうしようもできなくて、助けを求めることもできず泣いていた。だが今のシャオはそのどれもに当てはまらない。

腹は満たされ傷は手当てされ、指先まで凍えを知らず、長い奴隷生活のなかで間違いなく今が一番穏やかに時間が流れている。それなのに涙が出るのだ。シャオの頭が優しく撫《な》でられる。大きくて、温かい手。驚いて顔を上げれば、そこにはやはり男がいた。

埃にまみれぼさぼさで、脂で軋む、決して触り心地がいいとは言えない髪を幾度も撫でる。その手を今度頬に添えたときには、シャオの目尻を親指でなぞり涙を拭ってくれた。背中に向かったもう片方の手は、痛みを伴わすわけではなく、ぽんぽんとそこを優しげに叩く。

男は表情を変えることはなかった。ましてや声をかけてくれるわけでもない。だが、その赤い瞳からシャオが消えることはない。初めて見たときは人ならざるものと、恐ろしいものとしか感じなかった赤色から、シャオも目を離せなくなる。

見つめ合ったまま、シャオの頬には止まることなく零れる涙が伝う。鼻を啜れば湿っぽい音を鳴らすが、それでも視線は逸《そ》らされない。逸らさない。

男が手を動かすたびに長く白い髪が肩から滑り落ち、胸の前に垂れ揺れる。やはりそれは人間のものには見えなかったが、シャオを労《いたわ》る手は温かく、紛れもなく人の温もりを教えていた。

――……ああ、この人はおれを、たすけてくれたのか。

ようやく、シャオは気がついた。

目の前のこの男は、奴隷のシャオを買い取ることで、あのひどい主のもとから救ってくれたのだ。でなければ今シャオが受けている待遇が説明できない。

善良な人物であるのだろう。奴隷に食糧を与えるのは義務ではあるが、傷を手当てし、寝台へと寝かしつけ、こうして触れてくることは主の人間性による。前の主とは一度も素肌同士で触れ合ったことはなく、同じ人間ではなくまるで汚いもののように見《み》下《くだ》されていたのに、この男はそんなことをしない。素手でシャオの汚れた身体に触れ、涙を拭ってくれた。上からシャオを見下《みお》ろすことはあっても、見下りのとはわけが違う。そこに冷たいものを感じることはなかった。

　今もそうだ。赤い瞳はまっすぐにシャオを射抜くが、その異形な色彩はこちらを見守っているかのよう。彼が与えてくれたスープのように、寝かしつけてくれた毛布の中のように、その手のように、優しい。

　そんな彼に引き出されるかのように涙は止まらなかった。泣くよりも先に、あのか細い救いの声を聞き入れてくれた彼に伝えなければならないことがあるというのに。それでも嗚咽がシャオの言葉を阻む。

　何度も、何度も、シャオは心の中で鬼と呼ばれ恐れられる男に叫ぶように告げた。

　ありがとうございます、ありがとうございます。こんなおれをすくってくださって、ありがとうございます。

　彼に聞こえない言葉を繰り返しながら、促されるままに最後のスープとパンを涙とともに頬張った。


　次に目を覚ましたとき、男はいなかった。その代わりに目を開けたと同時に、大きなくりくりとした黒い瞳と視線がかち合う。

　寝起きのぼやけた視界のなかでぱちぱち瞬く瞳の持ち主は、シャオを見つめたまま大きく口を開いた。

「おきたぁ！　キィ、るーな、おきたよー！」

「――っ」

　大音量の声が叫ばれる。それも、耳からほど近い距離での容赦ないものだ。

　寝ぼけていたシャオもこれには堪《たま》らず目を覚まし、飛び跳ねるよう上半身を起こす。それがまだ癒えていない傷に障り、痛みに呻き声を上げながら背を丸めた。

　息を詰めたのはほんの少しの間だったが、シャオの様子を心配そうに眺める瞳に気がつき、慌てて身体をぴんと伸ばす。

　大きな瞳と声の持ち主は小さな子供だった。五、六歳ほどだろうか。健康そうな赤みの、丸くふっくらした頬をもごもごとさせながら、シャオを寝台の傍らから見上げてくる。愛らしい幼い顔は中性的だが、髪は短く刈られていて、恐らく少年なのだろう。

当然ながらシャオはこの子を知らない。そして、子供の扱いも勿論わからなかった。

じっとこちらを見る少年はなにも言わず、時折首を傾《かし》げたり、飽きずにシャオの身体を眺めたりしている。

どうしたらいいのかと困惑しているところへ、足音が聞こえた。ゆったりとしたそれはこちらに向かってきている。

ほどなくして現れたのは、シャオが予想をした通り鬼と呼ばれる男だった。今度は盆でなく一抱えはある桶《おけ》を手にしてこちらへ歩み寄ってくる。

「あっ、キィ！」

これまでシャオの隣から離れなかった黒髪の少年は、男に気がついた途端に笑顔になって、彼の足元に駆けていった。だが男は少年に目をかけることなく歩みを進めると、寝台の傍らに置かれた椅子に腰かける。少年は気分を害した様子もなく、笑顔を浮かべたままその隣に立った。

「ねぇねぇキィ、るーなは？」

男はすっと自分が来た道を指差す。少年はわかったと返事をしてすぐにその方へと駆けていった。

きゃいきゃいとした明るい表情をよく浮かべる少年が去り、部屋にはシャオと男だけが残る。彼はシャオになにか話しかけるでもなく、寝台の脇にある棚を台代わりに置いた桶に手を差し入れ、中に入っていた水から手布を取り出しきつく絞り上げた。ぽちゃぽちゃと水が落ちる音が静かな部屋に響く。

シャオは主の動きを伏せ目がちに窺った。

どんどん水気を失っていく布を見つめながら思い出す。食事を与えられ、そして大泣きしたあのときのことを。

促されるまま最後の一口を食べたシャオは、それでも泣きやまず、しまいには男の腕に抱きしめられた。同じ男でも自分とは違う広い胸に、汚れた頭と顔を押しつけ、優しく背中を叩いてくれる手に甘えたのだ。そしていつの間にか寝てしまい、気づけば今に至る。

正直、どうしたらいいのかわからないので動けずにいるのだ。彼からの指示もないので、今はただ大人しく寝台の中にいた。

よく絞った布を一旦は広げ皺を伸ばし、適当に四角に折り畳んで、男は空いているもう片方の手をシャオに差し出してきた。その意図がわからず、困惑に顔を上げて彼の赤い目を見る。

「……あ、あの——どうすれば、いい、ですか？」

しばしの沈黙の後、意を決して問いかけてみるが、それでも男からの反応はない。困り果てたシャオがまっすぐに見つめてくる赤い瞳から逃れるように視線を逸らせば、直後にとんとんと肩を叩かれる。

おずおずと顔を上げてみれば、そこには先程とは違いシャオと同じように困ったような顔をする男がいた。

彼は今まで差し出していた手をそっと耳に当てると、静かに首を振る。赤い瞳が寂しそうに揺らいだ。

その手は次に喉に触れ、同じように首が振られる。

——どういうことなのだろう。なんの意味を持つのだろう。

男の見せた行動にさらに戸惑いを深めれば、部屋の入り口から少女の声が聞こえた。

「キィ、わたしが説明するから大丈夫よ」

シャオがそちらへ顔を向ければ、部屋を出て行ったはずの少年が男に駆け寄ってきているところだった。

落ち着いた声音は少年のものでないのは間違いない。しかし、彼以外の人影は他になかった。気のせいだったのだろうか。

「こっち、こっちよ」

少年の姿を追っていると、また声が聞こえる。それは紛れもなく、先程の少女の声だ。

声のするほうへ視線を向けて、シャオは驚きのあまり固まった。

「ごめんなさい、やっぱり驚かせちゃったわね」

そう言いながら、けれども声の主はふわりと笑う。

そしてその笑顔のように身軽にシャオの目の前まで、透き通る薄い緑色の羽根を光に煌めかせて飛んでくる。

「初めまして、わたしは妖精のリューナよ」

妖精――名乗った通りの姿を彼女はしていた。人では持ち得ない二対の半透明の羽根に、おおよそシャオの掌ほどしかない体長。そして、彼女の桃色の髪もまた、人間では存在しない色である。

　小さな身体の妖精たちは、この世に確かに存在している種族である。しかし自然の中に身を置き、人前に姿を見せることは滅多にないため、彼らの生態は不明な点が多い。妖精を見ずに生涯を終える者が大半だろう。

　彼らのことは知っていたが、まさか自分が会うことになるとは、ましてやこの場所にいるとは予想だにしていなかった。

　シャオの目の前を飛んで横切り、彼女は男の肩に止まった。

「ミィ、ご挨拶なさい」

　男の腕にひっつく少年に声をかけると、彼は大きなくりっとした瞳をシャオに向ける。

「ミィはね、ミミルっていうの。ミィってよんで！」

　きらきらとした瞳に見つめられ、シャオはどう応えるべきなのかわからず困惑してしまう。それに気がついたリューナはすかさず、呼んであげて、と答えを教えてくれた。

　それにならい、シャオは戸惑いを残しながらも幼き少年の名を口にする。

「み、ミィ……」

「うん！」

　さま、と敬称をつける前に、ミミルはシャオに笑顔を向け大きく頷いた。ぱっと男の腕から離れると、寝台の縁へと寄ってきて、履いていた靴をその場に脱ぎ捨てる。裸足になると、彼にはまだ少し高い寝台によじ登り、シャオのほうへ身体を寄せてきた。

　リューナが降りなさいと窘《たしな》めるも、ミミルは聞く素振りも見せずにシャオの腹に抱きつく。一度シャオの服に顔をすり寄せると、なにが楽しいのか嬉しそうに笑い声を上げた。

「あの……」

ミミルの意図がわからず、助けを求めるように男と、彼の肩に腰かける妖精の少女に目を向ける。

相変わらず表情のない男の代わりと言わんばかりに、リューナが文字通り小さな顔に苦笑いを浮かべた。

「どうやらミィはあなたのこと気に入ったみたい。申し訳ないけど、好きなようにさせてあげて。でも痛いことがあったら素直に言ってね」

その言葉にシャオはとりあえず頷く。

痛いこと、とはシャオの傷を知ってのことなのだろうか。それとも、ミミルが暴れたときのことを示しているのか。

妖精の真意はわかりかねたが、どちらにせよシャオが痛みを口にすることはないだろう。

シャオの主は白髪の男である。その彼と妖精と少年が少なからず友好な関係である以上、彼らは主と同等の立場にある。シャオにとって主は絶対の存在。そんな主と同格である彼らもまた、女であろうが幼かろうが等しく絶対の存在であるのだ。それなのに痛みを告げることなどできるわけもない。

寝転がり楽しげに足をばたつかせるミミルに触れることもできず、シャオは行き場のない手を所在なさげに横に置いた。

「さて、次はこいつの名前なんだけどね。キヴィルナズ、っていうの。覚えづらいし呼びづらいからキィって呼んで構わないわ」

リューナは臆することなくキヴィルナズの頬に手をかけながら、笑顔を向けた。

ちらりと視線をキヴィルナズへ移すと、彼はじっとシャオを見つめており、慌てて目を逸らす。

「それで、あなたのお名前は？」

「わ、わたくしはシャオで、ございます」

「さーお？」

硬い声で答えると、下から舌足らずに名が紡がれる。未だ腹に埋まるミミルに目を向ければ、ちょこんと小首を傾げてシャオを見上げていた。

「さーおじゃないわよ、シャオ」

「さぁお？」

「シャオ」

「さぁ、お……？」

　どうやら彼はシャオの名を呼んでいるらしく、発音の違いをリューナに直される。何度か繰り返し言わせてみるが、それでもミミルはシャオをさぁおと呼んでしまうようだ。

　それに困ったのはシャオでもリューナでもなく、ミミル自身だった。

　どうして違うのか、どうして言えないのかわからないらしく、しきりに首を傾げては懸命にシャオの名を呼ぶ。だがそれはどうしてもさぁおになってしまう。

　頭が混乱してきたのか呼べないのが悔しいのかはわからなかったが、次第にミミルの日には涙が浮かんでいく。

　それくらいでめそめそするなとリューナが呆《あき》れ声で告げるが、ミミルはシャオの名前を呼びながら腹に顔を押しつけてきた。

「――ごめんなさいね。まだ発音が上手でないのよ。わたしの名前、リューナもうまく言えなくて、るーなって呼ぶくらいで」

「さぁお、さぁお……？」

　くぐもった声が、何度も名前を呼ぶ。本当に、今にも泣き出してしまいそうに見えて切なかった。もしかしたら隠れた顔はもう泣いてしまっているかもしれない。

　シャオは躊躇《ためら》いながらも、口を開いた。

「は、はい。なん、ですか？」

　名前を呼ばれたシャオができるのはただひとつ。返事をすることだけだ。

　奴隷である自分には、たとえ相手が泣き出しそうな子供であったとしても、返事以外は許されない。発音を丁寧に教えてやることも、頭を撫でてやることも、なにも。それはすべて命令外の勝手な行動に当たるからだ。

「……さぁお？」

「はい」

ミミルは顔を上げず、シャオを呼ぶ。シャオもそれに応えた。するとぱっと上がる幼い顔。視線が重なった大きな瞳はほんのり目尻を赤く染めてはいたが、泣いてはいない。それどころかシャオの顔をじいっと見つめてにこりと笑った。

「さぁお！」

嬉しそうに発音の違うシャオの名前を呼ぶと、さっきとは違った明るい様子で膝の上でごろごろと遊び出す。

「ふふ、よかったわねミィ。さて、シャオ。これでわたしたちの名前はわかったかしら？」

「は、はい……」

答えると、リューナは今まさにシャオの上で遊ぶミミルを指差す。

すぐに名前を答えてみろということなのだと察して、知ったばかりの名を口にする。

「み、ミミルさま、です」

「ちがう！　ミィ！」

「――ミィ、さまです」

「ちーがーうーっ！　ミィはミィ！」

「って、です、が……」

間違えていないはずの名に狼狽《うろた》えるシャオに、ミィだよ！　とミミルは頬を膨らますばかりだった。

それにシャオは困り果て、男と、その肩に乗るリューナに助けを求める。キヴィルナズはなにも言わなかったが、リューナは小さなため息をついた。

「これはシャオが悪いわね。ミィは、ミィよ」

その言葉にようやく彼女とミミルが求めることを理解したシャオは、戸惑いを残しながらも、改めて少年の名を呼んだ。

「み、ミィ……」

途端にぱあっと、輝くような笑顔をミミルは咲かせる。

「えへへ、るーな、キィ。さぁおがミィだって！　ミィっていったよ！」

「はいはいよかったわね。これから、いくらでも呼んでもらえるわよ。だからちょっとあっちに行って、

今朝もらった牛乳を温めてきてくれる？」

作り方は覚えているわよね、と微笑みながら尋ねるリューナに、ミミルは大きく頷くと、ぱたぱたと足音を立てながら部屋から出て行った。

「あ、はちみつも忘れずにお願いよ！」

「はあい！」

大きなリューナの声に負けないくらいに勢いよく跳ね返ってきたミミルの返事。その元気のよさに、リューナはシャオと目を合わせると苦笑いをした。

彼女の表情にあるのは穏やかな色だけだ。しかし、視線が重なるなり反射的にシャオは目線を落とし俯いた。それでもリューナは優しげな声をかける。

「元気だけが取り柄のような子だけれど、仲よくしてあげてね」

「は、はい……」

「――ねえ、シャオ。顔を上げて」

拒否権など初めから存在しない。それを知るシャオはおずおずと指示された通りに頭を上げる。

視線の先には、小さな口から出される声音と同じくらいに柔らかな表情をしたリューナと、なにを考えているのか一切窺えぬ赤い瞳でこちらを見つめるキヴィルナズがいた。

そのまっすぐな視線に俯きたくなるのを堪《こら》え、代わりにきゅっと拳を握る。

「シャオ。あなたはキィに買われたと思っているのでしょう？」

「は、い……ま、まえの主のザラーナさまから、おれ……わ、わたしくをかいとってくださいました」

以前の主である農夫ザラーナの前では口を開く機会などそうなく、今日は今までになくよくしゃべっている。そのせいなのか、つっかえてしまうたびに顔を青くしながら、失礼のない言葉遣いを心がけシャオは答えた。

どんくさい男が来てしまったと、二人はきっと思っていることだろう。そう思えば言いしれぬ恐ろしい気持ちが胸を満たす。

下げてはいけないとわかっていたはずなのに、頭をうなだれさせる。しかしリューナもキヴィルナズも咎《とが》めはしなかった。

「シャオ。あなたはこの家に、この家の主であるキィに連れてこられたわ。この意味がわかる？」

こくりと、小さく頷いた。仕える家が変わったとして、奴隷は所詮奴隷だ。それが変わることはない。

だが、次にリューナが口にした言葉に、シャオは我が耳を疑った。

「ふふ、本当のことをわかっていないようね。あなたはこの家の主であるキィに連れてこられた。それはつまり、シャオはもうわたしたちの家族ということよ」

「……か、ぞく？」

思いもよらなかった言葉に、シャオは顔を上げる。

「そう。もうあなたは奴隷なんかじゃない。この家の一員として、わたしたちと一緒に暮らしましょう。もちろん強制はしないけど、ミィも懐いたことだし、わたしとしてもあなたのような素直で優しい子が来てくれると嬉しいから」

リューナはキヴィルナズの肩から飛び立ち、そのままシャオの膝上に身体を下した。

凛《りん》とした様子で立つと、その小さな身体を主張するように自身の胸に右手を当てる。桃色の美しい髪がしゃんと揺れ動いた。

「わたしはリューナ。そしてあなたはシャオよ。わたしとあなたは対等な立場。〝妖精と人間〟でも関係ないわ。さあ、あなたの言葉で、あなたの意志で、わたしの名を呼んでみて」

「――リュー、ナ……」

敬称などつけず、恐れも混ぜず、か細い声でその名を呼んだ。それは紛れもなくシャオの意志で紡がれたものだった。

〝主と奴隷〟のような立場でなく、種の違う〝妖精と人間〟でもない。お互いをひとつの存在と認めて、そう口にした。

リューナはシャオの声に応え頷く。

「そう、それでいいの。キィもキィだし。ミミルもミィでいいのよ」

「――う、ん」

「さあ、これであなたもわたしたち家族の一員よ。改めてこれからよろしくね、シャオ」

差し出された小さな右手が求めることを少し遅れて理解したシャオは、そっと自分の右手を同じように彼女に向け差し出した。

その行動は正解だったらしく、リューナは出された五本指のうち人差し指を握り、掌に乗れてしまうほどの体軀《たいく》の彼女らしい握手を交わす。

それまで常にシャオを安心させる笑みを浮かべていたリューナは、シャオの顔を見上げ、慈愛に満ちた表情を浮かべた。

「あらあら――今までつらかったわね。よく耐えてきたわ。でももう、大丈夫だからね」

背にある薄衣のような羽根を羽ばたかせ身体を浮かせたリューナは、痩せ細った頰に触れる。

シャオはぽろぽろと涙を溢れさせながら、その優しい手を受け入れた。震えて丸まる細い背を、それまで沈黙を貫いていたキヴィルナズがそっと撫でる。それにますます涙は零れ、ついには嗚咽も漏れ始めた。

彼の表情に相変わらず色はなく、なにを思い慰めているのか、それはわからない。だが決してシャオを疎んじているわけではないということだけははっきりとわかった。でなければ、こんなにも優しく身体に触れるわけがない。

キヴィルナズは初めからそのつもりだったのだろう。シャオを家族の一員として、受け入れるつもりで救い出してくれたのだ。

あの非道な主から買い取ることで助け出し、傷の手当てをしてくれて、さらには温かな食事をも提供してくれた。今でもあの味を覚えているシャオの胸は、なにか心地よいものでいっぱいになる。

そう。初めから彼はシャオを己が買った奴隷などではなく、シャオ自身、一人の人間として見てくれていたのだ。

シャオは男の姿を、正直に恐ろしいと思った。まだ若いながらに白髪であり、そして双眸《そうぼう》は血のように赤く。だからこそ町で鬼と呼ばれている存在なのだとすぐにわかったのだ。

　悪魔と契約をしているだとか、森で彷徨《さまよ》った人間を頭から食らうとか。出会ったら最後、地獄へ誘い地の果てまでも追いかけてくる冥界の使者だとか。彼はそう噂され、恐れられている。だがそれが真実だとは、今まさに鬼と呼ばれる男を前にしているシャオには到底思えなかった。

　ただ静けさでシャオを慰めてくれる、一人の男。たとえその髪が、瞳が、異色のものだとして、それだけだ。

　シャオの中でシャオ自身がもう奴隷でなくなったように、彼の存在もまた、鬼でもなく、新たな主でもなく、一人の存在として。キヴィルナズとして、確かにこの心に刻まれる。

　途中、ミミルが持ってきてくれた温かなはちみつ入りの甘い牛乳を飲んだ。生まれて初めて飲むそれはまるで触れ合ったばかりの優しさのようで、身体の芯まで染みわたる。

　シャオはますます大粒の涙を零して、見守ってくれる三人にありがとうと伝えた。


　大泣きしたシャオと、もらい泣きして同じく疲れてしまったらしいミミルは、今や寝台の上で二人寄り添いすうすうと健やかな寝息を立てていた。

　ミミルはいつもの調子で大口を開けて涎を垂らして寝ているが、シャオの穏やかな寝顔に、それを見守る二人は優しい顔で微笑み合う。

　ここに運ばれてきたときのシャオはまるで死人のように色がなく、眠っているのに絶望を見ているかのように苦悶の表情を浮かべ、今の寝顔とは正反対のものであった。だが、今彼はこうしてゆっくりと眠れている。それは、シャオがキヴィルナズたちを受け入れたことを証明していた。

「――……余程、つらい目に遭っていたのでしょうね」

　その口からこれまでのことを聞かずとも、その姿、様子を見れば容易に想像がつく。まだ彼の足首にある戒めの鎖。身体に刻まれた傷痕の数々。表面だけでなく、その心に負っているものも。

人間と見てもらえず、奴隷としてどれほど苦しめられてきたのだろうか。それを思うと胸が痛むが、だがもう彼にその非道が行われることはない。キヴィルナズが、リューナが、ミミルが、新たな家族であるシャオを守るのだから。

ふと、眠るシャオを見つめるキヴィルナズの瞳に気がついたリューナは、子らの傍らを離れ彼の肩に移動する。そこに腰かけ、長い白髪を撫でた。

「あなたのことはシャオが目覚めて落ち着いてから、それから改めて話しましょう。――心配？　大丈夫よ。初めは戸惑うかもしれないけれど、きっとこの子ならあなたを受け入れてくれるだろうし、気味悪がりもしないわ」

穏やかなリューナの声にすっと赤い瞳が向けられる。そこに未だ陰が見えることを悟った彼女は、また髪を撫でた。

「あなたのこの姿に鬼の者と恐れを抱くとしたら、とっくに逃げ出しているわよ。食われる状況なら、あなたが主でも鬼でも関係なしに必死になるものでしょう。それなのにあなたを目の前にしてぐっすり眠れるんですもの。だから、大丈夫よ。大丈夫」

鬼と呼ばれる青年の肩に止まる妖精の少女は、表情に寂寥を滲ませる彼の頬に小さな手を伸ばした。


シャオが目覚めると、窓から見える風景は夜へと変わっていた。眠る前に日が昇っていたのは確認していたが、それが何時頃だったのかは不明で、自分がどれだけの時間眠っていたのかわからない。

随分と熟睡し、そして長時間寝たのか。傷の痛みとは別に、関節が固まったように身体の動きが鈍い。だが心には気怠《けだる》さや重みはなく、いっそ清々しく晴れ渡った気分だ。しかしシャオは自分の身体を包む布団ではない温もりに気がつき、そんな余韻もすぐに吹き飛んだ。

やや硬く重たいそれは、小柄な身体をがっちりと抱きしめていた。そんな風にシャオを抱き離さない腕の持ち主は、シャオを救ってくれたキヴィルナズ本人である。

　間近にあるキヴィルナズの寝顔に、シャオは寝起きの心臓をばくばくと鳴らしながら身体を硬直させた。そのわずかな動きで目が覚めたのか、すうっと赤い瞳を開くと、眠たそうな顔が持ち上がる。

　眠りを妨げてしまったことに気がついたシャオは、あっと声を漏らし、慌てた。

「ご、ごめんなさい」

　毛布の中から出て謝罪したかったが、離れたくとも未だシャオを抱く腕は解かれず、仕方なく温もりから抜け出せないまま頭を下げた。

　その姿を見て、キヴィルナズは微睡《まどろ》みの残る眼差《まなざ》しを向け、シャオの頭をぽんぽんと優しく撫でた。気にするな、と。そう言葉をかけられているようだ。

　最初に見た瞬間には震え上がったはずの赤い瞳。あれほど怖いものだと思ったその色は、宿る光の優しさを知れば、なぜあれほど恐怖したのか疑問に思うほど穏やかだった。ただ物珍しい色彩をしているだけではないか。それどころかいつか見た夕陽のように美しいとさえ思えた。

　彼の目を見ていると不思議と強張った身体から力が抜けていく。それと同時に無意識に張った緊張の糸も緩んでしまったのか。

　ぐうう、とシャオの腹が切なげに鳴った。

　慌てて腹を押さえて丸くなるも、止《とど》めとばかりにもう一度、より大きく音が鳴る。

　シャオは月光だけが儚《はかな》く注ぐ闇の中で、真っ赤になった顔を上げられずにいた。

「……っ」

　羞恥に染まる頬を見てもキヴィルナズはなにも声をかけず、緩くシャオを拘束していた腕を解くと、枕元に置いていた手燭《てしょく》に火を灯《とも》してすぐに立ち上がった。

「あっ」

　明かりを持ちどこかへ行ってしまったキヴィルナズを、引き留めようとシャオも咄嗟に身体を起こしたが、それは声が出ずに叶《かな》わなかった。

ぱたん、と控えめな音を立てて閉じられた扉を見つめてから、一人残された寝台の上でうなだれる。

呆れられてしまったのだろうか。今まで散々眠り続け、挙句に夜中に腹を空かして鳴らすとは。そう、ぐるぐるとした悩みが煙のように頭に立ち込める。

それからほどなくしてキヴィルナズは戻ってきた。

彼の手には、初めてこの部屋で目覚めたときのように盆がある。そこからは薄暗がりでもわかる白い湯気とおいしそうな匂いが漂ってきていた。

まさか、とシャオが思っていると、キヴィルナズはそれを持ったまま寝台の脇にある椅子に腰を下す。盆の上に乗っていたのは、予想した通り温められたスープだった。

シャオが腹を空かせているからと、わざわざ持ってきてくれたのだろうか。

ちらりとキヴィルナズを窺うと、彼は小さく頷いて見せた。

「……あ、ありが、とう――」

匙でスープを掬い口に含めば、知っているその優しい味に、温もりに、もうここに来て何度流したかわからない涙がこみ上げてくる。スープが身体に染みた分だけ溢れそうになるのをどうにか堪え、赤い瞳に見守られながらシャオはすべてを飲みきった。

ふう、と満たされた腹の重みから息を吐くと、キヴィルナズは空になった器を持って部屋から出て行ってしまう。しかしすぐに戻ってくると、シャオにかけられた毛布をめくり、そのまま中に潜り込んできた。

慌ててシャオが端に寄るが、もともと一人用の寝台は片方が小柄といえども狭く、余裕はほとんどない。だからだろうか。キヴィルナズは目覚めたときのように再びシャオを腕に抱いたのだ。

シャオはキヴィルナズの胸に身体を預ける体勢になり、彼はシャオの頭に顎を乗せて、ぴったりとはめ込まれたように居心地よく収まってしまう。

「あ、の……き、キィ。おれは、ゆかでいいから。ここでは、キィがね、て？」

つい言葉を正そうとしてしまうのを直しながら、目の前の胸に顔を埋《うず》めさせられながら言葉を紡ぐ。しかし彼に反応はなく離す気配もなかった。

恐らくこの場所は本来キヴィルナズのものであるのだろう。だがシャオが占領してしまっていて、夜になっても目を覚まさなかったから。だからこうして、二人で狭い場所で寝ることになったのだ。彼にしてみれば窮屈な思いをしていることだろう。

もう一度だけ言葉を繰り返せば、ようやくキヴィルナズの腕が緩む。ほっとし、すぐ床に下りようとシャオは考えた。しかしキヴィルナズは、腕を緩めはしたものの片腕しか解かなかった。

離された彼の左手は、ゆっくりとシャオの細い背を擦《さす》る。

何度も、何度でも。

シャオが眠りにつくまで、その手は優しくそこを撫で続けた。


次に目覚めたとき、隣にキヴィルナズはおらず、代わりにミミルがにこにことした笑顔でシャオを見守っていた。

「さぁお、おきたーっ！　キィ、るーな、さぁおがおきたよ！」

大声に呼ばれ、すぐに二人は部屋を訪れた。

「シャオ、おはよう。ゆっくり眠れた？」

「お、おは……よう。たくさん、ねれたよ」

それはよかったわ、とリューナはシャオに微笑みかけた。

ふと、彼女の隣に立つキヴィルナズと目が合う。彼はリューナと似た優しい笑みを浮かべていた。それになにも返せずただ俯く。

恐ろしい、と思ったわけではない。ただなんとなく気恥ずかしかったからだ。それとなくリューナは察してくれたようで、シャオの態度になにも口は出さなかった。ミミルも不思議そうにシャオを見上げるだけだ。

「さあ、今日は色々としてもらうわよ。シャオ、まだ傷の具合がよくないでしょうけど、ちょっと付き合ってね」

「う、ん。だいじょうぶ。なにすれば、いい？」

シャオが上半身を起こすと、キヴィルナズが足元へ身体を移動した。

その間にリューナがミミルに声をかける。

「ミィ、シャオのために水を汲《く》んできてほしいの。いつもの川からだけど、一人で行けるかしら？」

「いける！　ひとりでいってくる！」

素直に頷いたミミルはシャオたちに手を振ると、ぴゅうっと風のように走って部屋から出て行った。

完全に少年の気配が家から消えたのを確認して、リューナはキヴィルナズと目を合わせる。そんな二人を見て、まるで彼らがこの部屋からわざとミミルを離れさせた気がした。

だが、一体どうしてだろう。シャオが内心で首を傾げると、足元に来ていたキヴィルナズが長身を屈《かが》めた。シャオの身を覆う毛布の端を摘《つま》み、そのままめくり上げる。

突然ひやりとした空気に触れ、思わず足がびくりと震えた。

「もう、キィったら。シャオに説明してからでしょう。突然毛布をめくられたら寒くて吃驚《びっくり》しちゃうじゃない！」

キヴィルナズにそう行動しろと視線で合図を送ったのでは、と思っていたリューナが彼を叱りつけていた。ますます状況がわからなくなったシャオは、外気に素足を冷やしながら二人を見つめる。

視線に気がついたリューナは、次の小言を紡ごうとしていた口を閉ざす。

「ごめんなさいね、シャオ。驚いたでしょう？　まったく、キィったら気遣えないんだから……ああ、そうじゃなかったわ。ミィが帰ってくる前に、まずそれを外してしまいましょう」

リューノが晒されたシャオの脚に目を落とす。キヴィルナズの視線もそこへ向かっていて、なにを外そうと言っているのか見当がつき、思わず毛布の中へ足を引っ込めた。

じゃらりと、足に纏《まと》わりつくそれが音を鳴らす。

「あ……ご、めん。でもこれ、かぎ……ないと、はずれない、よ？　かぎはどこにあるか、その……わからない……」

耳障りな音を奏でたことへの申し訳なさから謝罪を口にするが、身体は意に反しさらに縮こまり、足を隠そうと動く。

足首には奴隷の証である枷《かせ》が今もなおシャオを戒めていた。重たいそれをシャオは奴隷にされた日から足首につけている。慣れることなどなく、その存在は常にシャオを苦しめていた。その重さと、そして奴隷という証が。

しかし、もう枷は必要ないのだ。シャオは奴隷でなくキヴィルナズの家族の一員となったのだから。一人の人間として認められたのだから。

――だがこの足枷がこの身から外れることはない。なぜなら鍵はすでにシャオの目の前で壊されていたからだ。おまえは生涯奴隷なのだと、とうの昔に言葉もなくシャオはその現実を突きつけられていた。

鍵がなければ頑丈な枷を外すことなどできはしない。シャオは顔を曇らせるが、しかしリューナもキヴィルナズも一切暗い表情などしなかった。それどころか彼女は、シャオを落ち着かせてくれる笑みを見せる。

「大丈夫よ、シャオ。今あなたを苦しめる最後の重りを、キィが取ってくれるから」

「で、も……か、かぎは、もう……」

戸惑うシャオに、リューナは、大丈夫、ともう一度言った。キヴィルナズに視線を向け、互いに頷き合う。

キヴィルナズは隠れてしまったシャオの足首を見るためか、さらに毛布をめくる。足枷に視線が注がれて思わず逃げ出したくなったが、リューナの〝大丈夫〟を信じてぐっとそれを堪えた。

そっと、白く細長い彼の指が足先に触れる。すうっと肌を辿《たど》って、枷を撫でた。一度離れると、今度はそこに文字を書くように指先を滑らせていく。

両足にある枷のどちらにも同じことをしていき、

最後に書いたものを辿るようにさっとその上に掌を翳《かざ》しなぞった。

キヴィルナズが指で枷に書いた部分が発光を始める。浮かび上がったそれはやはり文字のように見えた。輝きは次第に強まっていくと、光の文字に亀裂が入る。それから一拍を置き、ぱきんと音が鳴ると、数年つけ続けていた足枷が砕けて、シャオの足から自ら落ちていった。

「あ……」

唐突に感じた解放感に、思わずシャオの口からは声が漏れる。

「どうして……こわれるなんて、ありえない、のに」

軽くなった自身の足を引き寄せ、垢《あか》や傷痕の多い足首にそっと触れた。それまで覆われ続けていたそこに久しぶりに触れてみれば、なんだか不思議な気分になる。

今まで足枷を石などで砕こうと試みたことは幾度もあった。だが決して、ひびすら入ることはなかったのだ。それなのにキヴィルナズが行動しただけであっさりと亀裂が入り、そして粉々に砕けてしまった。それがあまりにも不自然なことだというのは、物事に疎いシャオでも十分わかることだ。

シャオが抱いた疑問を、リューリは当然のように予想していたのだろう。用意しておいたらしいその答えを教えてくれた。

「キィはね、呪術師なのよ。それも特別優秀な、ね。だから枷くらい簡単に壊せるのよ。知識も豊富で薬だって作れるから、怪我《けが》をしたときなんかはキィに見せるといいわ」

キヴィルナズの人ならざる白髪に赤い瞳。そして、枷を破壊してしまえる呪術師という特殊な職。そのふたつの他にもなにかが重なり合い、故に彼は鬼と呼ばれ、ありもしない話に尾ひれがついていたのだろうか。

ふと顔を上げたキヴィルナズと視線がぶつかり、咄嗟にシャオは顔を逸らしてしまう。

「――……シャオにね、ひとつ言わなければいけないことがあるわ。この家で暮らしていくうえで、きっと一番注意しないといけないことね」

「ちゅういしないと、いけないこと……？」

シャオは小首を傾げた。

「そう。キィのことなんだけどね。もう、薄々気づいているとは思うのだけれど……」

彼女の視線は、シャオよりも奥にいるキヴィルナズへ注がれる。

言いにくそうに、一度躊躇う表情を見せてからシャオに向き直った。

「キィはね、耳が聞こえないの」

「みみ、が……？」

「ええ。読唇術を心得ているから、ゆっくり、はっきりと口を動かして話してあげれば通じるけれどね、すべてを確実に読み取ることができるわけではないわ。まあある程度身振り手振りを交えたり、紙に書いたりすれば会話は可能だからね。言葉を交わすという点についてあまり問題はないわ」

思わず沈黙したシャオに、曖昧に微笑みながら、でもね、と続ける。

「たとえばあなたがキィの後ろを歩いていたとき、転んだとするわね。でも彼はそれを知らずに歩き続けるでしょう。なにかがあって大声を出して助けを求めても、視界に入っていない限りキィは気づけない。そんなことが十分に起こり得るのよ。だから気をつけてほしいの」

普段の生活では多少の面倒もあるかもしれないが、それは大した問題ではない。だが、有事の際、救いを求める声を上げたとして、それが聞こえないキヴィルナズは助けようがないのだ。

以前ミミルが火傷《やけど》をしたときのことを、リューナは話してくれた。

今よりも幼く、言葉もはっきりとはしていなかった頃。ミミルはキヴィルナズの後をよくくっついて歩き回っていたそうだ。常にリューナが傍らにいるし、キヴィルナズの耳に関して補助していたため問題が起きることはなかった。

あるとき、リューナがほんのわずかな時間二人から離れたことがあったそうだ。そのときキヴィルナズは呪術師としての仕事をしており、ミミルを気にかけつつもそちらに専念していた。

　やがて一人で遊ぶことに飽きてしまったミミルは、キヴィルナズに茶を淹《い》れてあげようと湯を沸かした。普段二人の行動を見ていて、やり方を覚えてしまったらしく、だからこそ一人でやろうとしてしまったのだろう。そして事は起きてしまった。

　水を沸騰させた鍋を持ち上げる際、手を滑らせてしまったミミルは、そのままお湯を胸から下に浴びてしまったのだ。

　ミミルはその熱と痛みに大泣きしたが、しかしなにも聞こえないキヴィルナズが気づくことはない。間もなくして帰ってきたリューナが、ようやく泣き叫ぶミミルを見つけたのだ。

　幸いキヴィルナズが呪術師であったため呪術により火傷は軽度で済ませることができ、その後も火傷に優れた効果を持つ薬草を塗るという迅速な対応が功を奏し、今では痕も残っていない。しかし、ほんの少しでもリューナが帰ってくるのが遅ければどうなっていたかはわからなかった。

「勿論、誰かがどうすることもできない怪我をしてそれを放置してしまう可能性があるのは恐ろしいわ。でもね、なによりキィのためにも注意してほしいの。誰かの声が、助けを求める声が聞こえず、救う力があっても気がつけない。そんなことがあればキィだって深く傷つくのよ。キィは人一倍優しいの。だからあなたのためにも、そしてキィのためにも、このことはしっかりと胸に刻んでおいてちょうだいね」

「――うん。おれ、きをつける。キィの、ためにも」

　なにか、かけることのできる言葉はあるのか。探したが最後まで浮かばず、シャオは唇を噛みしめながらも、精一杯の思いをリューナへ伝える。

　それから次に、シャオを見つめるキヴィルナズへ目を向けた。

「お、おれ……なにも、できない、けど……でも、キィを、かなしませることはしない。ぜったいは、やくそく、できないけど。でも、できるだけがんばる、から」

聞こえはしないが、ゆっくり話せばある程度は通じるとリューナは言っていた。だからシャオはできるだけ口の形がわかるよう大きく、そしてゆっくりと、キヴィルナズへ自分の言葉を見せる。

本当はもっと簡潔にこの思いを届けたい。しかしどうしてもまとまらず、自身の拙《つたな》い言葉に不安を覚えながらも、どうにか最後まで伝えた。

シャオを見つめていたキヴィルナズは、すっと手を伸ばしてくる。突然のことに思わず身体が硬直するも、手は頭に置かれた。

幼子をあやすように、いいことをしたときに褒めるように、小さな笑みを浮かべて何度も撫でてくれた。

「ありがとうね、シャオ」

リューナはキヴィルナズの肩まで飛ぶと、彼の頬に触れながら、穏やかな緑の目を向けてきた。

シャオは二人を前にしてどうしていいかわからず、二対の瞳から注がれる優しげな色に顔を俯かせる。

ふふ、とリューナから笑みが零れた。

「さあ、次の準備といきましょうか。そろそろミィが――」

「ただいまぁ！」

「あら、ぴったりね」

言葉を遮り家の中に響いた声に、シャオも思わず頬を緩ませた。どたどたと荒々しい足音が部屋に近づき、扉が開くと同時にミミルが飛び込んでくる。

リューナにありがとうとお礼を言われ、さらには褒められて。キィにも頭を撫でてもらったミミルは嬉しそうに身体を跳ねさせる。

「さて、今度はお湯を沸かさないと。ミィはシャオと一緒に、部屋で待っていて。キィは手伝いをお願いね」

手招きをされ、キヴィルナズはリューナとともに部屋を後にした。残されたシャオは、ミミルとただともにいるだけでいいのかと悩んだが、ミミルのほうから止まらない勢いで話しかけてくる。

身振り手振りを大きく、いかにも楽しげに内容を伝えてくる少年に、初めはその勢いに押されていたシャオであったが次第に表情は解《ほぐ》れていく。気がつけば彼に笑み、頷くということで相槌を返していた。

　しばらくして大きな、一抱えもする桶を抱えたキヴィルナズと彼の肩に腰を下したリューナが部屋に戻ってくる。

　重たそうに抱えたものを床に置くと、それから立ち上る湯気と水音に、シャオはようやく桶の中身を悟った。

「シャオ、身体を拭きましょう。本当は水浴びでもさせてしっかり洗ってあげたいけれど、まだ本調子じゃないでしょうし、傷の具合にもよくないからね。わたしとミィは部屋の外で待っているから、終わったら声をかけてちょうだい」

　キィは手伝いに残すからなにかあれば気軽に頼ってね、と言い、まだ話し足りなさそうにシャオを見上げるミミルを連れて部屋から出て行った。

　ぱたんと少年の手で扉は閉められ、残されたシャオはそっと、桶の手前に膝をついたキヴィルナズを見る。彼は湯に浸した布をきつく絞っているところだった。

　布を広げて、掌ほどの大きさに畳んでからシャオに手渡す。

「あ、ありが、とう……」

　人肌より少し熱いくらいのそれを受け取り、シャオはリューナに言われたまま、まず首を擦る。慣れない感覚に身体がふるりと震えた。

　どれほど自分が汚れているのか。これまで身体を清めることさえ叶わなかったシャオは知らなかった。首に当てた麻の布を見てみると軽く一拭きしただけにもかかわらず茶色に汚れている。それを見て、ようやく現実を思い出した。

　今思えば、これほどまでに汚れた身体で今まで寝台の上で眠っていたのだ。改めて下に目を向ければ見える範囲だけでも土や泥や、こびりついたものが布地に擦りつけられていた。

　キヴィルナズたちならば、シャオを寝台へ寝かせたときにもう気がついていただろう。それでもここへ置いたのだから、今更慌てて退こうとしたところで止められるだけに違いない。ならば今自分にできることは、身綺麗《みぎれい》になるより他ないのだ。

　様子を見守るキヴィルナズの視線につい身を縮めながらも、シャオは先程よりも少し力を込めて身体を拭った。

　顔をすべて拭き終わる前に布は真っ黒になってしまう。

　声をかけることもできず、どうしようかと悩んでいたシャオから汚れた布を取り上げると、キヴィルナズはそれを湯に揉《も》み出し絞り、再び渡してくれる。

　布の色が変わるたびにやり取りを繰り返し、同じ数だけ礼を言いながら、少しずつ自身の身から汚れを取っていった。途中で上半身の服をすべて脱ぎ、腹までしっかりと拭う。身体にある打撲ならばまだいいが、擦り傷などは布の温もりでさえ染みて痛みを訴えるため、そこは極力避ける。

「あ……」

　背中を拭こうと思ったとき、思わず声が漏れてしまった。俯いていたため口が動いたことに気がつかれることはなかっただろう。慌てて閉じながらどうしようかと悩んだ。

　背中は特に傷がひどい。幸い布は長いため、畳んでいるのを広げ両手で右に左にと動かせば拭くことはできる。だがそれでは傷を避けることは到底できないだろう。しかしこの汚れた身体をそのままにしておくことなどさらにできはしない。

　痛みには慣れているし、気がつかれないようそれに耐えれば大丈夫だろう。

　ぱっと布を広げる。しかし脇から伸びたキヴィルナズの手がそれを奪っていき、再び湯で揉み出す。絞り終えればすぐに返されると思って受け取るために手を出したが、キヴィルナズはそれが見えていないように寝台の端に腰かけると、一度自分の背中を示してから、手にした布を空で右に左にと動かす。それは恐らく、拭くという動作。

　彼が伝えたいことを理解した。しかし、念のためにと確認する。

「せなか……ふいて、くれるの？」

キヴィルナズは頷いた。そこでようやく、彼がこのために手伝いとして残ってくれたのだろうと察する。

　シャオはすぐに背を向けることはできなかった。はたしてそこまで甘えていいのかわからなかったのだ。ただでさえ布を絞ってもらっているし、あとは自分が痛みを耐えさえすればいい話だ。

　どうしていいかわからなくなって俯いてしまう。キヴィルナズの視線を感じたシャオは、呆れられたのだろうかと激しい不安に襲われた。しかしどうすることもできず、顔を上げることもできず、ぎゅっと毛布を握りしめようとした、そのときだ。

　これまではただ腰をかけていただけだったが、靴を脱いだキヴィナルズは寝台の上に乗りこみ胡坐《あぐら》を掻く。

　シャオの脇あたりに手を差し込むと、そのままひょいと持ち上げ向かい合わせになり、自分の身体を挟ませるよう膝を割らせ、頭を胸板に預けさせた。

　突然のことに驚き無意識に腕で突っぱねるが、それでもキヴィルナズは離そうとはしない。改めて体勢を直すと、そっとシャオの背に布を触れさせた。

　肩にキヴィルナズの顎が乗り、下を覗き込むようにして背中を見ていることがわかった。傷を避けて汚れを拭ってくれているらしく、シャオは次第に身体の力を抜いていく。

　強く擦るわけでもなく、ただ表面のものを落とそうとするだけのその優しい手つきに、心もあやされているかのように落ち着いていった。

　首から徐々に下へ向かい丁寧に背全体を拭いていく。腰のあたりで布の感触が離れていくのを感じて終わりを悟った。

　いつの間にか身体を完全にキヴィルナズへ預けていたことに気がつき、迷惑ばかりかけていられないと起き上がろうとした。しかし、終わったのにもかかわらず緩く巻かれた彼の腕は未だ離れずにいる。

　どうしたのだろうとキヴィルナズの肩を叩き合図をしようとしたとき、彼の指がすうっと背を這った。

　シャオの背中にある傷痕を、痛みを生まぬよう気遣いながら撫でていく。ひどい傷を覆っていた布も今は身体を拭くために取り払っており、指先の行く末に障害はない。

優しく触れられてもその痛みが完全に消えるわけではなかった。キヴィルナズの意図が掴めず、とにかく気が済むまで大人しくしていようとシャオは思っていたが、身体は微かな痛みでさえ拾って抑えきれず反応してしまう。それに気がついたのか、キヴィルナズは次に小さな、痛みをもたらすことのないような細かな傷痕に触れた。

シャオはまるで抱きしめられているかのように、キヴィルナズの腕の中にいた。素肌を晒して温《ぬく》いとはいえども濡れた布で身体を拭い、少し冷えていた身体は無意識に包み込んでくれるほのかな熱にすり寄る。

一通り傷痕をなぞり、ようやくキヴィルナズはシャオから腕を解いて解放した。

シャオから離れると、湯で揉み出した布を渡してから部屋を出て行ってしまう。


シャオはただその姿を見送るしかできず、扉がぱたんと閉じたあと、しばらくしてからのろのろと下半身に手を伸ばした。

なぜ彼は部屋から出て行ったのか。もしかしたら気に障るようなことをしてしまったのではないか。下の服を脱ぎながら妙な不安に駆られ、シャオは一人ぼっちでいることがとても寂しく思えた。

先程与えられた温もりを思い出しては、今それがないのを怖いことに感じる。しかしどうすることもできなければ、なぜそう感じるのかさえわからなかった。

ため息をつきたいような、心細いような、不安な気持ちは膨れ上がる一方で。右足の汚れを落とすシャオの手は、止まっては思い出したように動いてを繰り返す。

右足を拭き終え、今度は自分で布を絞りもう片方の足を拭おうと肌に宛がった、そのときだ。不意に扉が開き、そこからぬっとキヴィルナズが顔を現したのは。

下半身を拭くために下には一糸纏わぬ姿をしていたシャオは、突然現れた顔に大いに驚き、慌てて寝台の上に置いていた自分の服を手繰り寄せ、それを着るよりも先に前を隠した。

「あっ、あの、あの……あし、ふこう、と、その……ご、ごめん、なさい……」

きっと、彼に今の言葉は届いていないだろう。動揺のあまり早口になっているし、なにより口の動きが見えないように俯いている。自覚はしているものの、恥ずかしくて、とてつもなく情けない気分になって、顔を上げることができなかった。

ぎゅっと服を握り、しかしどうすることもできず、ただシャオは顔を真っ赤にして泣き出したい気持ちで縮こまる。

先に動いたのは、キヴィルナズだった。

震え俯くシャオの視界に映るように、彼はすっと手にしていたものを見せる。それは折り畳まれた服だった。使用感はあるが清潔で、汚れは見当たらない。

そろりと顔を上げたシャオと目を合わせると、キヴィルナズは空いている片方の手で優しく頭を撫でる。

動けずにいるシャオのためか、キヴィルナズは寝台に服を置いてからくるりと背を向けた。

「――ぁ」

初めはその意図が汲めなかったシャオであるが、ようやく悟り、微動だにせず背を見せ続けるキヴィルナズを気にしながらも前を隠す服を退かした。右足を拭いたときよりも急いで左足を終わらせ、寝台の上に用意された服に手を伸ばす。

広げてみると、その大きさからキヴィルナズの服ということがわかった。シャオにはあまりにも大きいそれを着てみると、予想通り裾も袖も余ってしまって、このままではずるずると引きずることは確実だ。

自分の身体に合わせて裾や袖を何度かまくってから、向けられた背をおずおずと叩いた。

くるりと振り返ったキヴィルナズに、シャオはありがとう、と戸惑いながらもはっきりと口を動かして、伝えたい言葉を見せる。彼はただ微笑んだ。

服の畳み方など知らないシャオは、貸してもらった服を汚してしまうのを嫌い、脱いだ自分の服を片手で掴んでいる。キヴィルナズは自ら手を伸ばしてそれを受け取った。

服を腕にかけながら、掌をシャオに見せるように目の前にぽん、と弾みをつけ押すように見せる。

「まって、ろ……？」

シャオの答えに、正解だ、と言うように頷く。もう一度同じ動作をして、ここで待っていろと合図を送ってから、キヴィルナズは手にしたシャオの服とともに退室した。

言われた通りにその場に立ったままキヴィルナズを待っていると、ほどなくして扉は開かれる。そこからミミルが飛び込んできて、その勢いのままシャオに抱きついてきた。

少年の登場どころか、自分に飛びついてくるとは考えてもいなかったシャオは、踏ん張る間もなく後ろにある寝台にミミルごと倒れた。そのときに当て布を外したままの傷が擦れ、思わず上げそうになった悲鳴を噛みしめる。

「こらミィ！　危ないでしょう！　ごめんなさい、シャオ。大丈夫？」

「う、うん。だい、じょうぶ。ミィも、だ、だいじょうぶ？」

痛みに気がつかれないように身体を起こすと、腹に抱きつき嬉しそうに笑うミミルに尋ねる。心配は無用だったらしく、明るい声で、だいじょぶ！　と返ってきた。

「ごめんね、さぁお。びっくりした？」

「ちょっと、だけ」

シャオがぎこちなく微笑みを返すと、満足したようにミミルは身体を起こす。そのあとにリューナから怪我をしたらどうするの、と叱られ少しだけしょげる姿が、可哀相ではあるが愛らしくも思えた。

小さな二人のやり取りを眺めていると、いつの間にか隣に来ていたキヴィルナズがシャオの肩に触れた。弾かれたように顔を上げて日を合わせると、視界の中に掌に収まるほどの丸い器を持った彼の手が入ってきた。

「それは薬よ。まだ傷が癒えていないからしばらくはきちんと塗るのよ。キィがやってくれるから任せて」

「あ、あり、がとう」

キヴィルナズは頷きで応え、背中を見せるようにと指示した。指示通りに、シャオは寝台に足を上げて膝を抱え見やすい体勢をとる。

服は脱いだほうがいいか尋ねようと、振り返ろうとしたところで裾をまくり上げられた。

「キィ、手伝うわよ」

ミミルの傍から離れたリューナがシャオの背後に回ると、それまでキヴィルナズが持っていた裾を代わりに彼女が支える。

キヴィルナズは薬の入った容器の蓋を開け、中身の軟膏《なんこう》を掬い取ってシャオの傷に塗り込むようにして広げていった。

「っ……!」

傷にひどく染みる。痛みに息を詰まらせたシャオを、寝台に上がり込んで正面に回っていたミミルが心配そうに覗き込む。

不安を表す幼い顔に、顔を歪《ゆが》めそうになりながらもシャオは笑みを見せる。

「だ、だいじょうぶ、だよ」

「ごめんなさいね、シャオ。もう少し我慢して」

「う、ん」

きゅっと膝に抱きついてくるミミルと気遣ってくれるリューナに、心の中で感謝した。

大きな傷には当て布をされ、全身の至るところにある細かい傷にも薬を塗り終えて、ようやくシャオは解放される。

よく耐えたという言葉の代わりのように、キヴィルナズが頭を撫でてくれた。それを真似《まね》するようミミルも寝台の上に立ちシャオの頭をもみくちゃに掻き回す。最後にリューナが整えるように髪を梳《す》いてくれた。

「あ……ありがとう」

それぞれの顔を見て頭を下げれば、次に顔を上げたとき、そこにはみっつの笑顔があった。

「さあ、ちょっと遅くなっちゃったけれどご飯にしましょう」

「ごはんー！」

ミミルは即座に目を輝かせると、両手を上げて手放しに喜んだ。

「今日はみんなで作るわよ。ミィもシャオもお手伝いよろしくね」

「はーい！」

「が、がん、ばるっ」

突然の、〝お願い〟に、シャオはミミルと同じように瞳を輝かせ幾度も頷いた。命令でなくシャオの意思を尊重した申し出は初めてだったからだ。しかし、それもすぐに曇ることになる。

「あ――でも、おれ……りょ、りょうり、したことない、から……やりかた、わかんない」

ましてや、まともな食事をしたのもこの家に来てからである。料理の仕方どころか、シャオにとっては〝普通の食事〟すら想像するのは難しかった。

自身の境遇を思い出して影にのみ込まれそうになる小さな肩に、キヴィルナズの掌がそっと触れた。

顔を上げた先で視線を交えた赤い目は、穏やかにシャオを見守っている。

「……だいじょうぶ？」

そう瞳で語りかけているような気がして、シャオは言葉にする。正解だと、キヴィルナズは小さな笑みを見せ頷いた。

二人のささやかなやり取りを傍らで見つめていたリューナは、キヴィルナズと似た微笑を浮かべる。

「キィの言う通り。大丈夫よ、シャオ。少しずつ覚えていけばいいし、それができなくてもみんなで楽しく作って、おいしく食べられればそれで十分なのよ」

「うん！　ミィもね、あんまりおてつだいできないけどね、でもるーなもキィもほめてくれるの！　それで、みんなでたべるとおいしいの！　だからね、

さぁおもたのしいよ、きっとたのしいっ」

深く頷いて見せるキヴィルナズに、無邪気に笑い手を引いてくれるミミルに。

シャオはこの家に来てからもう何度も繰り返してきた、ありがとう、の言葉を口にした。


調理場に立たされたシャオは、初めて握る包丁に腰が引けていた。

リューナとミミルは湯を沸かす準備をしていて、その間にシャオはキヴィルナズとともにスープに入れる食材を切ることになった。しかしシャオは手にする包丁に怯えてしまっている。

以前の主に包丁を翳され脅されたことが何度もあったのだ。さらには実際刃物で傷つけられたこともある。シャオにとって刃物とは自分を追い詰めるものでしかなかったし、そういう用途なのだとさえ思っていた。

しかし、食材を切るために今それは存在している。誰かを傷つけるためではなく、皆の腹を満たすために。

握り方をキヴィルナズから指導され、ようやくシャオは人参《にんじん》を握るところまで進められた。だが今度は皮の剝《む》き方がわからない。

人参の皮はどれほどの厚みがあるのか、どれほど削ればいいのか。そもそも皮は不要なものなのか。それさえ知らないのだ。

そんなときにはキヴィルナズが教えてくれる。隣で実際に人参に刃を斜めに当て、くるくる手で回しながら皮を剝がしていく。そうするのだと見せて学ばせてくれた。

キヴィルナズが試しにと半分ほど皮を切ったところで、ミミルに火の当番を任せたリューナがやってくる。

どうすれば安全かを議論するように、二人は顔を突き合わせた。

「慣れないうちは刃が滑ったりして危ないから、下に置いて皮を剝いたほうがいいかもしれないわね。

──えっ、まずある程度の大きさにしたほうがいいんじゃないかって？」

リューナはまるでキヴィルナズの言葉が聞こえているかのように聞き返す。二人が話し合う姿を見ていると、シャオにだけ彼の声が聞こえていなかったかのように、本当に会話をしているようだった。

キヴィルナズはまったく耳が聞こえない影響で話すこともできないはずだ。シャオは思わず二人を見つめたが、リューナがこちらに向き直ったためににも聞けず、彼女の言葉に従って、まず皮がついたままの人参をある程度の大きさまで切ることになった。

いざやってみると、野菜を切るどころか包丁を握ったこともないシャオの手つきはあまりにも危うい。さらには力が入りすぎて、下に敷いた平たい木の板に激しい音を立てて包丁が叩きつけられた。

「シャオ、力を抜いていてもちゃんと切れるわよ。すうってね、前に押すようにやってみて」

自分で出した音に驚き、そしてそれが間違ったことだと悟り落ち込んだシャオに、しかしリューナもキヴィルナズも呆れることはなかった。

励まされもう一度挑むも、結果は先程より多少音が落ち着いただけだった。

もう一度キヴィルナズがお手本を見せてくれたが、なにが違うのかさえシャオにはわからないままだ。

「……ご、ごめん、なさい」

これが料理の基本ということは、いくらものを知らぬシャオとて十分わかる。それすらまともにできぬ自分に、はたしてこれ以上のことがやれるだろうか。

シャオがぽつりと言葉を漏らすと、キヴィルナズが動いた。

彼はシャオの背後に立つと、力なく包丁を持つ右手を握り込むよう己の手を重ね、もう片方も同じようにする。

「き、キィ……？」

振り返ると、キヴィルナズは顎で手元を示す。それに従い前に目を戻せば、シャオの手を操るように彼は手を動かした。

　シャオの手ごと包丁を握ったまま、すとんと、人参を切る。もう一度繰り返し、すとん、すとん、とゆっくりと音を鳴らした。

　その間、シャオはほとんど力を入れていなかった。キヴィルナズも同じく手に力が入っていないのは重なりで伝わる。それなのに野菜は切れていき、その断面もまっすぐで綺麗だ。

　残りのすべてを切り終えたところで、重なった手は離れていった。

「どう、シャオ。なんとなくわかった？」

「う、うん。なんとなく、なら……」

　頷くと、隣に立つキヴィルナズがお手本を見せるために半分まで切ったものをシャオに手渡した。それを使ってもう一度、一人でやってみろということなのだろう。

　受け取ったものを木の板の上に乗せ、教えられた猫の手のように指先を丸め人参を押さえる。重ねられたキヴィルナズの手を思い出しながら、す、と包丁を前に押すように下す。

　すとん、とシャオの手で、キヴィルナズがしたように人参を切ることに成功した。

「で、できた……」

「やったじゃないシャオ！　その調子で次もやってみましょう。あ、キィは冷やしておいた玉ねぎを持ってきて」

　キヴィルナズは頷き一歩を踏み出す。しかし思いとどまったように二の足を止めてシャオを振り返った。

　すっと手を伸ばしたかと思うと、ぽんぽんと、二度シャオの頭を撫でてから、それからどこかへ向かう。

「よくできました、ですって」

　彼の行動の意図を教えてくれるリューナに笑みを返しながら、シャオは胸に広がる温かな気持ちがどこかへ行ってしまわぬよう、そっと上から押さえた。

最後に玉ねぎを切り終えた頃には、シャオの顔は涙と垂れそうになる鼻水でぐずぐずになっていた。

「たまねぎ、すごく、いたいん、だね……」

「ふふ、冷やしておけば少しはましになるんだけれどね」

手にした包丁を置き、その指で涙が溜まる目尻を拭おうとする。しかし脇から伸びたキヴィルナズの指先が手首を摑み阻んだ。

首を振って見せ、顔をキヴィルナズのほうへと向けさせると、袖で目元を拭われた。

「玉ねぎを切った手で目を触ればもっと染みるわよ。だからちゃんと手を洗ってからにしなさいって、キィが」

「あ……そ、っか。うん、わかった。あ、ありがとう、キィ」

リューナに教えられようやく自分がしでかそうとしたことを知ったシャオは、両目の涙を消してくれたキヴィルナズに感謝を伝える。

彼は表情も変えぬまま最後にぽんと頭に手を置き、ふらりと離れていった。

「さて、今日のシャオのお仕事はここまでね。あとは野菜を煮て軽く味付けをするだけだし、それはまた今度一緒にやりましょう」

「う、ん。また、がんばる」

頷いていると、ふと自分たちから離れたキヴィルナズが、切り終えた野菜の屑《くず》や皮を容器に集めていることに気がついた。

玉ねぎのものだけは別に寄せ、人参や芋、豆などの端を同じところにまとめている。

「ねえ、リューナ。あれは、すてちゃう、の？」

「キィが集めているもの？」

確認に頷けば、彼女は首を振った。

「いいえ、捨てるわけではないわよ。あれはこの森の動物たちにあげるの」

「どう、ぶつ……？」

「そう。わたしたちと仲良くしてくれて、ときには手を貸してくれたりもするのよ。シャオの身体がよくなったらみんなを紹介するから待っていてね」

動物といえば、家畜として世話をしていた牛や豚くらいにしか触れてはこなかった。他には町を歩いていれば見かける犬や猫なら知っているが、森には一体どんな動物たちが暮らしているのだろう。

それにしても紹介するとはどういうことだろうか。その口ぶりからして、まるで彼らが友のような存在であるとリューナは言っているようだった。

動物と人との間には共通の言語がなく、意思を通わせる術《すべ》はないが、人の形をしていて人ではない妖精だからこそ繋《つな》がるなにかを持っているのかもしれない。

呪術師だというキヴィルナズ、妖精のリューナ、そしてただの人の子のミミル。よくよく考えてみれば不思議な組み合わせだ。なぜ彼らはともにいるのだろう。そもそも呪術師とは、妖精とは、そんな二人とともにいる子供とは、何者であるのか。

少し考えて、しかしすぐにやめた。

彼らが何者であってもいい。誰であっても、シャオにとって一番大事な人たちであることに変わりはないのだから。

「う、ん。あ、ありがとう、リューナ」

「いいのよ。これからもわからないことがあったら、わたしにでもキィにでもいいからなんでも聞いてね」

もう一度ありがとう、と心から伝えると、やはり返されたのは未だ見慣れぬ、優しさに満ちた表情だった。

身体の大きさが皆と異なるリューナだけが机上に敷かれた布に腰を下ろし、シャオたちはそれぞれ席につく。

シャオは物心がついた頃に奴隷になったため、まともな生活とははるか昔のことのようにおぼろげだ。それが十数年ぶりに他人と食卓を囲む。

そう思わせるものは、同じく奴隷として鎖に繋がれていた両親や、曖昧な記憶のなかにいる姉の存在くらいで。

ろくな料理も覚えていないのだから、ましてや誰かと穏やかに食事をともにするなど、これまでの人生を考えればもうあり得ないことだと思っていた。

　用意された一人分のスープに、パン。野菜を千切っただけの簡易的なサラダは大皿に盛られ、食べたい分だけ自分で取るといったものだ。同じく取り分けられるようにと鶏肉《とり》の蒸し焼きもある。

　妖精のリューナの栄養源は水と光らしく、彼女の前にだけは専用の小さな杯だけが置かれていた。しかし必ずしも食べられないというわけではないそうで、ミミルの皿から食物の欠片ばかりを摘む。

　それぞれ並べられたものを口にしながらも、その合間に会話を楽しんだ。

　主にミミルが楽しげに声を出し、それにリューナが穏やかな声で返している。キヴィルナズは話せないながらに頷いたり笑ったりしていた。

　ミミルはどうやら野菜があまり好きでないらしく、肉ばかりを食べようとする。それをリューナが注意し、小さな身体で自ら、嫌だと頬を膨らませる少年の皿に取り分けてやっていた。ときには食べ零したものを拾い、口の端についたものは取ってやり。大人しくはしていられないミミルの世話を甲斐甲斐《かいがい》しく焼いてやる。

　きっと、これが三人にとっての日常なのだろう。だからこそ新たに加わったシャオがいたところで変わりはしない。

　――これが、家族というものなのだろうか。

　今生きているのかさえわからない、両親と姉。顔も声もなにひとつ覚えておらず、彼らが優しかったのかさえ記憶にはなかった。

　暖かい家の中のはずなのにどこか薄ら寒さを感じ、シャオはミミルの言葉に小さく笑いながら、そっと匙を手に取る自分の右手に左手を重ねた。

　薄い肉付きの自分の手は骨ばっていた。暴力を受けた際に地面に擦りつけられた肌は削れた傷があり、前の主から朝起きられなかったからと一晩吊るされた際についた縄の痕も未だ残っている。

　気がつかれぬよう、目を伏せるように三人の手に視線を向けた。

ふっくらとした子供らしいミミルの手。女らしいほっそりとした綺麗なリューナの手。大きく、無骨なキヴィルナズの手。

最後にもう一度見た自分の手は癒えきらない傷だらけで、同じ男の手と比べて小さくて。肉がないから骨が浮き出ていて、指など簡単に折れてしまいそうだった。それなのに掌はつぶれた肉刺《まめ》で硬くなり、肌は荒れて、指先はあかぎれやら小さな傷やらでぼろぼろだ。

あまりにも頼りなくて、一人だけ違う場所で生きていたことを知らしめられて。この温かい場所に、相応《ふさわ》しくないように思えて。

シャオは皆に不慣れな笑みを向けながら、そっと机の下に醜い手を隠した。

リューナはミミルの面倒を見ることに忙しく、シャオの行動に気がつかなかった。キヴィルナズだけが少し前から様子をおかしくしたシャオを観察していたが、そのことにシャオは気づかない。

キヴィルナズは手を伸ばし、大皿に盛りつけられた蒸し鶏のほぐし身を、取り分の残りが少なくなっていたシャオの取り皿へと乗せた。

驚いて顔を向ければ、なにを考えているか読めない赤の瞳と目が合う。

「――あ、あり、がとう？」

どう告げるのが答えかわからぬままシャオが礼を言えば、彼は表情を変えぬままに頭を撫でてくる。それに戸惑いは増すばかりだ。

自分の皿の上で小さな山となった蒸し鶏を、机の下に隠していた手を出し、置いていた肉叉《にくさ》を取りそれで口に運ぶ。だが肉を咀嚼《そしゃく》してもキヴィルナズの目はシャオを見つめたままだった。

そこでふと思い当たったシャオは、自分の肉叉を持つ手へと視線を落とす。それが食べ物を掬うための道具だとは知っていたが、初めの頃は持ち方まではわからなかったのを思い起こした。

初めて手にした際は握り込むようにして持ってしまったが、食事が始まるとき、リューナにきちんとした持ち方を教わり直したばかりだ。慣れないながらも気をつけていたつもりだったが、もしかしたらそれがおかしくてキヴィルナズは自分を見ているのではないかと、視線を受けてそう思った。だがいくら見ても、さほどおかしな持ち方はしていないような気がする。

改めてキヴィルナズへ目を向ければまたも視線が重なる。そこでようやく、初めから彼は自分のことしか見ていなかったことに気がついた。キヴィルナズの目線の先にあるのは、シャオの手でなく顔だったのだ。

ならばなぜ、見られているのだろう。

どこか居心地の悪さのような気まずさを感じながら、見られていることに疑問を抱きながらも、半分にまで減ったパンに手を伸ばす。

パンは千切って食べるものだとも教わっており、一口の大きさにしてからそれを口に入れる。

嚙んでいると、不意にキヴィルナズの手が顔へと伸びてきた。

咄嗟に身体を硬くさせるが、それを気に留める様子も見せぬまま、口の端でなにかを摘むとすぐに指先は離れていく。目で追いかけた手にはパンの屑らしきものがあった。

見ていたのはこれが原因だったのか、とようやく合点がいき、視線の理由に納得する。その間にもキヴィルナズは摘んだパン屑をそのまま自分の口へと運んでしまった。

「……ぁ」

小さく上がった声はキヴィルナズには聞こえない。そのまま何事もなかったように食事を再開したが、シャオにはそれができず、驚いた表情のまま固まってしまった。

「さぁお？」

「どうかしたの？」

「あ……う、ううん。なんでもない、よ。ごめん、ね」

シャオの様子に気がついたリューナたちに言葉を投げかけられ、ようやく我に返る。首を振り、キヴィルナズに取ってもらった鶏肉の山に手をつけた。

それでもどうしても浮かれてしまう心は隠しようがなく、つい頬が緩んでしまう。それを見たリューナは自分の前に並ぶ無表情と微笑みを交互に見て、なにかを悟ったように目を細めた。

「嬉しそうね、シャオ」

「――うん。うれ、しい。うれしい、よ。みんなで、たべるの、うれしい……」

キヴィルナズがシャオにした行為は、傍から見ればどういったものに映るか。もの知らぬシャオはわからずにいた。だがだからこそシャオはシャオなりに理解した意味で、幸福に笑むのだ。

口元についた食べかすを摘んで自分で食べてしまう。それはつい先程リューナがミミルにしていたことで、シャオはそれをキヴィルナズにやってもらった。

きっと、家族と思ってくれたから。だからキヴィルナズは汚れた身体を持つ自分についたものでも食べてくれたのだ。そう思うと己の手を見て落ち込んだ気持ちに羽根が生え、どうでもよかった悩みのようにふわふわと地から離れていく。

キヴィルナズにとってあの行為は大して深い意味など持たないものである。まだ幼く綺麗に食べることができないミミルによくしていたから癖になっていて、ついシャオにも手を出してしまった、ただそれだけのこと。

それでもシャオにとっては震えが来るほどに感動する出来事に変わりなかった。

劣悪なだけでなく少なすぎる食事を幼い頃から重ねたせいで、シャオはあまり多くを食べられぬ身体になっていたようだ。

スープのような形のないものであれば幾ばくかは取りやすいが、固形物となるとすぐに胃が重たくなり、そう量を取らないうちに胃もたれを起こしたのだ。

時間が解決していくであろうが、早急には難しいだろう。そのためスープを中心に少しずつ食べる量を増やしていくよう、リューナを介しキヴィルナズから言い渡された。

痛みや違和感とは違う初めて感じる腹の突っ張りに、重みと苦しさを感じながらも、不思議と心は満たされる。

ここに来て初めての食事は空腹のあまりに無我夢中で食べたが、あのときはキヴィルナズがあえて小皿にスープを盛っていたのだという。もとより普通の食事の量を知らないシャオはあれが一人前だと思っていたために、後々知ったその事実には驚かされた。

自分は大食いなのだと思い込んでいたのだ。なにを食べても常に空腹を感じるのは、それは己が意地汚いからだと。隠れて木の幹を齧っていたのが前の主人に見つかったときにもそう言われていた。だがこの真っ当な家では、あまりに細すぎるシャオの食に皆が悲しげな顔をした。

きっとシャオがおかしいのだろう。まだ幼いミミルのほうがよく食べていたのだから。だが改めてそう知ったことはシャオにとっていいことであった。

奴隷であった自分と普通に暮らしている人で違う点があるならば、その異なりを直していけばいいのだ。だがそれをするにはまず相違点を知らなければ始まらない。そう考えていたのはシャオだけではなかったらしい。キヴィルナズもリューナも、そうすればいいのだと言って励ましてくれた。

多少の問題は見つかったものの、久方ぶりとなる穏やかな食事は終了した。その後は食器の片づけをするのだが、手伝いを申し出たシャオにキヴィルナズは首を振ったのだった。

シャオは休んでなさいとリューナにも言われ、キヴィルナズに手を引かれるままに寝台へと導かれる。

部屋に戻ると、出て行くときは抜け出た跡をそのままにしていたはずなのに、毛布が整えられていた。見ると敷布も毛布も、新しいものに取り換えられている。ここに連れてこられた姿のままシャオが横たわっていたために、土や垢などで汚れていたはずなのに。

いつの間に交換を済ませていたのだろうとぼんやり頭で考えているうちに、シャオはその綺麗で柔らかな布の狭間に押し込まれていた。清潔にした身体は、今度こそ周囲を汚す心配もない。

　胸元にかかる毛布を優しげにキヴィルナズに叩かれれば、腹が満たされていることもあるのかすぐに瞼《まぶた》が落ち始める。

　散々眠っていたはずだが、それでも長年酷使され続けていた身体には休息は足りていない。気がつけばシャオは深い眠りについていた。

　キヴィルナズはシャオが眠りについたことを悟る。それでもあやすように毛布を叩くのをやめず、いくらか穏やかになった寝顔を見せるシャオを眺め続けた。


　ふと声が聞こえ、目を開ける。

　寝起きのぼうっとした頭で身体を起こせば、シャオが目覚めたことに気がついたらしいリューナの声がした。

「あら、ごめんなさい。起こしちゃったわね」

「う、ううん。だい、じょうぶ」

　隣へと目を向けてみれば、キヴィルナズとその肩にリューナがいた。あたりは暗く、部屋は蠟燭《ろうそく》の小さな火だけに照らされている。

　どうやら眠っている間に夜になってしまったらしい。

「ほら、キィ。シャオが起きちゃったでしょう。まだ静養させてあげなくちゃいけないんだから、早く行きましょう」

　夜だからか控えめに落とされたリューナの声音に、しかしキヴィルナズは首を振った。それに少女は難しい顔でため息をつく。

「……どうか、したの？」

「うん。それがね、キィがここで寝るって聞かないのよ」

　肩を竦めた彼女に問いかければ、ため息交じりに答えられる。

「もう、今日はミミルの部屋で寝ることに決めたじゃない。シャオをゆっくりさせてあげましょうよ。二人並んでは狭いってこと、昨日でわかったでしょう？」

有無を言わせぬ圧力ある声音に、傍らで聞いているだけのシャオがたじろぐ。それを向けられる当の本人は素知らぬ顔のままだ。あくまで言葉しか伝わっていないのだからそれも当然だろう。

耐え切れずに頭を下げると、今自分が寝ている寝台が目に入った。そこでふと気づく。

前に目覚めたとき、この上でキヴィルナズとともに寝ていたことがあったように、もとは彼の部屋であり、彼の寝床なのだろう。それをシャオが使ってしまっているから、だから本来の使い主であるキヴィルナズが別の場所へ移されようとしているのだろう。

リューナの口ぶりからして自分を気遣っているのだろう。ならば彼女を困らせている原因はキヴィルナズにはない。

未だ自分から声を上げることには慣れないが、冷戦状態に入ろうとする二人へそろそろと話しかけた。

「おれはゆかが、なれてる、から。どこでも、ねれるから。だから……キィが、ここで、ねて」

もう十分よくしてもらっているし、身体も全快には遠いが、これまでの待遇によって体力は回復している。床の上で寝ることになったとしてもシャオは一向に構わなかった。慣れているどころか、床より硬い地面ばかりでこれまで眠っていたのだから。

柔らかい毛布の間に挟まれ温まった身体を外に晒す。動きを見つめる二対の視線を感じながらも立ち上がり、それまで自分が眠っていた場所をキヴィルナズへ示した。

「き、キィ。いままで、ありがとう。もう、だいじょうぶ。あ、ありが、とう」

彼がわかるようにと、まだ顔を合わせることに慣れず怯えつつも、口の動きを見せる。

拙いながらも小さな小さな笑みを浮かべてみせれば、なぜかリューナが息を詰まらせ悲しげな顔をした。しかしシャオにはその表情が意味するものがわからずに、ただただ内心で首を傾げる。

ふと、もしかして、とあることが思い浮かび、顔を青ざめさせて頭を下げた。

「ご、ごめんなさい……！　おれが、つかった、あとなのに。あの、きれいになおすから、だからきれいなの、とりかえる、から。その――」

まとまらない頭で考えた言葉をつっかえながらも、どうにか伝えようとする。しかし必死になればなるほどおかしくなってしまった。わかっているのにどうしようもできず、シャオは嫌な汗をじとりと肌に滲ませながら、心臓が早鐘を打つのを感じた。

いくら念入りに拭いたとはいえ、それだけで、まだ到底綺麗とは言えぬ身である自分が入っていた寝台を使うなど、キヴィルナズはさぞ嫌だろうと思ったのだ。せめて交換できるものだけでも清潔なものに取り換えようと考え、それに必要な敷布の替えを求めようとした。しかし混乱した頭ではうまく言葉が出せず、しまいには怯えた舌が縮こまり動かなくなる。

頭を下げながら、シャオは小さな身を大きく震わせた。だが突然触れてきた腕によってそれは崩される。

「わっ――!?」

ぐわりと身体が持ち上げられる。咄嗟に支えを求めて手を伸ばせば、広い背を覆う服を掴むことになった。

「な、なっ、なに……！」

先程まで頭を支配していたものとは似て異なる混乱に思考を奪われながら、必死に声を上げる。床を離れた足がばたつき柔らかいものを蹴り、そこで動きを止めた。

一度停止しようやく状況を理解したシャオは、戸惑いの声を上げる。

「き、キィ……？　おろ、おろして」

言葉をかけるも、しかしキヴィルナズの後ろ頭にそう頼んだとしてもなにも聞こえてはいない。だからこそ下してもらうなど叶うわけもなかった。

キヴィルナズはシャオを荷物のように持ち上げ、肩にひょいと担いでしまったのだ。今ではキヴィルナズの肩がシャオの腹に刺さっている。とはいっても手で腰を支えてもらっているためにさほど苦しくはない。

下ろしてくれるよう懸命に伝えていたシャオだったが、ようやく己の声が届いていないことに気がつき、今度は反対の肩に腰を下すリューナへ懇願の目を向けた。

「りゅ、リューナ、キィに、つたえて。お、おろして、ほしい」

未だに震える声音ながら懸命に伝えれば、応えようと彼女の口も開こうとする。しかし、そこがなにかを紡ぐ前にキヴィルナズが動いた。

肩に人を一人抱えたまま進むと、不意に前屈みになる。落ちそうになった身体は咄嗟に掴んでいる場所にしがみついた。だがそうすることはいけないと感じ、自分がどういう状況になるかも理解しないますぐに手を放す。そのため、腰を持ち上げられたシャオは抵抗する間もなくキヴィルナズの身体から離された。

不安定な体勢に身を縮めていると、そっと下にあったらしい寝台へと寝かされる。

なにがなんだかわからないままに目の前に現れたキヴィルナズを見上げれば、彼もまた同じ寝台へと身体を滑り込ませているところだった。どうするべきなのかと悩み動けずにいるシャオを頭から抱きしめてしまうと、片手で毛布を引き上げながら、もう一方の手で優しげに背を撫で始める。

大きな手が背を往来するのを感じても、シャオの戸惑いが消えることはない。

どうにか胸に埋もれていた顔を起こせば、ちょうどキヴィルナズの肩に立ち、楽しげに笑み自分を見下しているリューナを見つけた。

「確かに、二人ただ並んで寝れば狭いでしょうけれど、そうして寝れば問題ないわね」

ふふ、と声まで上げる妖精に、シャオは諦めず訴える。

「お、おれはゆかで、ねるから。ふたりじゃ、せ……せまいよ。ゆっくりキィが、ねれない。だから」

「諦めなさい、シャオ。これがそれぞれの妥協案……ううん、最善策ね」

「で、も」

「いいって言ったらいいのよ」

それ以上の言葉はいらないと小さな背を見せながら、彼女は明かりの傍まで飛ぶ。

「なにかあればキィを叩き起こして構わないから。それじゃあおやすみなさい、キィ、シャオ。ゆっくり眠ってね。また明日」

「――う、うん。おや、すみ」

ふっと火が吹き消され、あたりは暗闇に包まれる。窓から差し込むほのかな月明かりだけがおぼろげな視界を残した。

妖精の羽ばたきは音を立てることがなく、彼女が立ち去ったかはわからない。しかしもうこの部屋にいないことを気配で悟る。

しんと静まり返った部屋。耳障りな物音などなにひとつない。

シャオは暗闇が好きだった。なぜなら夜は休息の合図であり、妨害されることは滅多にない時間だったからだ。夜になれば主も寝てしまう。

いつもであれば疲れ果てた身体はすぐに眠ってしまっていたが、今日ばかりは違った。

この家に来てからというもの大抵を寝て過ごしていたために、体力は戻っていないまでも気力はシャオ自身驚くほどに回復していたのだ。だがなによりも寝ることのできない事情は、今この小柄な身を抱きしめる存在のせいだろう。

顔の距離が近いからか、キヴィルナズの穏やかな息遣いが聞こえる。一度身じろいでみるが彼がシャオを離すことはなく、それは幾ばくかの時間を置いても変わらなかった。

どうやら本気でこのまま眠るつもりらしいと確信したシャオは、けれどもこの状態を受け入れられないままどうしたものかと戸惑っていた。

長身のキヴィルナズに小柄なシャオはちょうど包み込まれてしまう。骨ばかりで肉づきも貧相であることは自覚しているし、柔らかくもないこの身を抱えたところで夢見はよくならないだろう。肩でさえ尖《とが》っていて、むしろ悪くなりそうだと思うが、それでもいいのだろうか。

　暗闇のなか、頭上のキヴィルナズを見る。赤い瞳は深く閉ざされていた。これではもうシャオの言葉は届かない。

　キヴィルナズはリューナとまるで話しているかのように感じるときがある。実際声を出しているのはリューナだけだが、彼女が声なき彼の言葉をしっかりと理解しているからだろう。シャオにはなにもわからなくても、一方の声だけだったとしても、確かに二人は言葉を交わしているのだ。

　もし、シャオもリューナのようにキヴィルナズと話ができたら。今のように彼に寝心地の悪い思いをさせずに済んだかもしれない。もしかしたら今伝えられなかった感謝の言葉もちゃんと出てきたかもしれない。

　ありがとう、と。淀《よど》みなく伝えられる日を考えてみる。けれども思い浮かばず、苦労もなくキヴィルナズの意思を悟り談笑する光景も想像できなかった。

　いつまでも眠る邪魔をしてはいけないとようやく、シャオは諦める。もう身じろぐこともやめて、同じように目を閉じる。

　自分のものより広い胸に身を預け、ゆったりと眠りの闇に沈んでいった。


　三日も経《た》てば、シャオの身体は大分よくなっていた。未だ傷は多く残るものの、しっかりとした食事と十分な睡眠により、小さな傷は大方塞がりつつある。大きな傷も常に清潔に保たれこまめに塗り薬を使用しているから、以前のように蛆《うじ》が湧くということもなかった。

　大抵は寝台の中でときを過ごし、食事の手伝いのときに起き上がる。そして食事を済ませ後片づけの手伝いまで終われればまた毛布に包まり静養した。

　キヴィルナズたちは傷の具合から熱を出すかもしれないと心配していたが、そういったこともなく、順調にときは過ぎていく。

身体の回復につれ眠り続けられるものでもなくなっていき、そうなれば起きている間にミミルとリューナが寝台の傍に来て話し相手になってくれた。シャオはあまりうまく話せないが、二人が話好きというのもあり、相槌を打つ程度しかできなくとも十分楽しめるのだ。

そうして日中を過ごし、相変わらず夜になればキヴィルナズに抱かれ眠っていた。身体もよくなったからと訴えても床で寝ることは許されず、寝台をともにすることは変えられなかったのだ。

日々にゆとりが生まれ始めると、次第に問題点も見えてきていた。シャオの無知さである。

奴隷としての日々にはいらぬ知識でも、普通に暮らしていくうえでは必要なもの。今の時点では問題となるほどのものは食事に関する事柄しか見つかっていないが、日常生活を送れるほどに身体がよくなればさらに発見されていくだろう。

幼い子でも知っているような些細《ささい》なことも知らぬシャオに対し、リューナは何事でも丁寧にわかりやすくを心がけ、こんなことも知らないの、と意地悪くすることもなく説明してくれた。ミミルも普段は教えられる立場にある自分が反対に教える立場になれるということが嬉しいのか、進んで物事を教えてくれる。

シャオは物覚えがひどく悪く、何度も同じことを聞き返した。リューナは根気強くそれに付き合い、尋ねたことに何度でも、覚えるまで答えてくれる。その優しさに幾度感謝したかはわからない。

教えてもらったことに対する恩だけではない。それ以外にも多くのことでキヴィルナズ、リューナ、ミミルには温もりを与えられ、数えきれないほど感謝し続けている。これまでの苦痛でしかなかった日日が幻だったかのように、三人はシャオを溶かしてしまおうとしているのではないかと思うほどに優しく接してくれた。

温もりに包まれ平和な日々のなかで傷を癒していたある日、変わらず寝台の上での生活をしていたシャオのもとへミミルがやってくる。しかし、いつもと様子が違った。

　普段であればシャオを見つけるなり頭から飛び込んでくるのだが、今日はしおらしい様子でゆっくりと傍まで歩み寄ると、後ろに両手を回しなにやらもじもじとしている。

「どう、したの？」

　自分から声をかけることもいくらか慣れることができたシャオが、小首を傾げながら問いかける。

　ミミルは一度ちらりと顔を上げるもすぐに目を逸らして、またもじもじと落ち着きなく身体を揺らした。

　対応に困り、狭い肩に乗る小さな少女へと意図を問うよう視線を向けるが、彼女は訳知り顔で微笑むもののその答えを教えてはくれない。

　そうなればもうなす術もない。どう対処すればいいのかなど知らぬシャオは、ミミルから動いてくれるのを待った。

　それからそう間もなく、ようやく顔が上げられる。後ろにやっていた手をそろりと前に持ってくると、両手を揃えシャオへと差し出す。その上には小さな、長方形に縫われた布が置かれていた。

　空色に染め上げられた生地で作られた細長いそれの片方の端には、丸く小さな穴が開けられ、そこから綺麗な赤い紐《ひも》が通され結ばれている。面にはなにやら書かれてあった。

「それね、しおりなの。シャオにあげる！」

「しおり……？」

「よんだほんの、よんだとちゅうにはさむの！」

　戸惑いながらも、差し出された手に乗るものを取った。

　これで合っているのだろうか、とミミルの肩に腰かけるリューナへと目をやる。彼女は頷き、足りないミミルの言葉を補足するように説明する。

「ミィがあなたにって作ったのよ。簡単なものしかできないから栞《しおり》にしたけれど、それなら使いやすいでしょう？　我が家の栞は全部ミィ製でね、それぞれが個別に使っているものにはそうしてちゃんと名前が書かれているのよ」

字はへたくそだけどね、とリューナがからりと笑えば、へたじゃないもんとミミルが唇を尖らせる。そんな二人の姿をぼうっと眺めてから、シャオは手の中にある小さな布の栞へそろりと目を落とした。

リューナの言葉で初めて、描かれたものが己の名をかたどるものだと知る。それまでは文字だとさえわかりはしなかった。それは拙い字のせいではなく、それ以前の問題がシャオ自身にあるからだ。

自分はこれを、栞本来の役割として使うことは叶わない。それをよく理解しているからこそ泣きたくなった。

栞とは本に使用するもの。長い物語の途中、しばしそこから離れるために、その場所を忘れないために頁《ページ》の間に挟んで読みかけの印とするもの。そして栞の場所から再び物語の中へと戻るための大切なものである。

ようやくシャオの様子に気がついた二人は、じゃれ合いのような小さな喧嘩《けんか》をやめると、ミミルが気落ちしている肩に声をかける。

「どうしたの、いらない？　いやだった……？」

今すぐにでも泣き出しそうに掠《かす》れた声に、シャオは俯いたままに慌てて首を振った。

「ち、ちがう……ちがうよ、ミィ。すごくね、とっても、ほんとうに、うれ、しい……。はじめて、おくりもの、された。だ、だからっ、うれしい」

はじめてなの？　と悲しげな表情を一変させて驚くミミルに、やはり手にする栞から顔を上げられないまま頷く。そのためシャオは、リューナの顔が切なげに唇を結んだことに気がつかなかった。

いつもそうだ。シャオは大抵俯いてしまうため、彼女が時折表す素直な感情を見る機会はあまりない。今も知らぬままに、自分も顔を見せないままに、精一杯の気持ちだけを伝える。

「ほ、んとうに、ほんとうに、うれしい……ありがとう、ね。たいせつに、ずっと、たいせつにする、から。ありがとう」

「うん！」

力ある喜びの声に、隠れた顔にはようやく安堵《あんど》の色が浮かぶ。しかしそれもまたすぐに消え去り不安に眉を垂らすと、しばしの沈黙を置き、重たい気持ちで感謝に続く言葉を口にした。

「で、でも、とつっかえさせながら、手にした拙い造りの栞をきゅうっと両手で握る。

「でも、ね。おれ……よめない、の。もじ、わからない。じぶんのなまえも、しらなくて。ごめん、ね。しおり、しおりとして、つかえない。ほん、よめない、んだ……」

生まれて初めて他人からもらった、心の籠《こも》った贈り物。シャオのために作られたもの。だがそれは己が無知であるが故に、求められた用途として使うことができないのだ。

悲しかった。きっとミミルが一生懸命に作ってくれたであろうものを使ってやれないことが。使えないことが、悔しかった。

すうっと冷えていく手に、けれど布で作られた栞だけはなにも変わらない。温かいわけではないが冷たいわけでもなく、手触りがいいとは言えない生地で存在を忘れるなと主張し続けている。

シャオの言葉と落ち込みように戸惑いどうすればいいかわからずにいるミミルと、その動揺する小さな肩に腰を下すリューナは、それぞれ異なる思いを抱いて口を閉ざしたままとなる。

沈黙が包む部屋に、これまで仕事のために書斎に籠っていたキヴィルナズが足音も立てず訪れた。それにまず気がついたのはミミルで、彼を見つけるなり安心したような表情へ変わって駆け寄る。

「キィ、おしごとおわった？」

大きな口の動きを見つめて、キヴィルナズは浅く頷く。手を伸ばした少年を腕に抱え上げると、シャオがいる寝台の端へと腰かけた。

キヴィルナズが現れてもシャオは俯いたまま、栞を握りしめ続ける。

視線の先に、穏やかな笑みを浮かべるリューナが羽根をはためかせながら現れた。

毛布に隠れたシャオの膝の上に腰を下ろすと、揃え立てた膝の上に肘を乗せ、手首を内で合わせ広げた掌に顔を置き、よりいっそう温もり溢れる面を見せる。

「シャオ、文字を覚えましょうよ」

「……もじ、を？」

「ええ。覚えるのは大変でしょうね。けれど使えるようになったら本も読めるし、キィの書いた文字もわかるようになるわ。あなただって書き置きに使えたりもするし、とても便利よ。少しずつでいいから覚えていきましょうよ」

　リューナの提案に、シャオは恐る恐る彼女へ目を向ける。

　灰色の瞳に宿る不安や遠慮のなかに見えた微かな輝きに、リューナは密かに詰めていた息を吐き出した。

「――い、いいの？」

「勿論よ。わたしとキィで教えてあげるわ。それにミィにだってついこの間教え始めたばかりなの。だから一人も二人も変わらないし、むしろみんなでやったほうが楽しいでしょう？　だから一緒に学んでいきましょう」

「さぁおもいっしょにやるの!?」

　シャオが反応するよりも早く、ミミルが嬉しげな声をキヴィルナズの腕の中から上げる。そろりと顔を上げてみれば、そこにはきらきらと期待に満ちた眼差しと、やはり妖精と同じように笑む彼がいた。

「お、おれ……とても、おぼえ、わるい、よ？」

「覚えられないならその分いっぱい頑張《がんば》ればいいのよ。大丈夫、シャオなら努力できるわ。――ああ、わたしたちのことは気にしなくていいからね？　大変だなんて思うことはないんですもの。むしろ教えることは楽しいのよ」

　先手を打たれ、シャオは口を噤《つぐ》んだ。

　皆に見守られ、俯き。やがて吐息のような声で言葉を紡ぐ。

「……キィと、ミィと、リューナの、なまえ……かける、ようになる？」

「ええ」

「さぁお、いっしょにやろ！　いっぱいべんきょして、いっぱいあそぼ！　ミィといっしょにっ」

　力強く頷き返ってきた返事。そして思い出す、ありがとうを伝えられなかったあの夜のこと。

　キヴィルナズとリューナのような関係になれる日はほど遠い。そうなれるかもわからない。これまでのことを考えればろくに話せるかも怪しいほどだ。

　でももし、文字を覚えたなら。

　キヴィルナズともっと会話ができるのではないか。もっと沢山の言葉を渡すことも、彼から受け取ることもできるのではないだろうか。いつかシャオの言葉で、笑ってくれる日が来るかもしれない。

「――うん。が、がんばる。いっしょに、やる。いっぱい、べんきょう、して。いっぱい、あそぶ」

「やったあっ！」

　か細い声が持つ震え上がるほどの喜び。それをまだ理解できないミミルが、掻き消すように両手を振り上げ無邪気に己の素直な感情に飛び跳ねる。

　熱くなる目頭を袖で拭い、ようやくシャオは笑顔を見せた。


　キヴィルナズたちのもとへ引き取られてからというもの、シャオにとって夢のように穏やかな日々が続いた。

　朝目覚めればキヴィルナズやリューナとともに朝食を作り、いつも寝坊して起きるミミルも含めて食卓を囲む。それが終われば家のことや外にある菜園の手入れなどの仕事をするのだ。

　身体の小さいリューナとミミルだけではできない力仕事や作業も多くあり、これまでは呪術師としての仕事があるキヴィルナズもその都度作業の手を止めて手伝っていた。しかしシャオが来てからというもの、彼ほど身体は大きくないが十分役割を果たせる身長を持っているため代わりを務めるようになり、そのおかげでキヴィルナズは自分の仕事に集中できるようになった。まだシャオにはできないこともあって完全に代役になれたというわけではないが、それでもキヴィルナズは感謝し、ありがとうの言葉の代わりにシャオの頭を撫でてくれた。

昼食のあとは言葉の勉強が始まる。ミミルと席を並べてリューナの指導を受け、少しずつではあるが二人で文字と言葉を覚えていった。

シャオは物覚えこそ悪いが忍耐強く集中力もあり、一度勉強を始めると誰かが止めなければ一切の休憩をしない。そのためまだ幼く集中力に欠け、飽き性でもあるミミルの息抜きも兼ね、リューナが合間に適度な休みを入れて三人で戯れた。ときにはシャオと同じく一度仕事を始めると根を詰めるキヴィルナズも交えれば、そのときばかりは休憩の時間のほうが長くなる。

もしキヴィルナズの仕事に余裕があれば、昼からは勉強でなく外に出ることもあった。近くの湖や川で釣りをしたり、山の少し奥へ入り木の実や山菜を集めたり。

ミミルが一人でふらふらと興味がある方向へ行ってしまうため、大抵リューナが監視目的で彼につきっきりになる。ときには遠く離れることもあるため、シャオはキヴィルナズと二人だけで過ごすことも少なくはなかった。

二人きりになると、キヴィルナズはシャオに話す練習をさせるために日頃あったことを聞いてくれる。頷いたり微笑んだりする程度の相槌しかないが、それはとても穏やかであり、どうしても言葉をつっかえさせるシャオも少しずつ話すということに慣れていく。その成果はまだ確実ではないが、少しずつ出てきているように実感している。だがそれよりなにより、他愛無い話を聞いてくれるキヴィルナズがシャオは嬉しかったのだ。

リューナも話を聞いてくれるしミミルとの会話も大好きだ。しかし、それとはまた別のなにかがキヴィルナズとの間にはあった。すべてを委ねていられるような安心感だろうか。まだシャオにはわからないものだったが、心地よいものだということは確かだった。

三人で過ごしても四人で過ごしても、変わらず夜になれば疲れてしまう。夕食を食べ終えしばらくすれば、同じく眠たそうに目を擦るミミルとそれを面倒見るリューナとは別れてシャオは床につく。もし仕事がほどよく終わっていればキヴィルナズもともに寝室へと向かった。

夜はいつも狭い寝台の上、キヴィルナズの腕に抱かれて眠りにつく。何度も遠慮したのだが、彼が他で寝ることを決して許してくれないからだ。

初めの頃こそ、抱かれる温もりに慣れなかった。いつも底冷えする硬い場所で眠り、耐えきれなければ牛に身を寄せた。しかしそれは傍らに寄り添うだけで包み込むような温かさではない。だからこそより温かく感じるキヴィルナズの体温には戸惑うばかりだったのだが、今ではすっかりそれにも慣れ、彼の腕の中で安心して眠るようになっていた。

仕事で横になるのが遅くなったときは先に一人寝台へと入る。しかしそれではなかなか寝つくことができなくもなっていた。遅れてキヴィルナズが毛布を持ち上げ入ってきて、端に寄るシャオを引き寄せいつもの体勢になり、ようやく深い眠りに入れるのだ。キヴィルナズが背中を撫でてくれるからなのかもしれないが、ときが経てば経つほどになにより落ち着く場所になっていく。

自分の中にある変化への戸惑いばかりは消えずに残り続けていたが、変わったことは他にも多くある。キヴィルナズたちのもとへ来てより三月ほどが経てば、周りと、そしてシャオ自身も大きく変わっていた。

いつしかミミルはシャオを〝さぁお〟ではなく〝シャオ〟と呼べるようになった。シャオもあれほどへただった料理も様になってきたし、一人でも野菜を切ることができるようになれた。火はまだ危ないからと扱うことはないが、もう少ししたら覚えようとリューナと約束をしている。

文字も言葉もゆっくりではあるが着実に知識として積み重ねている。絵本ならばかろうじて読むことができるようになったし、多くの言葉も知った。キヴィルナズの残す書き置きもミミルと一緒に読めるようになっていた。

　文字を読むだけでなく書くこともできるようになったため、シャオ自身もキヴィルナズに書き置きをするようになった。といっても仕事に忙しくなかなか顔を合わせる時間が取れない日々が続いたときだけだが。

　先に毛布の中に潜り込んだあと、彼の枕元に〝おしごと、おつかれさま〟や〝むりしないでね〟などの言葉を残す程度である。慣れない文字は決して読みやすくない、形が崩れ気味の悪いもの。わかっていてそれでもなおシャオは言葉をそこに残しておいた。どうしても一人で先に眠ってしまうことに負い目を感じてしまうし、なにより残す言葉が本心だからだ。

　他にもキヴィルナズの仕事の合間にお茶を淹れることと、手伝いとして本の整理ができるようにもなった。本の整理に関してはまだどこになにを置けばいいのかも、背表紙に書かれた文字を読むこともできないためさらにリューナの助けが必要となるが、それでも十分役立つ。それと同時に文字の勉強にもなるため、一石二鳥だと彼女も笑っていた。

　そうして少しずつではあるがこれまで知らなかった様々なことを学び覚え、今までは考えられなかったような日々が過ぎていく。その間にもシャオの細い身体は、さほど変わりはしないものの薄《うす》らと肉がつき、顔色も常に血の気が失《う》せていたようなものが健康そうに色づくようになった。傷もほとんどが癒え痛むところもない。

　身体や服も汚れを洗い落とせる環境になったため、常に清潔に保たれていた。シャオ自身今までの境遇から汚れることに抵抗はなく無頓着であったが、そこはリューナが厳しく言ったためにある程度気をつけるようにもなったということもある。

　変わったことばかりだ。あまりの劇的な変化からか、時折ひどく心もとない気持ちにもなるし、戸惑うこともある。未だにキヴィルナズたちの存在にも、自分の〝シャオ〟の立場にも慣れることができず、過去を思い起こし飛び起きる夜もあった。

それでも、そんなときはともに目を覚ましたキヴィルナズが抱きしめてくれる。朝起きればリューナもミミルも笑いかけてくれる。だからこそシャオは、シャオであり続けることができたのだ。

シャオには過ぎた望みだとわかっていても、この日々がずっと続けばいいと願わずにはいられなかった。

シャオがシャオとなった日から五か月ほどが経ったある日。いつものようにシャオとミミルはリューナに文字を教わっていた。

席を並べた二人の前に腰を下していたリューナは、顔を上げ窓の外を見る。太陽の位置を確認すると、ああ、と声を上げた。

「もうこんな時間ね。そろそろ休憩にしましょうか」

「きゅうけい！　するー！」

それまで難しい顔で絵本と睨み合っていたミミルはすぐに本を手放すと、両手を上げて椅子から飛び降りる。どうやらとっくに集中は切れていたらしく大喜びだ。

区切りのいいところまで文字を追いかけ、シャオも顔を上げた。

「キィ、今日は、いっしょに休む？」

「そうね……少し遅れてなら来られるみたい。でも先にお茶しちゃいましょう」

目を閉じ少しの間を置いて口を開いたリューナにシャオは頷き、それから立ち上がった。

以前からリューナは離れた場所にいてもまるでキヴィルナズの意思が伝わっているかのように振る舞うことが多くあった。本人を前にしても、まるで聞こえないはずの彼の言葉が聞こえているようにしていることもよくある。

詳しくは聞けたことがないが、それは彼女が妖精であるが故に、なにかしらの特別な事情が発生しているから成立するものなのであろうか。それとも単に長年の信頼が培ったものなのか。答えは知らないが、いつもそんな二人をシャオは羨ましく思っていた。

た。

シャオはまだキヴィルナズの考えていることはよくわからない。よく話し、くるくると表情も変え行動も大げさなほどでわかりやすいミミルとは正反対であり、あまり表情が変わる男でもなく、行動も静かだ。だからこそ彼の真意を汲み取れないことは多い。リューナやミミルに教えてもらいようやくキヴィルナズの意図を知るばかりなのだ。

それも仕方のないことだ。家族になってともに過ごすようになったとて、それでもまだ彼らとの日々は浅いもの。これればかりは時間がいることとなのだと、シャオも理解しているし、リューナもキヴィルナズのことに関しては焦る必要はないと言ってくれている。

わかってはいる。わかってはいるがそれでも、やはり羨んでしまう気持ちが消えることはなかった。

漠然とした、不安のようなものを抱きながらリューナを見つめていれば、不意にこちらを向いたその碧眼《へきがん》と目が合う。

ようやく我に返ったシャオに、彼女は笑みを浮かべ、それからミミルへ顔を戻す。

「ねぇミィ。今日はあなたが一人でお茶の用意してみない？」

「ミィがひとりで？」

「そう。みんなの分のお茶を淹れて、いつもの場所に置いてあるお菓子も持ってくるの。それで準備ができたらキィをここまで連れてくる。どう、一人でもやれる？」

「できる！」

手を上げて答えると、ミミルはそのまま部屋を走り去る。残された二人でその背を見送り、顔を合わせて苦笑した。

ひとしきり静かに笑うと、リューナは口の端に穏やかなそれを残したまま小さな羽根を羽ばたかせ、シャオの目の前へと降り立つ。

見上げる姿に反対にシャオが目線を下げれば、彼女は口を開いた。

「ねえシャオ。あなた、養子に出たいと思う？」

「よう、し？」

知らぬ言葉に首を傾げれば、すぐにそれを悟ったリューナは意味を教えた。

「そう。他の家族のもとへ行くということよ」

「他の、かぞく……」

あくまでわかるようにとなされた簡易的な説明。だがそれでも十分彼女の言葉の意味を知ることはでき、しかしその真意を一人で理解するにはシャオにはまだ早かった。

動揺に瞳を揺らし、目の前にいるリューナから顔を逸らして俯く。

一気に溢れた恐れの感情を抑え込むために、沈黙を置いてから震える声を絞り出した。

「――なん、で？」

シャオを家族なのだと受け入れてくれた。それなのに、どうして他の家族のもとへ行きたいかと問うのだろう。

シャオがいらなくなったから。だから、他へ行かせたいのか。やはり自分の存在は迷惑でしかないのか。

考える不安がありありと浮かび歪んだ顔を見たリューナは、空を飛び、小さな手を伸ばして頬に触れた。

「ごめんなさい、言葉が足らず勘違いさせてしまったわね。シャオ、あなたを嫌ってこんなこと言っているわけじゃないのよ。むしろその反対。あなたが大好きだから聞いているの」

細い腕を上下に動かし撫でてくれるリューナの緑の瞳を、伏せていた視線を上げてそろりと見る。すると彼女はいつもとなんら変わらぬ優しげな笑みをそこに浮かべてシャオを見守っていた。

「あの……ようし、に行く、理由。教え、て」

シャオの気持ちが落ち着いたのを悟ったリューナは、伸ばしていた腕を離した。

「よくも悪くもね、この家は普通じゃないのよ。近くに町があるといってもこの家からは離れているから不便もあるし、わたしたちは決して町の人間ではないわ。それに――キィは呪術師という特殊な職だからね。シャオはまだよくわからないかもしれないけれど、呪術師は疎まれていることが多いの。ただでさえ、変わった外見をしているし……」

呪術師のことに関してはもう少ししたら話すからと、深くは言及しないままに話を続ける。

「ここでの生活はね、あなたも知っての通り平穏よ。四人だけの生活で、他に誰がいるというわけでもないけれど、それでもわたしは大好きなの。あなたも気に入ってくれていることはわかっているわ。でもね、シャオ。平和な生活であっても、普通の生活ではないわ。だから養子の話を出したの」

普通の生活を送れるように。ここではそれができないから。

シャオには平和な生活と普通の生活の、なにが違うのかよくわからなかった。だからこそ、折角の彼女の説明もあまり理解できない。だが養子という言葉を出したリューナの本心はシャオを思ってからこそなのだということだけは、その表情と声音とで十分に悟ることができる。

普通の生活のほうがいいと思ったから、だから養子に出るかと問いかけた。決して疎まれているわけではないのはわかった。しかしそれでも引っ掛かるものがある。

「でも……家族、って」

シャオとキヴィルナズ、リューナとミミル。お互いに名を呼び合ったあの日から家族となった。しかし養子に出るということはキヴィルナズたちとは別れて他の家族のもとへ行くということ。

シャオを家族だと受け入れてくれた。だからこそやはり、別の家族のもとへ行くということが頭を混乱させ、不安にさせる。

「シャオ、わたしたちはずっと家族よ。シャオにわたしたちとは別の家族ができたとしても、たとえ、お互いが離れ離れになったとしても。決してそれは変わらないわ。だからもしあなたが養子に出ても家族であることに変わりないの。だからそんな顔しないで」

困ったように微笑んだリューナに、けれどもシャオは戸惑いを消し去ることはできない。

「家族は家族。どんなことがあってもね――でもね、シャオ。家族というものはあなたを縛るものではないの。あなたはシャオよ。わたしたち家族にとってとても大切な、自由な一人の人間の。だからこそあなたには自分の意思で選ぶ権利があるの」

「選ぶ、けんり……」

「今のあなたはようやく世界が開けたばかり。きっとこれから色々な可能性が見つかってくるわ。だから一度、よく考えてみて」

言い終えたところでちょうど扉が開いた。二人がそこへ目を向ければキヴィルナズが立っており、疲れているのか小さく欠伸《あくび》をしながら入ってくる。

「あら、キイ。仕事は一区切りついたの？」

リューナがキヴィルナズへ顔を向けて口を動かせば、ゆっくりと赤い眼を瞬かせて頷いた。その姿を見て反対にシャオは顔を逸らしてしまう。

部屋の外からは大声でキヴィルナズを呼ぶミミルの声が聞こえた。どうやらリューナに言われた通り迎えにいったものの、本人がそれに気がつかず先に部屋へと来てしまったようだ。

「あ……おれ、ミィ、呼んでくる、ね」

二人には顔を逸らしたまま告げた言葉は、キヴィルナズの耳にだけ届かなかっただろう。彼にも伝えたければ顔を見て、その口元を見せながら話さなければならない。わかってはいるがなぜか今は目を合わせづらく思って、椅子から立ち上がるとそのままキヴィルナズの脇を通り抜けようとする。しかし、すれ違うそのときに腕を掴まれた。

咄嗟に顔を上げれば、赤の瞳と視線がかち合う。

「……ど、どうし、たの？」

今度こそシャオの言葉を見たキヴィルナズは、けれども応えぬままに腕を掴んだまま、顔も逸らさない。

戸惑ったシャオのほうから目線を下げればようやく解放され、それまで触れていたその手で頭を一度撫でられた。

「キイ？」

行動の意図がわからず思わず名を呼んだところで、開けっ放しになっていた扉からミミルが飛び込んできた。

「リューナ、キィいない……ああっ！　キィいたー！」

入るなり探していた姿を見つけ指差し、ミィは頰を膨らませながら長身へと詰め寄り服を摑んだ。

「もう、キィってば。ミィいっぱいさがしたんだからね」

責めるように自分を見上げる大きな瞳に、苦笑しながらキヴィルナズはその頭に手を置き撫でてやる。

そこへ、リューナも宥《なだ》めに入った。

そんな、三人の姿を一人離れ見つめる。

あそこに、自分の居場所はあるのだろうか。

いつものように夜を迎え、シャオは一人毛布に包《くる》まっていた。

目を閉じても眠れず、ただ時間ばかりが過ぎていく。そうしているうちに仕事を終えたキヴィルナズが部屋へと入ってきた。シャオが眠っていると思っているからか、出される音はすべて控えめになっている。

羽織っているものを脱ぎ、毛布を持ち上げ中へ入ってきた。その頃になってシャオは向けていた背を翻し彼のほうへ向く。

起きているとは思わなかったのだろう、キヴィルナズはわずかに目を見開くと、けれどもすぐにいつもの表情へ戻し、シャオを抱きしめながら寝台へと横になる。

彼に抱かれその温もりを感じ、ようやくシャオはほっと身体から力を抜く。そこで初めて、肩に力が入っていたことを知った。

なぜだろう。そんな戸惑いにも似た疑問が浮かぶが、心地よい熱になかったはずの眠気が生まれ、ゆっくりと瞼が落ちていく。背中に回された腕が優しくそこを撫でてくれるからだろうか。

鈍い思考では答えは出ない。やがて静かに眠りにつこうとしたとき、キヴィルナズが毛布を持ち上げた。

　重たい瞼を開けると、そっと頭を撫でられる。しかしすぐに手は離れていき、キヴィルナズは完全に寝台の上から降りてしまった。

「キィ？」

　眠たい目を擦りながらシャオも身体を起こすと、立ち上がったキヴィルナズが振り返る。屈み込んだ長身はシャオの片手を取ると、掌にゆっくり文字を書いていった。

　ひとつひとつの文字を心で読み上げる。

　――かきものを、ひとつ、のこしていた。しごと、してくる。

　まだ学んでいる途中のシャオのため、簡単に読めるものが選ばれかつ簡潔に伝えられた言葉たち。

　書き終えると手は離れていき、キヴィルナズはシャオに背を向けて真っ暗な部屋の中から出て行こうとする。

　気がつけば、先程まで重なっていたその手が闇へ伸びていた。

「――ぁ」

　キヴィルナズが振り向いたところで、ようやく彼の服の裾を掴み引き留めてしまったことに気がついたシャオは、慌てて握ったそれを手放す。

「ご、ごめんっ」

　謝りながら俯いてしまったため、もしかしたらキヴィルナズに言葉は届いていないかもしれない。だがそれでもシャオは顔を上げることができず、ぎゅっと敷布を握りしめた。

　キヴィルナズはただ、終わってはいなかった仕事を片づけに行くだけだ。それが終われば戻ってくるし、書斎に向かうだけで、なにもこの家から出て行くわけではない。すぐ傍の部屋へ移るだけだ。

　それなのに。わかっているのに、どうしようもなく心細くなった。そして気がつけば再び彼の服を掴んでしまっていた。

　顔を見ないようにと俯いてしまったシャオを見下し、キヴィルナズはどうしたものかと小首を傾げる。

一度扉へ視線をやり、それから改めてシャオに身体ごと向き直った。

俯いた頭にそっと手が乗り、少し伸びた髪を梳くように撫でていく。何度も繰り返されるうちに、ようやくシャオは胸に詰めていた息をそろりと吐き出す。

顔を上げれば、こんな闇の中でもやけにはっきりと見える赤い瞳が穏やかに細まった。

「……ねえ、キィ」

口を開けば応えるように小さく首が傾げられる。シャオは再び俯き、顔を隠してしまった。

キヴィルナズと話すときは、その目を見ないといけない。自分の顔と向き合わせなければ彼にこの声は届かないのだ。だから今の状況ではなにも伝わらない。

いつの間にか手放していた敷布を再び拳の中に巻き込みながら、シャオは少しの間を置いて再度顔を上げた。

「お、おれは――ここに、いても、いい？」

微かな月明かりが窓から差し込むだけの部屋、はたして自分の口元は見えただろうか。不安になったシャオだが、キヴィルナズが力強く頷いてくれたことで、この言葉は届いたのだと安堵する。それと同時に、ここにいてもいい、という答えを得られて自然と頬が緩んだ。

「そ、っか。いても、いいんだ……」

誰に見せるためでもない、ただの独り言。

小さく動いた口で紡がれた言葉をキヴィルナズは読み取れなかった。しかし浮かべられた表情からシャオの抱えていたものが少しは和らいだのだと知る。

しゃがんでいた身体を起こし、キヴィルナズは毛布の裾をまくり上げると中へ入り込んできた。シャオは彼の意図を汲み自ら奥へと移動し、身体を横たえる。

結局キヴィルナズは忘れていた仕事を片づけに戻ることはなく。彼の事情などすっかり頭からすり抜けていたシャオは、気にすることもなく傍らで眠る体勢に入ろうとする姿を見守った。

「リューナ、ミィ」

目の前に来た胸に頭を押し付け、小さな声で今はここにいない二人を呼ぶ。それに続き、ここにいるもう一人の名を口にする。

「キィ……」

初めてできた、名を呼べる相手。彼らの名を声に出せるというだけで胸いっぱいに幸福が満ちる。

ここにいてもいいと知った。だがきっと、シャオの心には最初から答えはあったのだろう。

胸に広がる温かな気持ち。存在を認められた安心がシャオの願いを告げている。

養子になんて行きたくない。ここでずっとみんなと、キィと一緒に暮らしたい。この温もりを手放したくない。

その日初めて、シャオは自らキヴィルナズにそろりと腕を回し、抱きついて眠りについた。


朝に目覚めて部屋を出ると、リューナと珍しく早起きしていたらしいミミルと顔を合わせる。

「あっ、シャオ！　おはよー」

「おはよう」

「お、おはよう」

はにかみながら抱きついてきたミミルを受け止める。

「あのねシャオ、まちだって！　おかしかってくれるって！」

「まち……？」

嬉しそうに飛び跳ねながら告げられた言葉に、シャオは首を傾げる。しかしミミルはシャオが理解しきれていないことに気がつかないまま、たのしみだね、と笑いかけた。それにますます小さな笑顔のまま困惑の表情を浮かべる。

二人の様子を傍から見守っていたリューナが吹き出し、ようやく事情を説明してくれた。

「明日みんなで町に買い出しに行こうって、さっきミィに話したのよ。そしたらこの通りはしゃいじゃって。ねー」

「ねー」

リューナの真似をするミミルは本当にご機嫌そのものだ。余程町へ行けることが嬉しいのだろう。

「そろそろ足りないものも増えてきたのよ。ミィにも新しい服を作ってあげたいし、シャオももう一、二着必要でしょう」

「お、おれは、今のでもじゅうぶん――」

「服は消耗品よ。すぐに用意できるものでもないし、シャオはもう少し持っていたっていいくらいなんだから」

そう言われてしまえばなにも言い返せない。現に最近では着回しているものに解《ほつ》れなどが目立ってきているのも事実だった。

シャオたちがそれぞれ着ている服は、リューナのものも含めすべてキヴィルナズが縫製している。大きな身体とそれに見合うだけの手からは想像がつかないほど繊細な作業を得意としているのだ。

最近ではようやくシャオも針を持つことが許され、キヴィルナズに教わりながら自分で服の修繕をしている。しかしキヴィルナズと違って不器用な部類に入るため、あまり出来はよくなく成長も見込めそうにはない。だからこそ直すどころか服を布地から作ってしまえるほどの彼の器用さを尊敬していた。

服を作るには布地を買う必要がある。そのためにも買い出しへ行くのだろう。

「本当は今日行こうと思っていたのだけれど、キィの仕事が残っててね」

「だから、あしたなの！」

そこまで聞いて、はたと気がついた。

昨夜キヴィルナズは、仕事が残っていたのを思い出したと寝床を離れようとしたのだった。それをシャオが引き留めてしまったから、今日の予定だったものがつぶれてしまったのだろうか。

そうであるなら申し訳ないことをしてしまったと内心でうなだれるシャオに気がつかないまま、リューナは目の前へと飛んでくる。

「ねえシャオ。あなたも一緒に町へ行きましょう？」

「――まち、へ……」

「シャオはいかないの？」

まだシャオがともに行くと決まったわけではないと気がついたミミルが、寂しげに眉を垂らす。しかしその顔を慰めてやる言葉は出ない。

「……お、おれ……町、は」

言い淀めば、そっと音もなくリューナが細い肩へと身を移した。シャオの頬に手を添えながら、ざわつくその内心を落ち着かせるよう穏やかな声で撫でる。

「大丈夫よ。わたしもミィも、キィだって傍にいるわ」

「シャオ、いこうよ。いっしょにおかし、かおう？　こわいならね、ミィのてかしてあげるし！」

町はシャオにとって恐ろしい場所である。これまでの記憶が身体に痛みをすり込ませていて、思い出しただけでも指先から冷えていく。だが不思議なほど心は温かかった。それは冷えていく身体に抗《あらが》っている。まだその熱が勝ることはないが、いずれは今抱える恐怖心ごと包み込んでくれそうな、そんな、確信に近い予感がした。

――彼らが傍らにいてくれるのであれば。きっと大丈夫だろう。

「――う、ん。ありがとう、ミィ、リューナ。おれも、町に、行ってみる」

返事を聞き、ぱあっと笑顔が咲いたミミルにつられ、シャオも小さな笑みを零した。


約束通りミミルと手を繋いでいたが、町へ入るなりはしゃいだミミルが走り出したために離れていってしまった。しかしすぐ傍らにはキヴィルナズがそれまでと変わらぬ速度で歩いてくれていたため、まったくというわけではないがそれほどまでに強烈な不安を感じることはなく済む。

キヴィルナズは家を出たそのときからシャオの様子に常に気を配ってくれていた。顔が強張ればすぐに励ますように肩を叩いたり、微笑んだりして見せた。心強い味方のおかげで、町に足を踏み入れたという緊張も少しずつではあるが解れていく。

しばらくして先に行ったはずのミミルが戻ってくると、シャオの手を取り、こっちだよ、と引っ張った。しかしすぐに制止の声が引き留める。

「もう、ミィったら。少しは落ち着きなさい」

それは今この場に姿の見えないリューナのもの。彼女はミミルの羽織る外套の下に隠れていた。

妖精の存在を知られるわけにはいかないそうなのだ。そのため突拍子もない行動をよくする、迷子になる確率の高いミミルの服に身を潜めることにしていた。

外套の下にいるというのにリューナの声は不思議とはっきりシャオの耳に届く。まるでいつもの距離にいるようだ。そのうえキヴィルナズもまるで、そもそも聞こえないはずの彼女の声を理解しているかのように行動する。

よくはわからないが、離れた場所のリューナの声が聞こえるのも、彼女とキヴィルナズがまるで会話をしているかのように振る舞うのも、やはり妖精という特殊さが関わっているのではないかとシャオは思っている。ミミルも当然のようにこの不思議を受け入れているし、妖精ということがすべての答えであると考えればこそあまり疑問に思うこともなかった。

リューナが声をかければ、しぶしぶながらもミミルは速度を緩める。

ゆったりと歩くキヴィルナズが追いついたところで、改めて三人で並び歩き出した。やはり張りきるミミルが先に出がちで、手を繋いだシャオが隣を、二歩後ろをキヴィルナズがついていく形だ。

ミミルは道をよくわかっていないようだが、リューナの声に導かれるまま進んでいくため迷うことはない。

歩むほどに人は多くなっていった。露店の並ぶ大通りともなれば、すれ違う人々と肩がぶつかりそうになる。触れ合いそうなほどの距離に一度は落ち着いた心がまたざわつき出した。

自分は、普通に見えているだろうか。周りと同じに在《あ》れているのであろうか。おかしなことはしていないか。以前を知っている者はいるだろうか。あの人は、ここに——。

そんな不安が溢れ出すが、繋いでいる小さな手の温もりに励まされる。

「あのね、もうすぐヤクソウやさんにつくんだよ。そこでね、キィはいつも、むらさきのはっぱかってるの」

「むらさき、の？」

「そう！　あとね、あかいのも。それはすっごいからいんだよっ。かおがね、がーってぽかぽかなるの」

どうやら赤いのとやらは以前に食べたことがあるらしい。それを思い出してか、ミミルは顔をぎゅうっと顰《しか》めさせた。それに思わず吹き出せば、ミミルもにかりと歯を見せ笑う。

リューナに助けられながらもミミルは通り過ぎる出店の説明をしてくれた。

あの店ではお茶の葉が、あちらでは果実が。その隣は雑貨屋であり前にキヴィルナズの筆を買ったのだとか。

ミミルが指差す場所のひとつひとつに目を向け、話を聞きながら頷いていると、ふと道行く人々の視線が後ろを歩くキヴィルナズに注目していることに気がついた。

彼は奇異の目で見られる白髪と赤い瞳を隠すため、家を出たときから一時も外すことなく目深に外套を被っている。シャオと初めて会ったときもそうだった。あれで足元が見えているのかと首を捻《ひね》りたくなるが、すれ違う人とぶつかることもなくしっかりとした足取りで歩んでいるのだから問題はないのだろう。加えて長身であることと今日が歩いていれば汗ばむ気温ということもあり、厚着をするキヴィルナズは人ごみの中でよく目立っていた。

もう慣れているのだろう。ミミルも視線を気にすることもないし、キヴィルナズも外套の中を見られぬよう注意はしているものの臆することなく道の真ん中を歩く。人々は怪しいなりをする彼を不躾《ぶしつけ》に一《いち》瞥《べつ》すれども、何事もなかったように、すれ違ってしまえば前方に視線を戻していた。

なかには彼にまったく目もくれぬ者もいる。リューナの話によればキヴィルナズはよく一人で買い出しにも来ているらしいことから、以前に彼を見かけたことがある人もいるのだろう。

「シャオ、あのみせだよ！」

「あそこをうちは贔屓《ひいき》にしているの。店主がいい人でね、ものもいいのよ」

ちらりと後ろを見ていたシャオには気がつかず、ミミルはとある店を指差した。慌てて顔を前に戻せば、こぢんまりとした小さな看板が置かれた建物がある。

手を引かれるまま、シャオたちはその店の中に入っていった。

なかには沢山の色鮮やかな布が整理され、見やすいように配置されていた。

「いらっしゃい。ああ、お客さんでしたか。ぼっちゃんもお連れとはお久しぶりですね」

奥から白髪混じりの初老の男性が、穏やかな笑みを浮かべて歩み寄ってきた。どうやら彼がこの店の主らしい。

ミミルはシャオの手を離して男のもとへ行くと、こんにちは、と頭を下げて礼儀正しく挨拶をする。実のところはリューナにそうしろと言われてのことだが、それならば自分もしたほうがいいと、シャオもミミルに続き店主の前に立つ。

「あ、あの……」

「おや、初めて見るお顔ですね」

「シャオなの！　ミィのかぞく！」

「は、はじめ、まして。こ、こんにちは」

代わりに紹介をしてくれたミミルに内心で感謝をしつつ、シャオも深く頭を下げる。

「ああ、初めまして、こんにちは。わたしはここの店の主のサヌノラです。キヴィルナズさまにはいつもご贔屓にしていただいております。今日はどういったものをお探しで？」

癖で言葉をつかえさせてしまうシャオに怪訝《けげん》な顔ひとつ見せず、サヌノラは笑みを崩さないまま後ろにいるキヴィルナズへ視線を向ける。

そのときリューナが指示をし、ミミルが代わりに口を開いた。

「このまえかったのと、おんなじのください。――えっと、ちゃいろの！」

「ああはいはい。あれですね。少々お待ちを。奥にしまってあるので取ってきます」

店主はシャオたちに頭を下げたあとに店の奥へと向かった。その間にミミルは店中を見渡し、多く飾られたなかで細やかな刺繍《ししゅう》も施してある布地に目を輝かせる。シャオもその後に続き、絹の滑らかそうな表面に感嘆した。

絹など身に纏ったことはないし、触れたこともない。もし手に取ったのならばどんな感触なのだろう。

気になりはしたものの、商品に触れるわけにもいかず、ミミルとともに熱心に描かれた刺繍の細部まで目を向けていると、店主が布の巻かれた重たそうな棒を持って戻ってきた。

「こちらでよろしかったでしょうかね」

「それ！」

「どのぐらいの長さにいたしましょうか」

「――え、っと……さ、三人分。服を、作れるくらい、ください」

「三人分ですね、今裁断して参りますのでもう少々お待ちを」

リューナの代わりにシャオが応えると、店主は再び棒を腕に抱き奥へと行ってしまった。

待っている間、隠れている彼女にこっそり声をかける。

「リューナの分、いいの？」

「ああ、いいのよ。そもそもわたしの分なんてミィの余りでも十分すぎるほどだし、それに布地は数が少なくなってきているとはいえ、まだ家に残っているし。そうだ、保管場所を見せていなかったわね。帰ったら片づけついでに教えるわ」

「あり、がと」

キィが裁縫好きだから結構色々と揃っているのよ、とリューナは声に笑みを滲ませる。

家の中はほとんど見ていたが、衣類制作に関する道具のある部屋は知っているものの、肝心の素材のある場所は知らなかった。唯一足を踏み入れたことのない地下に保管しているのだろうか。

地下とは暗いのだろうか、と思い浮かべているうちに店主が帰ってくる。その腕には先程の布が折り畳まれかけられていた。

ふと、店主の前掛けにある衣嚢《いのう》の中から、先程はなかった細い二本の棒が突き出ているのを見つけた。シャオの視線に気がついた店主は、手にしていた布を一旦置いて、人のいい笑みを浮かべながらそれを摑み引き上げた。

現れた棒の先端には、親指と人差し指で輪を作ったほどの大きさのものが紙に包まれていた。

首を傾げたシャオとミミルに、店主は片方の紙を剝ぎ取って見せる。途端にきらきらと輝く視線がそれへと注がれた。

「あめっ！」

「正解」

ミミルの弾んだ声音に店主は目尻の皺を深くしながら頷く。

紙の下にはよく炒《いた》めた玉ねぎのような色をした球体がついていた。ますます首を傾げたシャオに、まさかあめとはなにか知らないとは思ってもいない店主は別の説明をする。

「友人が折角くれたんですが、わたしはどうも甘いものは苦手でしてね。うちの子供たちももう大きくて食わないし、どうしようかと迷っていたところなんです。よろしければもらってくれませんか」

「いいの!?」

興奮に顔を赤く染めたミミルが勢いよく振り返り、キヴィルナズをじいっと見つめた。すると微かに聞こえたリューナの苦笑とともにキヴィルナズが浅く頷く。その動作を店主も確認しており、すぐに前へ顔を戻したミミルにひとつ差し出した。

小さな手を伸ばしそれを受け取る。にかりと歯を見せ笑うミミルの姿はシャオには眩《まぶ》しく見えた。

「ありがとーございます！　えへへっ」

「どういたしまして。ほら、お兄さんもどうぞ」

「あ……」

一度は剝いだ紙をまた被せ、手にしたもう一方の棒をシャオへと差し出した。

受け取ってよいものなのだろうか。困ったシャオが後ろを振り返れば、キヴィルナズはその視線が抱いた不安を悟り頷く。

恐る恐る自ら手を伸ばした。店主の手に握られる棒を指先で摘めば、すぐにそれまで支えていた手は離れていく。

「あ、ありがとう、ござい、ます」

「どういたしまして」

伸ばした手を胸元に引き戻し店主の顔を窺えば、彼はミミルに向けていたものと同じ笑みをシャオへ見せていた。それに、間違えた行動はなかったのだと安堵する。

「よかったわね、ミィ、シャオ。ついでにあっちの、右の藍色の布も三人分お願いして」

「――あっあの、あっちの、み、右の……あい色の、布もっ。三人分、ください」

キヴィルナズたち以外と話すのには慣れていなくて緊張するが、リューナの指示もあって思い切って声を出してみる。

「おやおや、これはどうも。少々お待ちくださいね」

やや強張った声音に気がついていただろう。しかし店主は何事もなかったかのようにシャオたちに背を向けその布のほうへと足を進めた。棚にかけられ飾られていたそれを摑み取ると、片隅にある断裁機のもとへ向かう。

シャオは手にしたものへ再び目を落として首を傾げる。店主とミミルの会話を聞いた限り、恐らくこれは食べ物であるのだろう。しかし、見たこともない姿をしている。

これは野菜の一種なのだろうか。色通り玉ねぎを炒めたものなのか。

見知らぬ〝あめ〟に考え込むその様子を背後から見ていたキヴィルナズは、外套に隠された素顔に堪らず笑みを浮かべた。

もらったあめを今すぐ食べたいというミミルを宥め、キヴィルナズたちは買い物を続ける。その間にシャオは様々なことを教わった。

お金の数え方や、支払い方。ものの見極め方に、店の些細《ささい》な部分からわかる良し悪し。

一通りはリューナから習っていたため大抵は復習のようなものだったが、それでも実際に体験しながら、眺めながらでは印象も変わる。シャオは生真面目に話を聞いては頷きながら、買い物を覚えていった。

その途中、小瓶を買いに寄った雑貨屋でミミルとシャオが兄弟に間違われるということもあった。

兄弟かい、と店員の女性に問われ、ミミルは照れたように笑うだけで否定はしなかった。その姿を見て彼女はなおのこと勘違いしたのだろう、仲がいいんだねえ、と優しげな表情をしながらおまけをいくつかつけてくれた。

どの店の人もシャオを以前のように見ることはなかった。蔑みでもなく、憐《あわ》れみでもなく、客として扱ってくれる。普通の人だと見てくれる。それが不思議に思えると同時に、やはり強い安堵を感じた。

干し肉を買い終えたところで、次へ行こうと歩き出す前に、ミミルが唇を尖らしながら足を止める。

「ねえ、きゅーけーしようよ。ミィあしいたい。あめたべたい」

「本音は飴《あめ》が食べたい、でしょう。いつも山の中を駆け回ってるあなたがこれくらいで足が痛くなるわけないじゃない。でもそうね、そろそろ一度足を休めましょうか」

「いまたべちゃだめ?」

「歩きながらは危ないからだめ。座れる場所まで行くから、そこでなら食べてもいいわよ。さ、そうと決まれば行きましょうか。二人とも、しっかりキィの後についていくのよ」

はあい！　と両手を上げて明るい返事をしたにもかかわらず、ミミルはキヴィルナズが歩き出すよりも先に前へ飛び出し、リューナに叱られていた。

余程あめが食べたいらしい。その様子を見て微笑みつつも、ますますあめがどういった食べ物なのかシャオは気になっていた。ミミルはあまり野菜が得意ではなかったはずだが。

ミミルに遅れてキヴィルナズは歩き出す。だがその足は前ではしゃぐミミルの後を追っている、というよりも明確に次なる目的地を知っているような、しっかりとした足取りだ。

休憩すると決まったのはつい先程、リューナの言葉によってだ。キヴィルナズに次はどこへ行くとは誰も口元を見せ説明はしていないし、彼自身もミミルの行く先を聞こうとはしなかった。

ときには、リューナが次の場所の指示をすると、ミミルよりも先に動き出すことさえあった。それはやはりまるで彼女の声が聞こえているかのようで。今のキヴィルナズにはその小さな姿が見えないどころか口元の動きさえ知らぬというのに。

キヴィルナズの耳がなんの音も拾っていないことは確かだ。これまでの生活を見てきて知っているし、以前、真夜中に喉が渇いたと水を飲もうとしたミミルが食器の山を崩してしまい、ものすごい音を立てたことがあった。シャオはそれに飛び起きたが、キヴィルナズはその傍らで何事もなかったかのように眠り続けていたのだ。そういう点を踏まえてもやはり聞こえていないのは確かだ。

やはりリューナの声だけは聞こえているのかもしれない、などと想像しながらシャオもキヴィルナズについていく。だが足を踏み出してすぐ、ちょうどキヴィルナズを避けて歩いてきた男を避《よ》けきれず肩をぶつけてしまった。

「ってえな」

「ご、ごめん、なさい……っ」

じろりと睨まれ、身体が竦む。

顔を真っ青にしながら頭を下げて謝罪をすれば、男は視線を最後まで和らげることなく舌打ちを残して歩き去る。その後ろ姿を見送っていると、いつの間にか戻ってきてくれたらしいミミルがシャオを見上げていた。

「シャオ、だいじょうぶ？」

「怪我はなかった？」

「う、うん。大丈夫だよ」

キヴィルナズも隣に来てくれた。ミミルを間に挟んで歩みを再開させるが、人通りが多いせいかシャオはすれ違う人とぶつかりそうになる。それを避けているうちにまたも二人と距離が空いてしまっていた。

立ち止まってくれたミミルに名前を呼ばれて、慌てて駆け寄り足を揃えるも、気がつけば二人とはまた距離が生まれてしまう。

もう一度二人に追いついたとき、キヴィルナズが荷物を抱えていないシャオの手を取った。

繋がれた手に驚いて顔を上げれば、目深く被った外套からわずかに覗く口元が笑む。

「いいなあ、ミィもて、つなぎたい」

隣で様子を眺めていたミミルはキヴィルナズとシャオが繋がっていない、それぞれのもう片方の手へ目を向ける。しかしそこは互いに荷物を持っているため塞がっていた。

「今は荷物があって難しいけれど、帰ったらいくらでもできるわよ。わたしも一緒に手を繋ぎたいし、帰るまでもうちょっと我慢してね」

「ほんと？　やくそくだよ？」

「ええ、もちろん」

キヴィルナズは頷き、シャオも彼の代わりに口を開いた。

「うん、約束。帰ったら、みんなで、手を繋ごう」

笑顔が戻ったミミルは一歩前に出て歩き出し、シャオたちも足を進める。

今度は距離も空くことなく、キヴィルナズの手に導かれるまま先へ向かった。

初めて奴隷としてではなく訪れた町では学ぶことが多かったのは勿論のこと、驚くことも新しい発見もあり、以前暮らしていたはずだった場所にもかかわらず随分新鮮に感じられた。

町には、シャオにとってはよくない思い出があまりにも多かった。恐怖も未だ拭いきれはしない。もしあの男に再びまみえたらと怯えもした。しかし、今日一日だけでその印象も大きく変わった。

今まで下を向いてばかりで目を向けていなかった部分を見られたことや、物を売る側の人間との交流。沢山並んだ出店に品物の数々。町へ足を踏み入れたばかりのときは恐れが多かったが、それもキヴィルナズたちが傍にいてくれたおかげで大分緩和し、十分買い物を楽しめたのだ。

帰り際の荷物の多さに腕は悲鳴を上げたが、身体は重たいのにそれさえも嬉しく思える。

疲れるということは気分が落ち込むばかりだと思っていたが、今日のそれはむしろ正反対で、同じ疲れるといっても気分はこうも違うものなのかと、驚いたものだ。

この日だけで多くの新たなものを見聞きし体験してきたが、そのなかでも一番シャオに印象深く残っているものがある。それは飴だった。

生地屋の店主がミミルとシャオにくれたあの飴。どういった食べ物か知らぬまま口に含めば舌に広がった甘みに、無意識に顔は綻んだ。

どうやら飴とは菓子の一種であったらしい。予想とは違い玉ねぎが持つ辛味など一切なかったし、舐《な》め終わってしばらくしても自分の唾液すら甘くなったように感じたほどだ。ミミルは最後小さくなったそれを齧っていたが、シャオは飴が棒から離れてしまっても、溶けきってしまうまで舐め続けた。

砂糖を舐めるのとは違う甘さを持つ飴を、シャオはすっかり好きになった。ミミルがあれほどはしゃぐのも納得できるし、もし次に飴を食べる機会に恵まれたとき、きっと早く舐めてもいいかとリューナやキヴィルナズにせがんでしまうことだろう。

飴のこと、飴をくれた店主のこと。兄弟と間違えた店員、重たい荷物。多くの品物、多くの人々。繋いだ小さな手と、ゆっくりと導いてくれた大きな手。今日だけで新しい思い出は沢山できた。そしてその分、町が好きになる。

帰り道、またみんなで行きましょうとリューナが言ってくれた。行く！　とミミルが返事をして、キヴィルナズは微笑み頷いた。また今日のような思い出が増える日が来るのかと思うと勝手にシャオの頬も緩んだ。

家に帰ればちょうど夕食の時間になっていて、町で買ってきたものを食卓に並べ、朝に作っておいたスープを温め皆で食べる。

すっかりはしゃぎ疲れてしまったミミルは、パンに齧りつきながらも重たげに瞬き、船をこいでいた。ぐらぐらと揺れる頭にリューナもキヴィルナズも苦笑していたが、シャオは前に置かれたスープ皿に頭を突っ込んでしまわないかとひやひやしたものだ。

互いに疲れた身体を休めるべくそれぞれ早めに床につくことになった。キヴィルナズも町へ行くのに仕事を終わらせていたため、シャオとともに寝室へ向かう。

互いに寝着に着替えると、先に終えたキヴィルナズが寝台に進んだ。それに少し遅れてシャオも着替え終わり、靴を脱いで寝台に乗ろうとしたら、手招きをされる。

どうしたのだろうと首を傾げながら、四つん這《ば》いの体勢のまま真ん中で胡坐を掻く彼のもとへ向かえば、突然伸びてきた手に腰を掴まれた。驚いているうちにキヴィルナズのほうに引き寄せられて、身体を反転させられ、彼に背を預けるように胡坐の上に座らされていた。

「っ、っ……？」

状況がのみ込めず混乱に言葉を詰まらせているうちに、右腕を持ち上げられる。

されるがままになっていると、キヴィルナズはシャオの手首あたりから肩のほうに向かい腕を揉み始めた。

強すぎないよう力加減をしつつ、荷物を運ぶのに疲れたそこを解すように触れられ、ようやく彼の真意を悟る。だからこそ身体の力を抜き大人しく身を預けた。

右腕が終われば左腕を、今度は肩を揉んで。さらにキヴィルナズの手は両足にも伸びて疲れを癒やそうとしてくれたが、さすがに付け根あたりにまで届こうとしたときは止めた。

最後にもう一度肩まで揉んでもらい、ようやくシャオの身体から手は離れていく。

「あり、がとう。気持ち、よかった。――その、お、おれも、やる。お礼に」

キヴィルナズの胡坐の上から立ち、今度はシャオが後ろに回る。膝を揃え、彼がつい先程してくれたようにまずは腕を揉もうと手を伸ばそうとするも、そこでようやく問題に気がついた。

二人には体格に差があるせいか、シャオがキヴィルナズの後ろに回ってしまえば、広い背で視界が遮られ前が見えないのだ。

これではしたいようにできないと正面に戻れば、キヴィルナズが俯いている。

不思議に思いしゃがみ込んで下から顔を覗いてみると、そこには笑みを噛みしめる彼がいた。

「わ、わらわ、ないで……」

なぜ笑っているのか悟ったシャオは、顔を真っ赤にして真下を向く。それにキヴィルナズは口元に笑みを残しながらも、詫びるように頭を撫でた。熱い頬を冷ましきれないまま顔をそろりと上げる。

彼はやはり緩んだ顔をしたまま、自分の肩を示して見せた。

「――肩、やればいいの？」

返ってきた頷きに、シャオはもう一度キヴィルナズの背後に移った。膝立ちになり、広い肩に両手を乗せる。

キヴィルナズは自身の長髪が邪魔にならないようにと、前のほうで髪を集め握ってくれた。そのおかげで巻き込む心配もせず、慣れない手つきながらも先程のお礼にと力加減を考えつつ肩を揉む。ときに拳を握って叩いたりもした。

「気持ちいい？」

初めての行為に、ちゃんとできているだろうかと不安になり声をかけたところで、向けられている背に今この声は届かないことを思い出す。

　それ以上シャオが口を開くことはなく、キヴィルナズの疲れた身体が少しでも癒されるよう、静かに続けた。

　キヴィルナズたちの役に立ちたいと思う。

　不器用な自分ができることなどたかが知れているが、それでもシャオは自ら彼らのために働くことを願った。

　誰に命じられるわけでもない、シャオ自身がそう望んでいるのだ。

　そして望むものは他にも。

　この穏やかな生活が少しでも長く続いてほしい。これからもずっと、ともに在りたい。

　シャオが人知れず秘めた思いは、ただ静かに祈り続けられた。

キヴィルナズに救われたあの出会いから、同じ季節が廻《まわ》ってこようとしていた。

リューナたちからは様々なことを学び、シャオはすっかり平穏な生活が板についてきている。

あれほど痩せ細っていた身体は痩軀のままであれども健康的に肉がつき、今では痕を残して傷自体は治っていた。荒れ果てていた肌も艶を得て、瞳には生気が溢れ出ている。

以前のシャオを知る者であれば、今のシャオとすぐには結び付かないだろう。それほどまでにいい方向へと、シャオは本来の姿を取り戻してきていた。

一方、キヴィルナズやリューナはすでに人間として、妖精としてそれぞれ成人しているためか姿にそう変化はない。しかしまだ幼いミミルの成長は著しいものであった。小柄なシャオよりもまだ背は低いが、知り合った頃より随分と伸びたし、子供特有の中性的な顔立ちも多少男らしさが出始めている。やんちゃで落ち着きがないのは相変わらずではあるが、以前に比べれば多少考えて行動できるようになった。

また、シャオが変わったのはなにも容姿だけではない。たどたどしかった料理も今では一人で準備することができるようになったし、より多く読み書きができるようになった。当初は絵本しか読めなかったが、今ではキヴィルナズに文字ばかりの物語を借りることさえある。

裁縫は相変わらず上達しないものの、洗濯や掃除など家事は手慣れただろう。周囲の地形も多少覚え、あまり遠くへ行かなければ一人で出歩くことも許されている。とはいっても大抵誰かがついてくるため一人になったことはそうない。

あれほど苦手だった話す行為も、相変わらず半端に言葉を区切ってしまうことはあれどもほとんどつっかえなくなった。つい俯く癖も残っているがリューナによって大分改善されている。

過ごす日々の途中ではやはり様々な出来事があった。先日にはミミルとシャオとが喧嘩をしたこともある。些細なことでありすぐに仲直りをしたが、その出来事もまた四人の絆が深まっている証拠である。

シャオの中の遠慮や劣等感が和らぎ始めているからこそ口論ができたのであり、以前のままのシャオであったならばあり得ないことだった。

シャオの成長を考えながら、少しずつリューナとキヴィルナズはシャオの仕事を増やしていった。言われたことをひたむきに受け取り働くシャオは知らないが、いずれ自分たちのもとを離れてもいいようにという考えがそこにはある。たとえ養子に出ずとも、いつか彼は自分たちのもとから去っていくだろうからと。一人でも十分に生きていけるようにと。

その一環として、今日初めてキヴィルナズを抜いて町に行くことになった。リューナとミミルはついてくるが、周囲から見れば妖精はそこにおらず、幼子の手を引くシャオの姿だけが見えるだろう。いつもであれば傍らのキヴィルナズが保護者に見えるが、今回はシャオがミミルの保護者なのだ。

年齢でいえば大人の部類に入るが、シャオ自身はキヴィルナズと出会ってからようやく成長を始めたため内面は未熟である。なによりまだ町に、人波に恐れを残しているシャオに、キヴィルナズが傍にいなくても平気なように慣らすという目的もあった。

リューナたちが想定した通り、町に出ればシャオは自分に合わせ隣を歩いてくれる存在がおらず不安げに視線を彷徨わせる。手を繋いでいたミミルが落ち着きのないシャオに気がつき顔を上げた。

「シャオ、キィがいなくてこわい？」

「――うん。ちょっと、だけ」

「大丈夫！　だってミィがついてるもん！」

明るい笑みにつられてシャオは目尻を下げる。

「ありがとう、ミィ」

「うん！」

嬉しそうにはにかみ、繋いだ手に力をぎゅっと込めると、ミミルはシャオを導くよう引っ張った。

今日は雑貨を買い、そのあとで先に仕事のために町へと来ているキヴィルナズと合流することになっている。

すでにいくつか品物を購入し終え、あと買う予定になっているのは呪術師の仕事で使う紙であり、今はそれを売っている店へと向かっている途中だった。まだシャオは行ったことのない店だが、ミミルは知っているそうだ。

足早になるミミルを隠れたリューナが窘めるも、張りきる彼は返事ばかりで、力強くシャオの手を引いていく。それがどれほど心強いことなのか、まだ幼い少年は理解していないだろう。

ようやく目的の店に辿り着く。これまでとは違い馴染《なじ》みの店でないそこで、シャオが交渉し商品を買った。少しだけ言葉をつっかえさせていたもののどうにか紙を購入し終え、安堵の表情を浮かべながらシャオたちは店を出る。

「シャオがんばったね！」

「緊張したでしょう。お疲れさま」

「うん。ありがとう」

それぞれかけてくれる言葉に頬を緩めながら、シャオは両手で持つことになった袋をぎゅっと握りしめた。

紙は重たく、しっかり持っていないとならないのだ。そのためミミルともう手を繋ぐことができず、内心では不安を大きくする。だがそんなことを告げてしまえばミミルたちが困ってしまうと、その思いを抑え込み、ようやくキヴィルナズと会うために足を進めた。

今はここにいない男との合流を考えただけでほんの少し不安が和らぐ。そして誰にも手を引かれていないのに無意識に急《せ》きそうになった。

キィ先にいるかな、とシャオと同じく彼との再会を待ち望むミミルに応えながらしばらく進んだところで、不意に背後から声をかけられる。

「――ねぇ、ちょっと待って！」

初めは自分のことではないと思い反応しなかったが、痛みを覚えるほどの力で肩を摑まれ慌てて振り返る。するとそこにはシャオと同じ、灰色の瞳を持つ一人の女がいた。黒く長い髪が肩から零れ落ちる。

彼女は急なことで驚きに固まったシャオをまじまじと見つめ、頬に手を這わした。

「あなた、シャオ？　シャオよね？」

肌に触れるそれは、種族は違えども同じ女であるリューナのものとはまるでちがう、肉刺がつぶれた硬いものだった。酷使され続けてきたシャオの掌のほうが余程彼女の手と似ている。

見知らぬはずの女はシャオの名を確かに呼び、次第にその目に涙を溜めていった。

頬にかかる手を振り払うこともできず、やがて伝ったその涙にシャオは狼狽える。

「だ、だれ……」

ようやく絞り出した声は、激しい動揺と混乱からか、ひどく掠れた。

自分の名を呼び、涙する若い女。同じ黒髪と灰色の瞳を持つ者。どこか、似た面差し。

まさか――いや、そんなはずがない。

とある考えがシャオの頭に浮かぶもすぐに否定する。だがそれをなおのこと否定するよう、女は荷物を抱えたシャオごと強く抱きしめてきた。

道行く人々が何事かと目を向けながらも、決して関わらないように過ぎ去っていくなか、一度ぎゅうっと力を込めてから、彼女はわずかに抱擁を解いて顔を見合わせた。

「シャオ、覚えている？　わたしはシャナよ」

自分と響きまで似た名に、しかし覚えはない。恐れるように首を振れば、女は一度涙を指で拭い、寂しげに笑って見せた。

「覚えてないよね、あなたはとても小さかったから……わたしはあなたの姉だよ」

「あ、ね……？」

聞き返すと、彼女は拭ったはずの涙をまた滲ませ頷き、再びシャオに隙間なく抱きついた。

息苦しいまでの抱擁に、しかしシャオは抱えた荷物に力を込めるばかりで応えることはできない。

激しい混乱から、なにも言葉を紡げずにいた。

似た風貌に同じ色の瞳。響きが重なる名に、肉刺だらけの硬い掌。力強く抱く腕、見せられた涙。

シャオの記憶のなかに、顔も覚えていない父母がいる。もしかしたらいたかもしれないという程度の認識があった姉も。両親の顔も思い出せないため、当然のようにその姉の顔もわからない。どれほど歳《とし》が離れていたかも、どんな名であったかさえも。いつ別れてしまったかも知らない。

もっとも古い記憶のなかで、シャオは普通の少年で、両親も奴隷ではなかった頃がある。だがある日、見ただけで幼いシャオが泣き出してしまったほどに恐ろしい形相の男どもが家に入り込み、なにかを両親たちに怒鳴り、そして気がつけば一家は奴隷に堕ちていた。

すぐに父はどこかへ連れていかれてしまった。残されたシャオたちの雇い主は、女子供であろうが容赦なく仕事を命じ、心身ともに追い詰められていった。ただただ働き、少しばかりの休息を与えられ、また働いて。

いつしか母も姉もいなくなっていた。シャオ自身が理解する間もなく主は変わっていき、やがて最後の主となった農夫のもとに渡り、これまでと変わらず奴隷として日々酷使されて。それまで散り散りになった家族のことなど考えるゆとりすらなかった。

今自分を抱く女は小綺麗な身なりをしている。奴隷には到底見えないし、足枷さえない。しかしそれはシャオとて同じだった。

シャオはキヴィルナズたちと出会い別人のように生まれ変わったのだ。だがそれでもかつての名残はある。服の下に隠れている長年はめ続けさせられた枷の痕や、もう消えることはないであろうあまりに惨い暴行の痕跡。そして無理に働かせ続けた証拠でもある硬くなってしまった掌。見えづらくなっただけで、それらは残されている。

女もそうであるなら。シャオのように善《よ》き人に巡り合え、生まれ変わったとするならば。

なら、ならばこの人は、本当に――。

「ねえ、さん……？」

「ええそう、わたしよ、シャオ。――ああ、またあなたに会えるだなんて。生きていてくれたんだね」

微笑みかけられ、頬を撫でられる。柔らかくない指先が優しく肌に触れた。シャオを愛《いと》おしく思っているのだとそれが教える。

「もしすれ違えたとしても、成長したあなたを見つけるなんてできないと思っていた。小さい頃しか知らないし、そうはっきりと覚えているわけじゃなかったし。それに、もしあのまま、働かされていたとしたらと思うと……でもよかった。その姿なら安心してもいいいんだね？」

「——き、キィに、助けて、もらって……め、めんどうも、みて、もらって。一緒に、暮らしているの」

たどたどしくもシャナの言葉に返事をする。彼女はシャオの言うキィが誰のことだかわかるわけもないが、それでも優しげに目が細められた。

不意に服を引かれて振り返ると、不安げな眼差しでミミルがシャオを見上げ、裾を握っているところだった。

「シャオ……しってるひと？」

声をかけられようやく、少年とその外套の下に隠れた妖精を思い出す。どう答えようか迷っている間に、シャナはシャオから離れ隣に移り、しゃがみ込んでミミルと目線を合わせた。

ミミルは警戒しているのか、彼女が近づくと慌てたようにシャオの陰に隠れて片足にしがみつく。

「初めまして、わたしはシャナ。あなたは？」

「——ミィは、ミィだよ」

初めて聞く幼いながらも硬い声音に、シャオは驚いた。

自分と出会ったときから明るく声をかけてくれた少年だ、行く店々の店主たちにも愛想がよく、人見知りしない性格だと思っていたのだ。

名を答えながら、小さな手はますます強くシャオの服を握りしめる。それに気がついたのかシャナは人のよさげな、温かな笑みを浮かべた。

「ねえ、ミィくん。シャオのこと好き？」

「……すきじゃない。シャオのことはだいすきだよ」

「そう」

その返事によりいっそう彼女は笑みを深めながら立ち上がった。

「ごめんなさい、今日はあまり時間がないの。シャオさえよければまた会えないかな」

改めて向かい合った彼女は、まだ微かに残ってい
た目尻の涙を指で拭い、シャオの片手を取った。
硬い掌同士が重なる。華奢《きゃしゃ》な身体に似合わない、
熱い手だ。
答えに迷っていると、シャナは一度口をきつく結
ぶ。
「――お願い、明後日《あさって》、またこの場所に来て」
その瞳は懇願を表し、摑んだシャオの手を握る力
を強める。
「勝手でごめんなさい。でも、もっとちゃんと話が
したい。待っているから！」
最後にじっと同じ色の瞳を見つめて、シャナは身
を翻す。ゆったりとした長いスカートをはためかせ
ながら走り去っていってしまった。
呆然と、黒髪が揺れる小さな背が消えるのを見送
る。リューナに名を呼ばれようやく我に返った。
ミミルの服の下から心配そうな声がかけられる。
「シャオ、だいじょうぶ？」
「……う、うん」
頷きながら、抱えた荷物を一度片腕に持ち直し、
未だ足にしがみつくミミルの頭を撫でた。
「前に、お姉さんがいたかもしれないってシャオは
言っていたわよね。あの人がそうなの？」
「――わかん、ない。本当に、はっきり覚えている
わけじゃないから。名前も、わからないし……」
いたとはおぼろげに覚えていたが、しかし再会す
るなど思ってもいなかった。突然現れた姉という存
在に、未だシャオは深く混乱していた。
不意にミミルが顔を上げる。髪を梳いていた手を
退けると不安げな瞳と視線が重なった。
「ねえ、シャオはミィたちの家族だよね？　ミィた
ちをおいてどっかいったりしないよね？」
小さな手で放さないようにとシャオの服を握りし
めるミミル。姉の登場に怯えているのはなにも自分
一人だけではないのだと教えられた。
今にも震えそうなふっくらとした幼い手に、自分
の掌を重ね、撫でるように触れる。
「どこにも行かないよ」

短いその一言を伝えるのが、今のシャオの精一杯だった。だがそれでもミミルに安心を与えられたらしく、強張っていた身体から力が抜けていく。

外套の下に隠れたままのリューナにもそれは伝わったのだろう。シャオたちだけに聞こえる声で、どこかしんみりとしてしまった雰囲気を振り払うよう明るく告げた。

「さあ、まずはキィと合流しましょう。もしかしたら待っているかもしれないし、話は家に帰ってからゆっくりすればいいわ」

促されるまま二人は止めていた歩みを進め出す。

シャオは両腕で荷物を抱え直したが、ミミルは足を摑んだままだ。歩きづらくはあったがシャオはあえてなにも言わなかった。普段は気がつくリューナでさえ、幼い少年を思って不便なことを咎めたりなどしない。

キヴィルナズに会える、という思いで幸せに膨らんでいた気持ちは、予期せぬ再会に張り裂けそうなほど歪《いびつ》な形になっていた。


夜になり、ミミルが眠りについてしまうまで待つと、シャオとキヴィルナズが待つ寝室へとリューナがやってきた。

そこで今日あったことをキヴィルナズに説明し、実際にシャオの姉を名乗るシャナに会いに行ってもいいか指示を仰ぐ。そうすべきだとシャオ自身も思っていたし、リューナもまずはキヴィルナズに相談したほうがいいと言ったからだ。

事情を聞き終えたキヴィルナズはしばらく目を瞑《つむ》り、やがて開いた赤い瞳で、寝台の上に自分と同じように胡坐を掻いたシャオの膝に腰かけるリューナに目を向けた。

身振り手振りもせず、書いた言葉を見せるでもなく、リューナは視線だけで彼の告げたい言葉を悟って口を開く。

「さっきも言った通り、確かに外見はシャオに似ていたと思うわ。そうね、シャオが女性だったらああいう容姿になっていたかしらね」

　黒の髪に灰色の目。シャオよりほんのわずか低い背に、同じような痩身。服の下に隠れて身体の傷は窺えなかったが、隠しようのない酷使された硬い皮膚の掌。それらは確かにシャオに似ていたのだ。

「シャオはもともとお姉さんがいたかもしれないと言っていたし、向こうはシャオの名を知っていたし……本物の姉である可能性は、高いと思うわ」

　キヴィルナズは考え込むように再び目を閉じる。その姿を眺めながら、シャオは内心で拭いきれない不安に戸惑い続けていた。

　突然現れた、姉を名乗る女。そして強引にとりつけられた再会の約束。

　シャオにはまったくと言っていいほど家族の記憶はない。両親がいたことは覚えているが、どう頭を捻ったところで顔さえ覚えていないし、姉についても恐らくいたであろう、という曖昧なもの。だからこそ昼間に会ったシャナが本物の姉なのかどうかわからずにいる。


　本当であれば、素直に再会を喜び、次に会う約束を心待ちにすべきなのだろう。とにかくまた会い、そのときに詳しい話を聞いて確信でも得ればいい。しかしそうも考えられずにいる。その理由はリューナにあった。

　リューナは強くシャナを警戒している。キヴィルナズは変わらぬ表情のせいで彼女の存在をどう感じたかはわかりかねたが、妖精の少女はシャオでもわかるほどに慎重に行動しようとしているのは確かだ。そしてその事実がシャオの戸惑いを消させずにいた。

　リューナが警戒するのはきっとなにか理由があるはず。そうであるならば本当にこのまま彼女に会いに行っていいのか。

　それにもし、シャナが本当にシャオの姉であったとするならば。本当の家族を見つけた自分は、この家から出されてしまうのではないだろうか、という小さな不安も胸の奥底にあった。今はそれを決して顔に出さないよう抑え込む。

　判断をすべて委ねたシャオが二人の間に出る答え

を待ち続けていると、なにかしらの言葉をキヴィルナズから受け取ったリューナが頷いた。

「――そうね、まずはもう一度接近してみましょう。向こうもなにか目的があったとしても、まさか次でどうこう決着をつけるつもりはないでしょうし。本物ならそれはそれでいいしね」

「リューナ、キィは、なんて？」

シャオは膝の上にいる小さな姿に目を落とす。

「とりあえずまずは約束通りに明後日、シャナさんに会いましょう」

いいの、と眉を垂らしながら尋ねれば、苦笑しながら彼女は頷いた。

明後日はキヴィルナズが呪術師としての仕事で再度町に向かうため、途中までは一緒に行くそうだ。そして彼が仕事をしている間にシャナに会い、その後待ち合わせの場所を決め合流し、家に帰るという手筈《てはず》を取ることになった。

シャオにはリューナが同行し、ミミルも連れていくことが決まった。本当ならば置いていきたいが、まだ幼いミミルを家で一人にしてはおけないからだ。本人もきっとついていくと言ってきかないだろう。

確認を終えたところで、不意に部屋の扉が開けられる。三人の視線がそこへ向けられれば、わずかに開いた隙間からミミルが顔を出した。

不安げな顔で片腕に枕を抱く少年に、リューナが優しく声をかける。

「どうしたの、ミィ。起きちゃった？」

唇を引き結んだまま、ミミルは静かに三人のもとへ歩み寄ってくる。寝台の傍らまで来てようやく小さな口は開かれた。

「……今日、シャオとキィと、いっしょにねちゃだめ？」

「いっしょに？」

シャオが聞き返せばミミルはこくんと頷いた。そのまま俯き、持っていた枕を両腕で抱きしめる。

その姿を見たシャオはキヴィルナズに振り返る。問う前に頷きが返ってきた。

「いっしょに寝よう、ミィ」

おいでと言いながら手を差し出せば、重なる幼い柔らかな手。それを引いて寝台の上に乗せてやる。

「リューナもいっしょに。今日はみんなで寝よう？」

「そうね。わたしもここで眠ろうかしら」

今度は膝に座るリューナに手を差し出す。彼女は嬉しそうに微笑み、小さな手で指先を取り立ち上がると、今度はそこへと腰かける。

いつものようにシャオが窓際の奥へと行き、次にミミルが、最後にキヴィルナズが寝台の上に身体を横にする。ミミルの頭上にリューナをそっと置いた。

普段からともに寝ているキヴィルナズとシャオでさえ身体を密着させなければ落ちてしまいそうなところへ、小さいとはいえミミルが入っているのだ。本来成人一人用である寝台は随分と窮屈な場所になってしまった。しかし間にいるミミルも、両脇からそれぞれ腕を伸ばし少年を抱きしめるキヴィルナズもシャオも、その頭上で丸くなり三人を見守るリューナも。誰一人不満げな顔をすることはない。むしろ幸福げに笑い合い、楽しげに肌をすり寄せあう。

やがて先に眠りについたシャオとミミルの幼い寝顔を、寝つけずにいるキヴィルナズとリューナはしばらく眺め続けていた。

前回出会った時刻くらいにその場所を訪れると、そこにはすでにシャナが待っていた。

シャオの顔を見るなり笑顔になると、まだ彼女と距離があるというのに大きく手を振られる。

戸惑いながらも傍らまで歩み寄れば、すぐに場所を移すことになった。

近くの茶屋へとシャナに導かれ、シャオとミミル、そしてミミルの外套の下に隠れたリューナは店へと入る。

何度か脇を通り過ぎたことはあるものの、茶屋になど入ったことはない。注文の仕方どころかなにが置いてあるかもわからなかったシャオは、それを素直にシャナに伝える。

シャナはシャオたちの分も含め飲み物と、ミミルのために甘い果物を頼んだ。

注文を聞き届けた店員が下がり、改めてシャナは似たつくりの顔のシャオへと向き直る。

「ごめんなさい、強引に約束しちゃって。でも来てくれて嬉しかった」

「……う、うん」

シャオが返せたのはそれだけだった。まだシャナが自分の姉であるかどうか疑っているのはあるが、それ以前にキヴィルナズたち以外と面と向かって話す機会があまりないからだ。

町へ買い物に来るようになってからは、目的の店ごとに店主と多少言葉は交わすものの、主にミミルが率先して声を張り上げるためあまりシャオの出番はない。しかし今日ばかりはいつも天真爛漫《てんしんらんまん》なミミルも、シャオの隣で行儀よく腰かけたまま俯きがちでいる。

「――元気にしていた？」

優しげな声。過去の記憶を呼び覚まさせることはないが、確かに温かな想いが込められた言葉だと思った。

浅く頷くと、シャナはよかったと安堵の息を吐く。

「今はその子と、ミィくんと一緒に暮らしているの？　二人だけ？」

「あと、キィと、リューナ、が。一人は、仕事で、ミィは一人にしておけないから、いっしょに」

実際のところリューナは隠れてここにいるが、それを伝えれば彼女の姿がないことを指摘されるだろう。咄嗟にキヴィルナズとともに行動していることにした。

まるで初めの頃に戻ったかのように言葉をつかえさせてしまうシャオに、しかしシャナは嘲笑などしない。あえて言葉には出さず、だがその穏やかな瞳で慌てなくていいと伝えてくる。

「キィさんは前に言っていたね。それにリューナさんという方もいるの。みんなとはいつ頃出会ったの？」

「い、一年くらい、前に……キィに、たすけて、もらった」

当時を思い出し、シャオはそれを懐かしむ。度の過ぎた主からの折檻に、あとは消えゆく運命を負ったはずのシャオ。それを救ってくれたのが白髪に赤い瞳を持つ、人々に鬼と恐れられるキヴィルナズだ。

初めのうちはシャオも鬼の存在に怯え絶望したが、すぐに彼の優しさを知った。鬼などではない、初めてシャオを人間として扱ってくれた、同じ人間だった。

思い出に顔の強張りを和らげたシャオに、シャナは微笑みかける。

「いい人に巡り会えたんだね。今のあなたの姿を見ればわかるけれど、実際その口から聞けて安心したよ」

彼女が言い終えるとほぼ同時に、店員がお盆に乗せたそれぞれの飲み物とミミルの果物を一声かけて机に置いていく。

いつもであれば飛びつくミミルだが、シャナの手前だからか、じっと皿に盛られた果物を見つめてからシャオに目を向ける。頷いてやれば初めて彼女の前で破顔し、嬉しそうに匙を取った。

甘い果実をいかにもおいしそうに口に運ぶミミルをシャオは見つめる。

「わたしと似ているね」

「え？」

視線を正面に座る女へ戻せば、目が合い微笑まれる。

「わたしもね、今のご主人さまに助けてもらったの。とてもいい人で、奴隷のわたしをまるで人間のように扱ってくれる。服もくださるし、ご飯だっておいしいものを食べさせてもらっているんだ。無理な労働なんて強いられないし、ちゃんと休ませてもくれる——」

足枷だって取ってしまったの、と彼女は身軽を表すかのように一度足を持ち上げ軽く床を叩いた。

「だから今のあなたと同じで、奴隷だなんてわからないでしょう？　ああでも、あなたはもう、本当に人間になれたのかな」

その言葉の意味に首を傾げれば、シャナは穏やかな表情を崩さぬままに真意を教えた。

「キィさん、が、あなたを今の状況にしてくれた人なんでしょう？　その人が主であれば、そう呼ぶよね。でも名前で呼んでいる。だからあなたたちは主と奴隷という立場ではないと思ったの。どう、当たっている？」

　初めて見せるどこかいたずら気な笑みを不思議な思いで眺めながら、ゆっくりと頷いてみせる。やっぱり、と彼女は言った。

　シャオはもう奴隷ではない。キヴィルナズとリューナ、ミミルとは主と奴隷という立場でなく、家族の一員として対等な立場にある。そしてシャナは今現在主となる人物がいる。足枷は外されているがその人物をご主人さまと呼ぶ以上主従関係にあり、だからこそ自分とシャオを似ていると表現したのだ。

　奴隷の立場を一切感じさせないシャナは、香りのいいお茶を慣れた様子で口に含む。シャオもそれにならい、自分の前へと置かれた同じものを手に取り飲んだ。

　紅茶と呼ばれるそれは家で毎日のように飲んでいるが、店で飲むのは初めてだった。優しい味は香りも同じように柔らかく、心が安らぐような気がする。家のものとは違う味だが好ましく思えた。

　互いに一息入れると沈黙が流れる。

　なにか話したほうがいいのだろうかとぐるぐるシャオが悩んでいると、先にシャナが声を出した。

「――あのね、わたしこの町の人間じゃないんだ」

「え……？」

「ご主人さまの仕事の都合でここを訪れただけで、明日には帰るの。屋敷は別の大陸にあってね」

　海を渡ったそこに帰れば、きっともうここを訪れることはないだろうと彼女は語る。

　受けた衝撃に瞠目《どうもく》するシャオに、シャナは似たつくりの顔で苦笑して見せた。

「あなたと、シャオとこの町で会えるだなんて、奇跡だった。――もう、会うことはないかもしれないからこそ、今日だけでいい。わたしを姉と信じて色々話をさせてね」

笑みのなかに見えるどこか寂しげな顔に、気がつけばシャオは浅く頷いていた。

膝の上で握っていた拳を解き、しっかりと姉の目を見つめ返す。同じ灰色の瞳がそこにはあった。

シャナも視線を逸らさないままシャオへと告げる。

「生きている限り嫌なことは沢山ある。死にたくなるようなことが続くことも。でも、そんななかでも見つけられた、摑むことのできた幸せを決して手放しては駄目。それを守るために自分がどんなに傷ついても、でも絶対に後悔しないよう、足掻《あが》いてでも離さないで」

重なっているはずの視線。だが彼女の目はシャオを通してどこか遠くを見ているような気がした。向かい合っているのに、シャナの前にいるのはまるで自分ではないようで、近くにいるのに遠く感じる。

彼女はわずかに目を細め、今度こそその言葉の意味を考えるシャオを見た。

「――ごめん」

「……な、なんで、あやまる、の？」

「あなたを守れなかった。だから、だからごめんね」

彼女が見ていたのは、過去だったのだろうか。

散り散りになった家族。幼いうちに引き裂かれた姉弟。それから長いときを経ての再会。

記憶が曖昧なシャオと違い、自分の弟に気がついたシャナはそれだけの記憶があったのだろう。だからこそ当時のことをよりよく覚えているのかもしれない。

もう一度ごめんねと呟くように告げ、静かに涙を見せた女に、シャオは慰めの言葉ひとつかけてやることもできない。やがて両手で顔を覆い俯いてしまったシャナに狼狽えながらも、リューナにあらかじめ持たされていた手巾《しゅきん》をようやく差し出した。

はっとしたように顔を上げたシャナに、言葉に悩みながらも自分の想いを伝える。

「おれ、は……あなたを、恨んでない。怒ってもない。だから、あやまらないで。それよりも、おれと、また会えたこと。喜んでくれて、あ、ありがとう……」

　道の途中で再会を果たしたときも彼女は泣いた。それは喜びからだったのだろうと、他人の感情に疎いシャオでもわかる。そして今彼女が罪悪感から涙していることも悟っていた。

　だからこそ、そう思わなくてもいいよう、姉であるのかという疑惑の下に隠れていた、ただ純粋に感じているものを伝えたのだ。

　シャナに謝ってもらうようなことなどなにひとつない。だが自分との再会に、無事に安堵し泣いてくれたことは、シャオの胸にむず痒《がゆ》い不思議な感情を湧き上がらせていた。泣かせてしまったし本物の姉かどうかもわからないままであるから、嬉しいとは違う。幸せというわけでもない。ただきっと喜ばしいものであるということだけは理解していた。だからこそ、それをもらったからこそシャオがすべきは感謝だとわかったのだ。

　ありがとうと、本心を伝えればきっと泣きやんでくれる。そうシャオは思っていたが、それどころかシャナはさらに涙を溢れさせた。受け取った手巾で目元を拭っても、次々に零れるそれに布は湿っていく。

　成り行きを大人しく見守っていたミミルとともに、どうしようもなく途方に暮れるシャオに、服の下に隠れた妖精が初めて助言をした。

　今にも嗚咽を漏らしそうな女にだけ聞こえぬ声で囁《ささや》く。

「好きなだけ泣かせてあげなさい」

　たった一言だが、シャオは内心でリューナの言葉に頷く。やがて机を挟んだ先にあるシャオの手に、伸ばされた彼女の手が重ねられても、穏やかに握り返して受け入れた。


　涙を流したシャナはほどなくして落ち着き、その後は明るい雰囲気で話を再開させた。

　そこでシャオは彼女に導かれるまま、様々なことを話した。曖昧にぼかしながらではあるが、自分は町の人間でなく、近くの森に住んでいるということ。今では料理や洗濯がキヴィルナズに褒められるほど上達したこと、けれど裁縫はミミルに笑われるほどにへたなままであること。食べるようになった多くの食材、料理のなかで好きなものだったり嫌いなものを話したり。

シャナもまた自らのことをシャオへと教えた。とはいっても主の仕事の関係上それほど多くは語れぬと言われ、大方はシャオが話した当たり障りのない情報と同じようなものだ。

十数年ぶりとなる姉弟の会話にしてみれば、いささか違和感のあるものではあったかもしれない。互いにあまり深くは踏み込まず線引きをしている。だが互いの主の、家族のためでもあるからこそシャオもそれでいいと思ったし、シャナもそう感じているだろう。

二人の間にある溝は深いものだが、だからこそ話すことは尽きなかった。シャナの誘導がうまかったこともあるだろうが、シャオ自身、彼女ともっと話したいと自ら口を開いたからだ。

溝を少しでも埋めるように、もうこれ以上深まることがないように話をして、そして不思議と同じときに互いに口を閉ざして解散することになった。

会計を済ませて店の外に出る。

シャナは最後の別れの言葉を口にして、シャオを抱きしめた。そこで初めてシャオからも腕を回し、自分よりもいくらか小柄な彼女に触れた。

しばしの抱擁のあと、離れた二人はどちらからともなく照れたような笑みを見せる。さよなら、と言ったシャナに、シャオもミミルもさよなら、と返した。

告げられた通り、彼女は海を渡った先の我が家へと帰り、そしてもう二度と会うことはないのだろう。そんな予感がした。だからこそシャオは姉の背が人ごみに消えて行っても、しばらくは見えないはずの姿を眺める。

やがて、静かな声がかけられた。

「シャナ、いいひとだったね」

「……うん。いい人だった」

まるで慰めのようなミミルの声音に頷く。

するりと絡んできた小さな手を握ると、ミミルの外套の下からリューナが二人にしか聞こえない声を出した。

「キィの仕事、もうすぐ終わるみたい。迎えにいってくるわ」

「出てもだいじょうぶなの？」

「ほんの少しの時間であれば姿を見えなくさせられるのよ。すぐに上に飛んでいっちゃえば誰も気づかないわ」

リューナは自らミミルの外套をまくりするりと抜け出る。だがそこから見えたのはリューナの身体ほどの光だけだった。それはふよふよとシャオたちの頭上へと飛んでいってしまう。

「いつもの時計台広場までの道、わかるわよね。余っているお金で飴を買ってもいいから大人しくそこで待っていて」

「本当!?　わかった！」

飴という言葉に途端に目を輝かせたミミルは、傍から見ればなにもない空を見上げ返事をする。そんな少年の姿に道行く人の何人かが怪訝な目を向けたため、慌ててシャオが誤魔化《ごまか》すためにミミルへ話しかける。

二人の様子にくすくすと笑い声だけを届け、光となったリューナは離れていった。

「それじゃあ、行こうか」

「うん！　あめ、大きいのかってもいいかな」

「うーん……いつもの大きさにしよう。さっきのお店でも食べたし、夕食入らなくなっちゃうかもしれないから」

シャオの言葉に少しだけ顔を顰めたが、ミミルはその通りだとしぶしぶ頷いた。飴は好きだが、キヴィルナズたちと囲む食卓のほうがもっと大好きなのだ。

手を繋いだまま二人は歩き出す。

キヴィルナズと合流したあとは夕食の食材を買う予定だった。そのため、今晩はなにを作ろうかとミミルと相談し合う。

育ちざかりの少年は必ずと言っていいほど肉！と威勢よく答えるため、いつもそれにシャオが苦笑するばかりだ。

野菜もちゃんと取りなさいとリューナがいつも注意をするが、ミミルはどうも苦手なようだ。その点好き嫌いなくなんでも食べてしまえるシャオは、お手本として引き合いに出されることも多かった。

どうしても食べられないのだと言いながら膨らまされた頬を突《つ》き笑い合っていると、突然、強い力で肩を摑まれた。

「っ――」

強引に振り向かされ、そのとき繋いでいた手が離れてしまう。

視界の先に見えた顔にシャオは言葉を失った。

「あ……」

まず真っ先に、怒りに煮えたぎる瞳を理解した。そして少し遅れて、指が食い込むほどに肩を摑む男の顔を認識する。

「おまえっ、こっちに来い！」

唾をまき散らす勢いで声を発した男は、シャオの肩から手を離し、代わりに手首を摑む。折れそうなほど強い力で捻り上げられ、出そうになった呻き声を咄嗟にのみ込んだ。

今にも崩れ落ちそうに震える足は歩くことを拒む。しかし腕を摑んだ人物は煩わしげに舌打ちをしただけで、強引にシャオを引きずった。

大通りを歩いていた者たちは突如として起きた騒動を目撃していたが、怒鳴り声から厄介事だとすぐに悟り、誰一人として顔を真っ青にするシャオを救おうとはしない。

「シャオっ」

ミミルが名を呼ぶが、振り返ることさえできない。抵抗も、声も上げることもできず、ただ動きの鈍い身体を引っ張られながら路地に入り、大通りに並ぶ店々の裏手にある細い道に出る。

人目がほとんどなくなったところで、摑まれた身体を放り投げられた。されるがまま砂利の多い地面に叩きつけられたシャオが呻くと、鋭い声が耳を突き刺す。

「うるせぇ！　声を出すんじゃねぇ！」

怒声にびくりと肩が震え、咄嗟に頭を抱えるようにして身を丸くする。大きな足が無防備なシャオの脇腹を踏みつけた。

再び上がりそうになった声をのみ込み、短く荒い息を吐く。

「あの派手な頭の男が言った通りだぜ。おまえがのうのうと町を出歩いてるってな！　畜生っ！」

耳の奥に未だに残る声。身体に刻まれた痛み。どんなに繰り返されたところで慣れることはなかった恐怖感に頭が真っ白になる。

シャオを裏路地へと連れ出した男――以前の主であある農夫のザラーナは、怯えて小さく震え上がるシャオに容赦なく罵声を浴びせた。

「奴隷ごときが普通の人間気取りやがって、ふざけるんじゃねぇ。家畜の糞尿《ふんにょう》にまみれてたやつがよ！おまえのせいでこっちは散々な目に遭ったってのに、なんでおまえは人間に紛れてやがる！」

再び振り上げられた足に頭を踏みにじられ、地団駄を踏むように蹴られる。

「やめて、やめて！　シャオをけらないで！」

「うるせぇ、餓鬼は引っ込んでろ！」

シャオを心配して駆け寄ろうとした幼子相手に、ザラーナは剝き出しの感情をぶつける。

身体を竦ませその場に立ち止まったミミルに、けれどもシャオが気遣ってやれる余裕など微塵《みじん》もなかった。

激情に駆られた瞳は身を守るシャオに戻される。怒声がやむことなく浴びせられた。

恐怖に支配されたシャオに、ザラーナの言葉はにひとつ耳に入ってくることはなかった。そうと知ってか知らずか、元主は自身の元奴隷であった者に語る。

シャオがキヴィルナズに引き取られたあと、ザラーナはろくに仕事もせず奴隷を売った金で暮らしていたそうだ。妻がそれを諭しても直らず、もともと夫の暴力に愛想を尽かしていた彼女は、ザラーナのもとに別れを意味する置手紙をひとつ残して、一人息子とともに家を去っていった。

その後は日中から酒屋に入り浸るようになり、その店で若い男の二人組と口論になり、散々な暴力を振るわれた挙句、肌身離さず持っていたシャオを売ったときの金を奪われてしまったらしい。

家族も金も、痛みを引き換えに奪われた男は、すべて自分の行動が起こした因果だというのに、それをシャオのせいにしていた。シャオの身が金に換わっていなければこんなことにならなかったとザラーナは言うのだ。

暴力を受けた身体が治っても仕事もせず酒を飲んでいたらしいザラーナは、今も酒臭い息を吐いている。そのせいでより判断力が鈍り凶暴性が増していた。そこにミミルと楽しげに夕飯の話をする、以前とは別人のように身なりを整えたシャオが歩いているのを見てしまい、現状へと繋がってしまったのだ。

「おまえが、おまえのせいでっ！　あんとき売らずに、とっととのたれ死にさせときゃよかった！」

男が吐き捨てる理不尽な言葉など理解できない。だが心に深く突き刺さる。もとから刻まれていた傷痕が抉《えぐ》られた。

何度でも振り上げられる足に、全身に力を入れる。しかし、次にそれが下される前に幼い声が割って入った。

「やめろ！　シャオにひどいことするなっ」

男の軸足にしがみつき動きを妨害する。ザラーナはひどく苛立《いらだ》った様子で舌を打った。

不穏な音を聞き、ようやくシャオはミミルの置かれた状況を理解する。しかし身体は動かない。

声さえも上げることができない。縮こまった身体はただそのままで、幼い身体が摑まれ、地面に叩きつけられる様を見つめるしかできなかった。

「あ、ああ……っ」

ミミルの悲鳴に、唇が震える。

痛みからか、火がついたかのようにミミルは泣き出した。擦り剝いたらしい頰や腕、足には血が滲んでいる。

「うるせぇ、うるせぇっつってんだろ、泣くんじゃねぇ糞《くそ》がっ！」

再び上がった足が狙う先はシャオではない。勇敢にも大人に挑み、そして敗れた優しい少年へ向けられている。

「や、やめ……」

やめて。そう言ったつもりだった。けれどか細い声は喉の奥で縮こまる。激高した男をとどまらせることもなくて。

シャオの声は届かないまま、容赦なくミミルの頭が蹴られた。

地面に倒れそのまま蹲《うずくま》ってしまったミミルを、再度痛めつけるためにザラーナの足が持ち上がる。

ミミルは嗚咽も引っ込め、自分を守るために身体を丸めた。それはまるで、いつもシャオがしていたようで。

振り下ろされた足。気づけばシャオは、ザラーナに体当たりしていた。

「ぐっ――」

片足を上げていたザラーナは、支えになっていた足を崩されその場に尻餅をつく。その隙にシャオは丸くなるミミルに覆い被さった。

「ミィ、ミィ……！」

必死に名を呼べば、自分を包む正体に気づいたミミルの顔がようやく上がる。シャオを見ると途端に表情を崩ししがみついてきた。

重なった身体は、その恐怖を伝えるようにぶるぶると震えている。

もっと早く助けてあげれば、こんな痛みを負うこともなかっただろう。今更になって強い後悔の念に襲われる。

この薄い身体ではミミルを守りきることはできない。しかし力ない自分にはこれくらいしかできないせめて、盾になってやることしか。だから抱えた身体に回した腕を外されないようにと強める。

落ち着かせるためさらに声をかけようとしたところで、鷲摑《わしづか》みにされた髪を力づくで引っ張られ、うつ伏せに丸まっていただけのシャオの身体はたやすく地面に転がされた。

隠していたはずのミミルが呆気《あっけ》なく晒され、慌てて体勢を直そうとしたところで脇腹を踏まれる。内臓を押し込まれるように圧をかけられて、咄嗟に腕の力が緩んでしまった。その隙をつき、ザラーナはシャオからミミルを取り上げてしまう。

「ミィ――!」

シャオ、と少年の口が動くが声は出ていなかった。手を伸ばすが、同じく伸ばされた小さな手を摑む前に、ザラーナはミミルを適当な場所に放り投げる。

身体を起こし追いかけようとすると、恐ろしい形相の男と目が合った。ひっと喉が鳴り、伸ばしていた手を縮こませる。その腕を摑まれた。

「来い、今度こそ死ぬまで働かせてやる!」

おののきながらも小さく首を振れば頰を張られた。ぐわんと揺れる頭になにも考えられなくなる。しかし遠くで聞こえる泣き声に意識を向ければ、自分のすべきことを思い出す。

「行くぞ!」

無理矢理引っ張られ立たされた。だがシャオはそのまま引きずられないようその場に踏ん張り、痕が残ってしまうほどに強く摑んでくるザラーナの手を外そうと指先を引っかけた。

「い、嫌だっ」

それは初めてシャオが告げた、はっきりとした拒絶の言葉だった。

それまで見せていた憤怒も忘れ、男は驚愕の顔を作る。

「はな、せ……!」

摑みかかっても放させることのできない男の手に、シャオは意を決し爪を立てる。その痛みにようやく我に返ったザラーナは再び怒りに顔を染めると、抵抗など無駄と言うように、これまでのように力づくでシャオを連れて行こうとする。

シャオは抗い続けた。しかし力の差は歴然でずるずると男のほうへと引かれていく。

振り返り、一人蹲るミミルに叫んだ。

「ミィ、ミィ！　なか、ないで……っ」

今すぐ、あの子のもとに行かなければ。行って震える身体を抱きしめてやらなくては。

そう思うのに拘束する鎖は離れない。足にはまっていた枷のように、ザラーナの手もまた頑《かたく》なだった。

それでもシャオは諦めず爪を立て続ける。

枷は永遠のものではないことを、シャオはもう知っている。二度と外れることはないだろうと絶望していた足枷はもう壊れた。ならば、もっと脆《もろ》いこの手など振りほどけないはずがない。だから。

途中頭を、頬を殴られても、それでもシャオは男の手に爪を食い込ませる。

「ミィ、ごめんね、いたいよね、こわいよね。ごめんね、ごめんね――」

口の端から垂れた血が地面に落ちた。だがそれより、ミミルの頬から流れ落ちた雫を見ているほうが余程心が痛かった。

シャオの抵抗により思うように進んで行けないことと、与えられる手の痛みに、ついにザラーナはシャオの手を離す。突然のことに、抵抗するため後ろに引いていた身体はひっくり返り、その場に尻餅をついた。

痛みに顔を顰めている間に、ザラーナは泣きやまないミミルへと足を向けていた。

「あ……に、にげて。逃げて、ミィ！」

張り上げた声に弾かれたようにミミルは顔を上げ、自分に近づく男を見つける。それがいけなかったのか、恐怖に支配された幼い身体は震えることさえやめて固まってしまう。

咄嗟に走り寄ろうとしたが、右足に鋭い痛みが走った。いつの間にか挫《くじ》いていたのだろう。それがいつだったのかわからないが、立ち上がることさえ困難になってしまっていた。

一度自分の足に向けた視線をミミルへ戻す。男はあと少しで少年に辿り着きそうなほど距離を詰めていた。

じゃり、と作った拳に道にある砂利が巻き込まれる。それをさらに強く、痛いほど強く握りしめた。

シャオはもう、奴隷ではない。

主などいないし、その存在に怯える必要もない。普通の人間を気取っているわけではなく、普通の人間なのだ。

命の灯が消えようとしていたあの日、キヴィルナズに救われたことでシャオの運命は変わった。あの広い腕の中に抱え上げられた瞬間、誰の目にも映らない真っ暗闇から陽光のもとに掬い上げられたのだ。

あの男のもとにいた日々はもう過去である。そして、奴隷であったこともまた過去となった。もう無理に働かされることもない。寒さに身を震わせる夜もなく、食が細いあまりに悲しげな表情をさせてしまうこともない。もう文字だって読めるし、書くことだってできるのだ。

栄養満点のおいしい食事を知った。体調が悪ければ休んでいいし、そのときには看病だってしてもらう。わからないことは教えてくれて、学ぶことは楽しくて。ぐっすり眠れる夜は温かく、幸福に抱かれているようで。

生きているということ。そんな当たり前のことを教えてくれた、久しく遠ざかっていた、もう触れることもないと思っていた温もりを与えてくれた大切な家族。決して失いたくないものであり、彼らの笑顔は奪われてはいけないものなのだ。

もうシャオは自分の意思で様々なことを決められるし、自分の居場所は自分で選べる。拒否をするのも、守ることも、すべてはシャオに与えられた判断。

幸せを、ようやく舞い込んでくれた喜びを、二度と失いたくないと思った。ならばそれを守ってみせるのもシャオの意思なのだ。

「っ――！」

握った拳を振りかぶり、背を向けたザラーナへ手の中の砂利を投げつけた。

所詮は砂つぶてばかり。大した痛みなど与えられない。だが振り向かせるには十分だった。

じろりと向けられた目に、けれどシャオは真っ向から対峙する。

大きく息を吸った。

「お、おれはっ！　おまえとなんて、いかない！　ミィにも、もう手は出させない！」

ザラーナに、そして自分自身に言い聞かせるために、生まれて初めてと思うほどの声を張る。

シャオが選んだのはキヴィルナズたちのいる場所。欲しいのは、彼らの温かな笑顔だ。

元主に植え付けられた記憶に心も身体も、すべてが震える。今にもなにもかもが崩れ落ちてしまいそうだった。だが引くつもりはない。

離れたくないのだ。今の温もりから、平穏から。時折あまりの幸福にひどく心もとなくなることもある。こんなに幸せでいいのかと。また過去のような出来事が起こらないと言いきれるのかと。だが、だからこそ不安は自ら取り除かなければならない。

求める場所は、自分の力で守り抜かねばならないのだ。

シャオはシャオだ。自分の意思で動くことを許される、人間なのだ。喜びたいときに喜んでいい。嫌なときは嫌と言っていい。奪われたくないのなら、拒否すればいい。

だから守る。ミミルの家族として、シャオの意思で絡みつく過去を引き剝がして。

男の狙いは自分だと、再び掴んだ砂利を投げつける。今度は振り向いていたザラーナの目に入ったらしく、痛みに顔を覆い呻き出した。

「ミィ、逃げて！　早く！」

力強いシャオの声に励まされたのか、ミミルはようやく立ち上がると、そのまま表通りへと走っていった。

建物の陰に入ろうとする姿に安堵していると、目を真っ赤にしたザラーナがシャオに掴みかかってきた。

振りかぶった右の拳で頬を殴られる。手加減など知らぬそれにぐわりと脳ごと揺さぶられ、視界は大きく傾いた。それでもシャオは離れていったミミルにも届くよう声を出す。

「逃げて、キィのとこに！」

シャオがもっとも安全と思う男の名を口にする。

きっと彼のもとまで行くことができれば、ミミルは無事保護してもらえるだろう。

うるさいと唾が飛ばされ、喚かれながら殴られる。押し倒され動きを封じられたまま何度も拳は振るわれた。体格のいい男にのしかかられてしまえば痩躯はもはや逃げようもない。

絶望的状況。しかしそれでも消えぬシャオの瞳の輝きの強さに、男は狼狽えた。

自分の奴隷であったときには一度として見せなかった反抗的な眼差し。それがひどく、自分を惨めなものに見せる気がして、だからそれを消したくて殴る。

男は自分の手が痛むからとシャオに暴力を振るうときはいつも足を使っていた。だが今、己の身体に刻まれる痛みすら気にならないほど灰色の瞳に怯えていることに、本人は気がついていない。

「見るな、そんな目でおれを見るな！　な、なんだなんだよおまえっ、ただの奴隷のくせに、生意気なんだよ！」

ザラーナはまるで狂ったかのように、怯えたように殴り続けた。シャオはろくな抵抗もできないまま、やがて瞳に宿る光を鈍らせていく。

もう何度めになるかさえ定かではない拳が振り下ろされようとしたとき、不意にザラーナの腕が摑まれる。

弾かれたようにザラーナが後ろを振り返ると、そこには外套を目深く被った人物がいた。

霞む視界のなか、シャオもおぼろな影のような人の姿を見る。顔は見えないが、その背格好はよく知った相手のものだった。

「――キ、ィ……」

吐息のような呼び声がまるで聞こえたかのように、キヴィルナズがこちらを見た気がした。

ザラーナは、男がシャオを買ったあのときの人物なのだと、キヴィルナズなのだと気がつく。その瞬間、怒りの炎が彼の胸に再び燃え上がった。

動かないシャオの上から立つと、今度はキヴィルナズに摑みかかる。

「おまえがあんなことしてくれたおかげでおれの人生は滅茶苦茶だ！」

どうしてくれる、と摑んだ胸ぐらを激しく揺する。するとまぶか目深く被っていたはずの、頭を覆っていた外套が外れはらりと後ろに落ちて、隠れていた顔が晒される。

キヴィルナズの素顔を見たザラーナは、呆けたように口を開いたまま動きを止め、やがて静かに顔を青ざめさせていった。

白髪に、赤い瞳。キヴィルナズの持つそれらは、町の人々に恐れられている象徴そのもの。

――森の番人。人食らいの、鬼。

「ひ、ひぃっ」

情けない悲鳴を上げながら、ザラーナは下に横たわるシャオを踏みつけながらキヴィルナズに背を向け逃げようとする。しかし途中で砂利に足をとられたのか、転んで顔面を打ちつけた。自らの鼻から溢れる鮮血にすら恐怖した声を上げる。

キヴィルナズは膝をつき、意識を失ったシャオの身体をそっと抱え上げた。顔の形が変わってしまうほどに与えられた暴力に目を伏せる。

軽く、傷に障らぬ程度に揺すってみても、目を覚ます気配はない。

「あ、ああっ」

腰が抜けたのか、立ち上がれないザラーナは打ちつけた鼻を押さえながら、這ってでも逃げようとしていた。その姿に赤い目を向けたキヴィルナズは、なにも語れぬはずの口を動かし微かに空気を震わせる。

キヴィルナズが口を閉ざすと同時に、地にもがく男の服が麻の使い古された奴隷服に変わる。そしてその足を戒める枷がはめられ、さらに全身が垢と泥まみれになった。

「な、なんだこれは!?」

突然のことにひどく混乱したまま、ザラーナはまず自らの足を戒める枷を外そうとする。しかし本物の足枷が外れるわけもない。

ザラーナが躍起になっているうちにいつしか白髪

の青年と、彼に抱えられた少年もその場から姿を消していた。

ザラーナが一人で喚いているところにふらりと路地から男が入ってくる。彼はすぐにザラーナに気がついた。

助かったと思ったザラーナがその男へ手を伸ばしたところで、彼がくわりと口を開いて声を張り上げた。

「おい、奴隷が逃げ出しているぞ！」

「奴隷!?　ち、違う、おれはそんなんじゃ！」

首を振るも、男はザラーナを見ようともしない。それよりも傍に主はいないのかと目を配っている。しかし誰もいないのを悟ると、厳しい目をザラーナへ向けた。

「こい、どっから逃げ出しやがったんだ！」

「違う、逃げ出してなんかいねぇっ。おれは——」

「なんだその口のきき方は！」

腕を掴まれ咄嗟に抵抗すると、ザラーナは容赦なく頭を蹴られた。

自分が繋げた因果なのだ。ならばこそすべて見届けねばならないとシャナは思っていた。しかし実際目にする光景はあまりに鋭利な刃物と化し、覚悟を決めたはずの心をずたずたに切り裂いた。

彼は、弱かった。支配される者として長年にわたり培われた恐怖心、それを振り払う難しさをシャナもよく知っている。抵抗すれば倍の苦痛となって返ってくるのだ、だからこそ受け入れるしかなくて。

けれども、彼は強くなっていた。誰かを守るため、自らの意思を示し、そして盾となり傷ついていた。張り上げた声は震えていた。身体は何度も蹴られて痣《あざ》だらけで、口からも鼻からも血が出ていた。それでも彼は、守り抜こうとしてみせたのだ。

ついに振り上げられた拳が鈍い音を立てたとき、耐え切れなくなったシャナは、様子を窺っていた路地の片隅から離れる。

遠回りをしながら大通りへ向かう道を進めば、後ろからついてきた金髪の男がシャナに続き、さらに細く暗い場所へと足を踏み入れていく。

重なる足音が耳に障り、シャナは足を止めた。追跡していた男も立ち止まる。

男に振り返った彼女の顔に、シャオたちに見せていた優しげな表情はどこにもなかった。

対峙した癖のある金髪を持つ男は、軽装ながらも質のいい生地を身に纏い、その立ち様だけで出生を窺わせるような品のよさを見せる。

爪の先まで整えられて、苦労を知らないかのような男の手は繊細で美しくも見えた。杯を傾ける動作も淀みなくしなやかで、それだけのことでとてもシャナが気分を害することもよく知っていた。

同じ茶屋に入り話を聞き、そしてシャナとは別の場所から元奴隷と元主との様子を窺っていた男は、その無感情を装った顔の口の端を小さく上げる。

シャナは不快感を露《あら》わにして眉を顰《ひそ》めた。

「これでいいでしょう。言われたことは全部やった。ご主人さまを返して」

「ああいいだろう。宿屋に戻って大人しく待っていろ、ちゃんと無事に送り届けてやる」

男の返答を聞いたシャナはすぐに宿泊している宿屋へ戻ろうとする。素っ気なく向けられた背に、男は笑みを浮かべたまま言葉を続けた。

「それにしても随分演技がうまかったじゃないか。あれが素でないなら、いい役者になれるぜ。それとも、本物の弟とあいつを重ね合わせていたか？」

足を止めたシャナの手が、拳を握った。

「――もう顔も覚えていない相手を、重ねるもなにも、ない」

呟くように告げたそれが背後の男に届いたかはわからない。歩みを再開したシャナが振り返ることは二度となかった。

誰にも会いたくはないと裏路地を進みながら、きゅっと唇を噛みしめる。

シャナの主は金髪の男から、とある人物の拘束に協力してほしいとの要請を受けていた。しかし主はそれを断ったがために逆に拘束されていたのだ。

決して暴力的行為には出ないと約束したうえで、主の解放にはシャナが男の依頼通りに動き、〝森に住まうシャオという名の黒髪の少年を誘《おび》き出す〟ことが条件とされた。

なぜ金髪の男が本来の目的の人物でなく、元奴隷というだけのただの少年に接触を試みたのかその理由は定かではないが、シャオには姉がいたこと、そして彼とシャナの容姿が本物の姉弟のように似ていることから、男はシャナを協力者に選んだのだろうと推測する。

シャナはシャオに語った通り、現在の主に仕える奴隷である。といっても立場上のものであり、扱いそのものはただの使用人に近く可愛《かわい》がられていた。別の大陸に家があるのも、この町へは仕事の都合で来ていたことも本当だった。

名前も本名であるし、髪色も瞳の色も変えてなどいない。幼い頃に別れた弟がいることさえ真実である。そんなシャオに語ったことのなかで唯一の偽り。それは、彼が自分の弟であると言ったことだけだ。


接近を命じられただけの相手。男にあれだと教えられた人物に背後から声をかけてみれば、振り向いたその顔に驚いた。あまりにも自分に似ていたからだ。

あのときの涙は意図せず流れた。ただ台本では突然の再会を喜べばよかっただけなのに。

幼いうちに別れた本物の弟の顔はもう覚えていない。記憶にあったとしてもその頃とは随分と容姿も変わり、今更会ったところでわからないだろう。どこでいつ別れたのかさえ思い出せない。そしてそれはシャオとて同じようだった。彼は姉の存在自体曖昧だったようだ。

もしかしたら、と。シャオを見ていて何度も思った。もしかしたら彼は本当に、生き別れた自分の弟ではないのかと。

だがたとえ真実がどうであろうと、もう二度とシャオに会うことはないだろう。金髪の男によって彼がどんな目に遭うのか、なんとなく予想はしていた。自分の主を拘束してまで言うことを聞かせるような人物だ。あの暴力のあとさえ、さらなる非情ななにかが待ち受けていることだろう。

シャナを役者にしたように、シャオに理不尽な暴力を振るっていたザラーナをけしかけたのも、あの金髪の男だったとしたら。シャオは一体なんの理由で男に目をつけられたというのだろうか。新たな人生を歩み出したシャオ自身に、薄く笑う腹の読めない男が関わるようなことがあるようには思えない。ならば巻き込まれたのか。シャナの主が要請を受けたあの事柄と関係があるのだろうか。

どんなに考えたところで、もう関わり合いのないことだ。シャナは深い思案に飛び込む前に内心で頭を振るう。

シャナが少年に接触することで、彼の身になにが降りかかるのか、うすうすは悟っていながら、自分は選んだのだ。シャナや誰かに不幸を運ぶことなどさせないために男を拒絶した主を裏切ってでも。

大切な主と、見知らぬ少年。もしかしたら本当に弟かもしれないその相手を、選んだのだ。そうして片方を傷つけ今ここにいる。主が帰ってくるのを待つために宿へ向かい歩いている。

シャオに告げた唯一の嘘は、自分の弟だと言ったことだけ。他はすべて偽りなどない。

命じられ聞き出したいくつかの質問以外は、流した涙も吐いた言葉も、どれもがシャナのありのままのものだ。

強く握った拳は、爪を掌に食い込ませる。しかしシャナの硬い手の平はあまりその痛みを通さない。

重なった彼の手も、自分と同じように硬かった。多くの苦労を、不幸を知っていた——そんなことを思い出しながら、シャナはついに立ち止まり、その場に蹲る。

「ごめん、ごめんね。守れなくて、ごめんね——っ」

切り捨てたもの。それはきっと、これまで当然のようにここにあった、己の半身だったのだろう。

シャオは全身の痛みと高熱に苦しんだ。そして目覚めたのは、意識を失ったそのときから三日後のことだった。

殴られ腫れ上がった瞼《まぶた》が邪魔して右目が開かなかったが、かろうじて薄く持ち上がった左目の視界でキヴィルナズを見つける。顔ははっきりと認識できなかったが、ぼんやりと浮かび上がる赤い瞳がそうと教えてくれた。

鉛のように重たい手を持ち上げれば、すぐに彼の手が重なり支えてくれた。どこか遠くに感じる手の感触に、けれども安堵しながらほうと息をつく。

無事とは言えないが、それでも戻ってこられたのだ。この家に、この人のもとに。

気を失う寸前、キヴィルナズを見た。あのときは見間違いかと思ったが、きっとあれは幻ではなかったのだろう。だからこそシャオは今ここにいるのだ。

あのときもそうだった。理不尽な暴力を受け、果てかけたこの身を救ってくれたのも、彼だったのだ。

キヴィルナズはいつだってシャオを助けてくれる。痛みから、恐れから、不安から、怖いものからその手で守ってくれているのだ。

だからこそ彼が傍にいると知った今、シャオは心より自由と安心を感じた。

「——ああ、シャオ。よかった、気がついたのね」

声のしたほうへ身体を向けようとするが、全身を襲う痛みに動くことすらままならない。半端に浮かんだ背を再び沈ませながら呻くと、キヴィルナズが手を貸してくれた。

なるべく痛みが少ないように身体を引き上げ、壁に背を寄りかからせる。

未だ治まらぬ熱のせいでシャオの頭は混濁していた。まるで抜け殻のようにぼうっと前ばかりを見つめる。

なにもしなくても全身が痛みを訴えた。呼吸をするたびに脇腹が痛み、特に顔は熱湯を被ったかのように熱い。右足首も腫れているのを感じていた。

不意に、ぎゅうっと自分の手が握られる。目を落とせば、そこには涙を瞳いっぱいに溜めたミミルがいた。

「ぁ……」

悲しげな表情にようやく意識をはっきりとさせていく。そっと、重ねられた少年の手を握り返した。

その片頬には大きな当て布がされていた。恐らく、あのとき砂利で擦ってしまった痕なのだろう。幼い顔を半分も覆ってしまいそうな不釣り合いなそれは、ひどく痛ましい。

自分が恐怖に負け、守ることができなかったせいで与えてしまった傷だ。この頬だけでなく他にも血を流してしまったところがあるだろう。あれほど泣いていたのだ、とても痛かったに違いない。

口を開こうとしただけで鋭い痛みが駆ける。殴られた際に口の中も切れていた。それも振るわれた拳の分だ、自分の唾液でさえ傷口に染みる気がする。

眠り続けてろくに水分も取っていなかったせいか、声さえ出なかった。

ごめんと。ただそう一言告げたいだけなのに、そう形作ることすら唇は痛みに阻まれできはしない。

それでも再度挑戦しようとしたところで、握られた手に込められる力が増した。

「ごめんね、ごめんねシャオ。ミィ、にげた……シャオ、おいて、にげたの……っ。シャオはまもってくれたのに、ミィはシャオをまもれなかった」

溜めていた涙をぼろぼろ零し、ミミルはシャオの手を握りしめながら顔を俯かせてしまった。

肩を震わせる少年に、そんなことない、と伝えたかった。しかし熱に痛みに蝕《むしば》まれた身体はやはり言葉すらまともに出せず、焦《じ》れた思いばかりが積み重なる。

シャオを守ってくれたのは他ならないミミルだ。ミミルがあの場にいなければ、自分は今ここにこうしていなかっただろう。

自分よりもうんと身体の大きな成人男性を相手に、彼は果敢に立ち向かった。その結果涙を見せたとしても、確かにミミルはシャオを守ろうとしてくれたのだ。だからこそ今、その身体に不釣り合いな大きな当て布がされている。

年上のシャオよりも余程ミミルは勇気があった。

そしてシャオはそれに救われた。

守りきれなかったのは、むしろ自分だ。逃げ出させるのが精一杯だった。謝らなければいけないのはシャオのほうなのに。

流れる涙を拭ってやることすら、彼が抱えなくてもいい罪悪感を、そうではないと否定することすらできない。それもまた自分の弱さが招いた結果だとするならばあまりにも酷ではないかと、シャオは自分自身にひどく苛《さいな》まれた。

ミィは守ってくれたんだよ。おれをあいつから、ちゃんと守ってくれたんだよ――。

出ない声を心で訴えたところで、顔を隠す少年に届くはずもない。

やがてリューナが泣き崩れるミミルを連れ部屋を出て行った。頑なに握られていた手も解け、決して声の届かない場所へ行ってしまう。

残されたシャオはただぼうっと、掌を上に投げ出された状態の自分の手を見つめた。

はらりと、未だ歪な形のままの頬に涙が伝う。だが熱を持った顔は涙の熱を感じさせることはなく、シャオは自分が泣いていることに気がつかなかった。

話せないことがこんなにももどかしく感じたことはこれまでなかった。言葉が出ない、伝えたいことが伝えられない。そのせいでまたミミルを泣かせてしまった。

シャオは嗚咽すら掠れたものを奏でる。身体が揺れるたびに痛みが駆けた。だがどうすることもできない。

二重苦に責められるシャオに、傍らの椅子に腰を下していたキヴィルナズがそっと長い腕を伸ばす。それでゆるりと痩軀を拘束し、抱き寄せた。

投げ出された手に己の掌を重ね、指同士を絡め合う。背中に回された手は優しく、痛みを与えぬようそこを撫でていく。

自分の涙の熱すらわからないはずなのに、キヴィルナズの腕の中の温もりを確かにシャオは感じた。毎夜与えられていたものにゆっくりと心は落ち着いていく。

今のシャオの想いをもっとも理解できるのは、恐らくキヴィルナズだろう。ただ掠れて声が出せなくなってしまったシャオとは根本的に違い、告げたい想いをその口から伝えることはできないもどかしさを、彼は常に身に纏っている。だからこそシャオがミミルへ伝えたがっていた言葉に気がついたのかもしれない。

肩に手が置かれ、名残惜しさを感じながらも抱擁を緩めた。胸から顔を上げると、赤い瞳にじっと見つめられる。

ふと、キヴィルナズの唇が動いた。

――シャオ、と。

声はなかった。だが確かに、自分の名を紡いだのだと確信した。

シャオが唇をわななかせると、背中に回された指先がそこに文字を書いていく。

だいじょうぶ、がんばった。ふたりとも、よくやった。とてもりっぱだった――。

シャオでもわかるように簡単な言葉を並べ、頭を撫でられる。

一度は止まった涙が、またぽろぽろと溢れた。先程流したものとはまるで違う。心に熱があった。温かくて、傷だらけのそこに染み込むようで、今度こそシャオは己の涙に気がついた。だが知ったところで止める術などない。

襟足あたりをとんとんとあやすように叩く手の優しさが、シャオのすべてを許し、認めてくれていた。それがどれほどシャオを励まし癒してくれているのか、彼はわかっているのだろうか。

堪えきれずに俯けた顔を上げれば、キヴィルナズは頬に幾筋も残った涙の痕を手で拭ってくれる。じっと一点を見つめていたかと思うと、不意に彼の顔が下りてきた。

下唇にそっとキヴィルナズの唇が触れ、溜まった涙の雫を吸いとっていく。

キヴィルナズの顔が離れても、シャオは今起きたことがわからず、濡れたまつ毛を瞬かせる。だが小さく微笑まれれば、熱がじわりと頬に広まっていっ

た。しかしもとより腫れた顔の体温の変化を知らないまま、シャオは胸いっぱいに溢れるとろけそうな甘さごとキヴィルナズの胸に身を預けた。

　揺りかごのように揺れながらあやしてくれる広い腕の中で、いつしかシャオは微睡み始める。

　もう、大丈夫なのだと思った。

　もしまた元主がシャオの前に現れたとしても、きっともう揺らぐことはないだろう。

　シャオは奴隷ではない。自由を許された人間なのだ。そして守りたいものがある。それを心に留めているうちは、どんな恐怖にだって屈するつもりはない。それでももし弱気になってしまったとしても、今までのようにきっとキヴィルナズが助けてくれる。そんな信頼があった。

　キヴィルナズだけではない。ミミルも、リューナも、きっとシャオに力を貸してくれる。だからこそシャオも今後さらに強い意志を持てるようになっていくのだろう。

　今回の騒動はこれで終わった。残すはミミルとの仲直りだけだと、シャオは沈んでいく意識のなか、涙しながら去っていった小さな背を思い出した。

　今度こそ、ちゃんと伝えるのだ。そして次こそ、あの涙を拭いてあげよう――。

　幼い少年を想うシャオはまだ知らない。ザラーナとの一件は、単なる前触れに過ぎないのだということを。

　周到に蒔《ま》かれた災禍の種が、今まさに芽吹かんとしていた。


　キヴィルナズに慰められ気力も体力も回復させたシャオは、無事ミミルと仲直りをすることができた。

　幼いながらに頑固な一面を持つミミルは、逃げ出した罪悪感をなかなか手放さなかったが、シャオは彼が納得できるまで根気強く語りかけた。

　ミミルが先に勇気を振り絞ってくれたから、だからシャオも頑張ることができたのだ。お互い傷だらけになってしまったが、たとえ傷を負ってでも失いたくないと願った居場所は守り抜くことができた。ミミルがいなければきっとシャオは今ここにはいられなかっただろう。抗うこともできず、奴隷であった頃のように押しつけられた運命にのまれていたに違いない。

抱きしめ、涙でぐちゃぐちゃになった顔を拭ってやれば、ようやくミミルは笑顔を見せてくれた。一気に部屋の空気が変わり、その幸福げな顔はシャオたちにも伝染して、キヴィルナズがぎゅうっと二人まとめて抱きしめてくれたときには声を上げて笑ったものだ。

シャオが心配していたよりも早く日常は戻りつつあった。あとはミミルの頬のかさぶたが取れて、シャオに歩く許可が出たら、そのとき本当に以前のような平穏な日々に戻るのだろう。

シャオの全身は傷だらけで、数日が経った今も立ち上がろうするだけで身体が悲鳴を上げる。そのため傷薬をキヴィルナズに塗ってもらうのだが、彼に素肌を触れられるたび、あの涙を唇で拭われたときのことが頭を過《よぎ》った。それだけではない。キヴィルナズはふとした瞬間に、これまでの傷痕をなぞったり、それらにそっと唇を落としたりするようにもなったのだ。そのたびにシャオはぞくりと背筋を震わせる。

妙に意識せずにはいられなかった。触れられるのも、思い出すのも、決して嫌なわけではない。ただ心が落ち着かなくなり、身体の芯が疼《うず》くように熱を持ち始める。自分の身体に対する戸惑いと、ほんの少しの甘さが混ざり合い、心臓が高鳴るのだ。

キヴィルナズが離れてしばらくすれば早くなった鼓動も収まっていくが、頻繁に起こるようになったその現象を不安に思い、リューナに相談したことがある。詳細を話せば、彼女はなにも問題ないと笑ったが、時々早鐘を打つ心臓にシャオは振り回された。そういうとき、必ずキヴィルナズが傍にいた。

ミミルやリューナには感じないものが、キヴィルナズに対してあるような気がする。それがなんであるのかはわからないが、リューナはそれを大事にしなさい、とだけシャオに助言をした。好きには色んな種類があるのよ、と言って。

リューナの言葉を受け取って以来、治療を施すキヴィルナズの指先にどきどきするたび、よく考えるようになった。

キヴィルナズに感じる気持ちと、ミミルやリューナに対する気持ち。同じ〝好き〟であるはずなのに、でもどこか違うような気がするそれについて。

しかしどんなに思い悩んだところで答えが出ることはなかった。それはシャオが未熟であるからなのかもしれない。ならばいつか、自分にもわかる日がくるのだろうか。

リューナの言う、好きには色々な種類がある、という言葉はぼんやりとしかわからない。確かにあの食べ物が好きということと、キヴィルナズたちを好きと思うことは違う。それは理解している。

物を想う気持ちと、人を想う気持ち。それらは異なるものであるだろうが、しかし人間が相手に抱える好きはどれも同じではないのだろうか。


考え込んでいたシャオは不意に視線を感じる。そちらへ顔を向ければ、自分を見ているキヴィルナズと目が合った。ほとんど表情が変わらないような微笑を浮かべた彼は、シャオの髪を一撫でしてから、赤い瞳をわいわいと話す妖精と少年へ戻す。

ミミルたちが傍にいるというのに顔が真っ赤になりそうになって、騒がれる前に慌てて下に向ける。

シャオは触れられた場所にそっと手を置き、不思議と落ち着かない、けれど妙な心地よさに戸惑った。

「シャオ、どうかした？」

「え？　……あ、ううん。なんでもないよ」

気がつかれないようにしたつもりが、シャオの様子を見ていたらしいミミルが小首を傾げる。シャオは慌てて首を振ったが、ミミルはきょとんとした顔のままで、その傍らでは訳知り顔のリューナが笑みを噛みしめていた。

「あたまいたいの？」

「そういう、わけじゃないんだけど……」

頭を押さえていたからか、そんな心配を始めたミミルにどう話題を逸らせばいいかとシャオが悩んでいるところで、不意にキヴィルナズが弾かれたように窓の外へ顔を向けた。それに続きリューナが表情を険しくし、彼の視線を辿るように外を見る。

「――キィ？　リューナ？」

　二人の異変に気がつき声をかけると、リューナだけがシャオを振り返る。

「ミィ、シャオ、わたしとキィはちょっと外に行ってくるけれど、待っていてくれる？」

　有無を言わせぬ無言の圧力を感じ取ったシャオとミミルは、不安げな顔をしながらも頷いた。そんな二人に明るい笑みを見せながら、リューナはキヴィルナズの肩に飛びそこへ腰を下ろす。

　キヴィルナズは待つことを指示された二人を一瞥したあと、静かな足取りで部屋から出て行く。

　残されたシャオたちは、しばらくして顔を見合わせた。

「どう、したんだろう」

「そと、みてたよね。なにかあったのかな」

　ミミルの言葉にそれぞれの目は窓の外へと向けられた。だがそこから覗く景色はいつもと変わらず平穏そのもの。豊かな緑ばかりが切り取られていて不穏な要素など見当たらない。

　二人はその後もとりとめもない話をしていたが、消えた存在にそう気分が盛り上がることはなかった。それどころかお互いしきりに扉に目を向けては心もとない顔を作る。徐々に口数は減っていき、やがては完全に口が閉じてしまった。

　しばしの沈黙のあと、意を決しシャオは動いた。

「様子、ちょっと見てくるね」

「いいの？　まってってリューナいってたよ」

「でも、来るなとは言われてないから」

　自分の言葉がとんだ屁理屈《へりくつ》であるということを自覚しながらも、シャオはそろりと寝台から足を下した。

　それに続こうと、ミミルが寝転がっていた身体を起こそうとする。

「ミィもいく」

「ううん、もしかしたら、なにかあるかもしれないし。ミィはここで待っていて」

「シャオ……」

「大丈夫、すぐ、戻ってくるし、ちょっと様子、見てくるだけだから」

ミミルは心細そうな表情のまま、けれど小さく頷いた。

ミミルを安心させてやるために微笑みをひとつ残してから、痛む全身を引きずり玄関口に向かうと、微かな話し声が聞こえてきた。低い、男の声だ。そこにリューナのものも混じっているため、キヴィルナズたちと誰か別の者がすぐそこにいることを悟った。

家から離れた場所に移動したと思っていたが、どうやら外と言っても扉先でのことのようだ。遠くに行ってはいなかった二人に安堵する。しかしそれも長くは続かず、聞こえてくるところどころ途切れた会話に胸がざわついた。

「――もう言い逃れはできないぞ。被害者が出たんだからな。今までは所詮噂だと見逃してきてやったが、この前のことは証人がいるんだ」

足音を立てぬよう、声がよりよく聞こえるように扉に近づけば、初めて聞く男の声音は、認識できるようになった言葉でそう告げた。

「こうなっちまえばもうおまえらにはふたつの道しか残されていないぜ、呪術師。王国へ出向き、おれたちの監視を受けるか。それとも、それを突っぱね処刑されるか」

処刑。その言葉にシャオの呼吸は一度止まった。

男が示した呪術師というのは間違いなくキヴィルナズのことだろう。そして彼に、ふたつの道を示した。穏やかとは無縁のものを。

「監視って、どうせわたしたちをただ閉じ込めておくだけじゃないのでしょう。いいように国でキィを利用する魂胆じゃないの」

「さあな」

冷たさを感じるリューナの言葉をはぐらかすように、男は声音に笑みを含んだ。

ここでようやくシャオは違和感に気がつく。キヴィルナズたち家族の前でしか姿を現さないはずの妖精が男と会話をしている。つまり隠れてはいないということだ。

妖精の存在を知られると騒がれるからと、リューナは身を隠す理由をそう話していた。少なくともシャオの知る限りではリューナが人前に己の姿を晒したことは、シャナと最後の別れを済ませた直後の一度きりだ。それにしたって周りに妖精の身体を見せぬようにと気をつけていた。

顔もわからぬ男が口にした言葉と、本来人前に姿を現さないはずのリューナが恐らく男にその身体を晒しているであろう事実。

二人がどこにいるかの確認をしたら、すぐにミミルのもとへ戻ろうと思っていたシャオは、扉の傍らに立ち尽くした。

「答えを今この場で出せとは言わないさ。ま、決まっているも同然だがな。監視の身になるとはいえそれなりの働きをしてもらうんだからな、今より余程いい生活ができるだろうよ？」

「今の生活で、わたしたちは十分満足しているわ」

「いっつも面を隠さなきゃならない暮らしがかよ。――三日後だ。それまでに準備をしておけ。おまえたちが望むのなら餓鬼どももまとめて連れてっていいとのお達しもある。多少の不自由があるだけで決して悪い話じゃねえ。カシコイ呪術師どのなら、どの選択が正しいなんざもうわかっているだろうがな」

三日後だぞ、と男は念を押すと、無遠慮な足音を立てながら遠ざかっていく。

恐らく、外へ出たキヴィルナズたちの目的であった彼が去ったのだから、二人は戻ってくることだろう。わかっていて、それでもシャオの足は動かない。

やがて静かに開けられた扉から顔を出したキヴィルナズたちと鉢合わせしてしまった。

わずかに見開かれた二対の瞳に、シャオは俯く。

「――大切な話があるの。今夜、ミィが寝たあとに部屋に行くわ。悪いけれど寝ずに待っていて。それと、このことはミィには内緒よ」

ため息を零したリューナに告げられたシャオは、キヴィルナズにそっと肩を抱かれ、ようやく動き出した足で部屋へと戻る。笑顔で出迎えてくれたミミルに歪ながらも同じものを作り返してやりながら、その裏では心が言いしれぬ不安に押しつぶされそうだった。

監視も処刑も、その意味がわからぬほどシャオはもう無知ではないのだ。

月が真上に昇った頃、いつものようにミミルを寝かしつけたリューナがキヴィルナズたちの部屋を訪れた。

「ごめんなさい、遅くなって。ミィがなかなか寝つけなくてね」

「ううん、大丈夫」

ミミルなりに昼間の出来事を気にしているのだろうとシャオは思った。部屋に戻った三人はいつもと変わらぬようにと演じていたが、シャオは自分がそれをうまくできたとは思っていないし、ミミルもきっとぎくしゃくとした違和感を覚えていたに違いない。だがそれを隠そうとするシャオたちに、あえて気がつかない振りをしてくれていたのだ。

寝台の上にキヴィルナズとシャオは向かい合って腰を下した。リューナがキヴィルナズの肩に座り、ついに準備は整う。

「シャオはあのとき、どこまで話を聞いた?」

「――ひ、被害者が、出たって……キィたちには、ふたつの道しか、残されてないって……」

「そう……」

もうはぐらかすことはできないと悟ったのだろう。目を逸らした彼女は沈黙を捨て、あのときの会話についての詳細を説明した。

被害者というのは、シャオの元主である農夫ザラーナのことを示すという。気を失ったシャオは彼とどういう別れをしたのか一切覚えていなかったが、リューナが語った言葉でようやく事実を知ることになる。

キヴィルナズが呪術師として力を用い、ザラーナを奴隷姿に変えてしまったのだ。あの場所に向かっていた一人の無関係の男にも同じく呪術をかけ、ザラーナを奴隷だと思い込ませるよう仕組んだ。

　結果、逃げ出した奴隷だと勘違いされたザラーナは厳しい詰問にかけられたそうだ。暴力も振るわれ、ようやく彼を知る人物が現れたことで奴隷でないことが判明し解放されたそうだが、しばらくは歩くこともままならない身になってしまったらしい。

　ザラーナは今回の詳細を周囲に話し、そしてキヴィルナズの存在が明らかとなってしまった。

　時折町を訪れる、顔を隠すほど目深く外套を被った人物。誰も素顔を見たことのない、声も発さぬその人物は、詳細こそ知れぬが有名ではあった。ただ買い物をしていくだけだからと、皆薄気味悪く思いながらも害はないと見逃していたのだ。現に外套の男が贔屓にしている店の主たちは、ミミルやシャオの存在もあってか、得体が知れぬ人物ではあれども子供が懐いているからと、良心的な人であると思い込んでいたという。

　今回ザラーナに関わったことで、周囲にもキヴィルナズが鬼と呼ばれる者であると知られてしまった。町人たちは鬼を恐れ、実際に彼が農夫にした仕打ちに怯えてその存在を通報したのだ。王国に。

　シャオが扉一枚を挟み聞いた、見知らぬ男の声。彼は町人たちからの要請で王国から派遣された騎士であった。

　王国へは以前から鬼の噂のことで、町からたびたび調査の依頼がなされていたという。それはキヴィルナズたちも把握していたことであるとリューナは言った。しかしあくまで噂であり、実害を訴える者もいないからとこれまでは見逃されていたのだ。しかし今回ついに被害者が出てしまった。

　王国はキヴィルナズを野放しにするには目に余る人物であると判断し、そしてシャオも聞いたふたつの選択肢を突きつけてきたのだ。

　王国へ行き、そこで監視され今後を過ごすか。それともそれを跳ねのけ、農夫を陥れた罪で首を刎《は》ねられるか。

「今回の要請で初めて国は動いたと言ったけれど、恐らくすでにキィに目をつけていたのでしょうね」

でなければこんなにも速く居場所を特定され、現れるわけがないと。ましてやあれだけの罪で極刑などあり得はしないと、彼女はため息交じりの言葉を吐いた。

「きっと初めから、キィの力を知っていて、あらかじめ町を訪れていたのでしょう。そして今回の出来事で、まさにあいつらに隙を与えてしまったのよ。騎士が張り込んでいただなんて不覚だったわ」

どこか焦れたような苛立ちを滲ませる声音は、騎士であるという男に発せられた、突き放すような冷たい言葉と重なる。

これまで見たこともないリューナの様子に戸惑いながら、シャオは話の途中から瞼を閉じたままでいるキヴィルナズへちらりと目を向けた。

「——キィ、の。キィの力って……？」

二対の眼差しを向けられ、シャオの身に緊張が走った。

真っ先に思い浮かんだのは、シャオの足を戒め続けていた、鍵が破壊されもう解錠は叶わない枷を壊して外したときのこと。それはひびすら入っていない頑丈なもので、叩いた程度でどうこうできるほど脆いものなどではなかった。だがキヴィルナズがすっと文字を書くように指でそれをなぞっただけで粉に砕け散ったのだった。

それだけではない。ときにはシャオとミミルの二人をそれぞれ両腕に抱えるほどの腕力を突然身につけたり、割れた皿をまったく元通りに修復させてしまったり、通常ではあり得ないことを起こしていた。

騎士の話が本当のことならば、一瞬にして人を奴隷姿に変え、さらには一時的に人の心に暗示をかけてしまうほどの力がキヴィルナズにはあるということだ。力を欲する王国がその底知れぬ可能性を利用しようと企《たくら》むのはむしろ当然のことだろう。

「——まずは、一般的な呪術師の説明からしましょうか」

ついにリューナはこれまではぐらかしてきたことを語り始めた。

呪術師とは、ようはまじない屋である。

念じることにより対象の人物の病を治したり、反対に相手を呪ったりすることが主な仕事とされる。なかには占いで物事の行く末を示したり、未来予知や過去を見通したりした者もいるという。

実際のところ呪術師の大半は本物などではない。病や呪いに関してはひどく曖昧で、占いに関してはあてずっぽう、未来も過去も見る力としては当たり障りのないことを言い、偶然当たった者が大げさに周囲に吹聴した結果広まった噂であるともされていた。

「呪術師になる人は、口がうまいやつが多くてね。周りは呪術師の力を信じるよう次第に暗示にかけられた状態になっていくの。ある意味その点では立派に呪いをかけたことになるのでしょうけれど、でも結局はそういった暗示で人々を操っていたのよ」

占いであればある程度相手の情報を下調べして、その人が望む言葉をかけてやれば、求めた言葉に飛びつく。放った言葉を相手の周囲で起こせばあたかも占いは当たっているかのように見せることもできるのだ。

「で、でも、病気、治したり……あ、相手を、の、呪ったり」

「それも簡単なことよ。人ならば誰しも使える言《こと》の葉《は》を使うの」

「ことの、は？」

「ええ、そう。その気になればシャオだって使えるわよ」

自分にも使えるのかと驚いたシャオに、ようやくリューナは苦笑ながらもいつものような表情を見せた。

「さっきも言ったわよね。呪術師になる人は口がうまいやつだって。そういう人たちは言の葉――言葉の使い方をよく知っているのよ。言葉っていうのは一番簡単で手っ取り早い、誰でも扱える暗示なのよ」

戸惑い首を傾げたシャオに、リューナはわかりやすくなるよう例えを出した。

「風邪なんかで体調が悪い人に、今日あなた顔色悪いわねって言ったら悪化することもあるの。反対に、風邪治ってきたんじゃない、なんて言ったら本当に回復していくこともあるのよ。病は気から、というものを利用してね」

病気の人にこれはまじないだと言って、必ず治るものだからと暗示をかけて病が治った事例は過去本当にあったのだと妖精は語る。そして反対に呪いの言葉をかけ続け、実際そんな力を持っていない一人の男が女の気を触れさせ、それが呪いとされたこともあるという。

噂は広まれば広まるほど、伝えていく人が多いほどに尾ひれがつく。言葉が面白おかしく、ときには勘違いされながら付け足されては、事実無根の出来事が生み出されてしまうのだ。それもまた本物でない呪術師の名を広めることに繋がった。

「普通の人ができる暗示なんて本当に些細なものよ。それこそ風邪をどうこうできるくらいのね。でも呪術師は言葉が上手な分、言葉が持つ力をよりよく引き出せるの。まあ、呪いなんてものには実際のところ少量の毒を与え続けているなんていうこともあるけれど――」

毒という言葉にシャオは息をのんだ。呪いというものがそもそも好意的な相手に向けられるわけがないのだ、だからこそ毒を盛るという行為もなされてしまうのだろう。

顔を青ざめさせたシャオを見据えながら、リューナは続ける。

純粋で相手を疑わない者ほど呪術師の術中にはまりやすいのだと。反対に疑り深い者でも同じことが言えるという。

ようは単純な者が言の葉によるまじないを受けやすいのだ。好意であろうと敵意であろうと、自分の心をありのまま見せている人物は操りやすいのだという。

呪術師というよりまじない屋、まじない屋というよりも詐欺師だとリューナは称してみせた。

ならば呪術師を名乗るキヴィルナズも、詐欺師に近しい者だといえるのか。不安げに尋ねたシャオに、リューナも、そして静かに二人の会話を見守っていたキヴィルナズ本人も首を振って見せた。

「呪術師の大半はさっき語ったような偽物ばかりよ。けれど、そのなかの極少数ではあれども本物はいるの。偽物が持っているのが言の葉の力だけというなら、本物は普通の人は持っていない特別な力を有していると言えるわ。人それぞれだけれど、本当に傷も癒すことができるし、言の葉の力にも毒にも頼らず、人を本当に呪うこともできてしまう。百発百中に近い未来予知をできる人をわたしたちは知っているわ」

「な、なら――それ、なら。キィは、ほんもの、なの？　枷を、壊したの、キィの力、なの？」

溢れる偽物と、一握りの本物。キヴィルナズははたしてどちらであるのか。

本来であれば偽物の確率が高いが、しかしシャオは言の葉以外のキヴィルナズの不思議な力を幾度か目の当たりにしている。到底自然現象とは言えぬ、言葉の力など一切借りているわけもないそれを。ましてやキヴィルナズは耳が聞こえぬ影響で話すことができない。言の葉の力とは無縁に近しい存在である。

リューナは一度微笑んでから、すぐにそれを消して首を振った。

「いいえ、キィは正確には呪術師ではないわ」

「――どういう、こと……？」

曖昧な、けれども否定の言葉を吐いたリューナにシャオは激しく動揺する。

シャオはいつも傍らでキヴィルナズを見てきていた。仕事のためにと書斎に籠りきり、様々な本を開いては、ときに眠ることも放棄しなにかを書き留めていたり、薬を作るために必要な薬草が見当たらなければ何日か家を空け山中を探したり。その姿は適当に仕事をこなす偽物には到底思えなかった。いつも眺めている後ろ姿は常に真摯に仕事に取り組んでいたのだ。

それなのに、呪術師ではないのか。偽物なのか。

不安を露わにするシャオに、リューナはいつもなら浮かべる宥めるための笑みも見せぬままに告げた。

「キィは呪術師というものを隠れ蓑《みの》にしているだけ。本当は、呪術師なんてものでなく、精霊使いなのよ」

「せい、れい……？」

「そう。正確には精霊と妖精を使役する者、なんだけどね」

妖精とは花や草など、物体に宿る存在である。本来は自然の豊かな場所であればどこにでもいるが、人の目に映りはしない。しかし宿ったものに〝力〟があれば姿を現すことは可能である。そう説明するリューナもまた、そういった類の妖精だ。

精霊とは水や風など、自然そのものを司《つかさど》る存在である。これは力ある者にしか決して見ることは叶わず、一般的な人間はまず目にすることはない。妖精は稀《まれ》に姿を現すことからその存在が知られているが、精霊はあくまでおとぎ話のなかの存在にされているとリューナは言った。大精霊ともなれば己の力で具現化することも可能であるが、まずその大精霊たちは人が足を踏み入れることが困難な地を自らの場所に定めていることが多い。

精霊は確かにそこに存在しているものの、正確には次元が違うために人間には触れることはおろか、姿を見ることさえできない。リューナたち妖精は自分たちも住むその別次元を精霊界と呼んでいた。

妖精たちは人間界のものに宿ることで次元を渡り、シャオたちと同じ場所に存在することができる。それによってものに触れることも可能にしていた。

シャオは説明を聞いてもよく理解はできなかったが、とにかく、この世界に重なった、けれど普通の人間には見えない別の精霊と妖精の世界があるのだと言う。

キヴィルナズはそんな別次元の住人である妖精と精霊たちから力を借り、これまでシャオに見せてきたような様々な現象を引き起こしていた。足枷を破壊したときも、常人ならざる力を発揮させたのも、一人の人間の姿を変え、一人の人間の頭に暗示をかけたことも。ひとえに精霊たちの見えざる協力があったからだったのだ。

シャオの視界には精霊たちの姿は見えないため突然ものが壊れたように見えていたが、キヴィルナズのような力を持つ者の視界ではそれをなした者の姿が確認できるという。

「キィには、その……精霊も妖精も、見えていて。彼らの力を、借りている、の？」

キヴィルナズは、読唇術で理解したシャオの言葉に頷いた。

「な、なんでそんなこと、できるの？　なんで、そんな……見えないはずの姿が、見える、の？」

精霊と妖精の存在を否定するつもりはない。現に、リューナという証人がここにいるのだから。彼女のような者たちがキヴィルナズに力を貸し、それがこれまで見てきた説明のできない不自然な現象に繋がっているとするのならば納得ができた。だがシャオの胸のざわつきが収まることはない。

「なぜ見える、というのは答えようがないわね。生まれ持った力だったのよ。シャオだって、どうして髪が黒いか尋ねられても答えられないでしょう？　そういうものなの。――キィはなんの音も拾えない代わりに、とても目がいいのよ。単に視力の問題じゃないわ。わたしたちのような、本来見えないはずのものを見る力のこと。しかも小精霊や妖精なんていう力が比較的弱い者まで確認できてしまえるのよ」

「そういう力が、ある人なら、み、見えるんじゃないの？」

「いくら見る力がある者だとしても、その対象もある程度力を持っていないと見えないことが多いのよ。そこらへんにごろごろいる妖精なんかはまず見えないでしょうね。せいぜいおぼろげに存在を確認できるくらいよ。でもキィは力のない者であっても、すべてがはっきりと見えるの。わたしが知る限り、ここまで見える者はこの人しか知らないわ」

「だから、精霊たちは、キィに力を貸す、の？」

シャオの言葉に応えぬまま、リューナはキヴィルナズを振り返る。彼が頷いたのを確認し、一度俯いて重たく息を吐き、覚悟した眼差しでシャオを見つめた。

「いいえ。確かにその見る力は類稀なるものよ。キィほどの人は、もしかしたらこの世にいないかもしれないわ。賢者と呼ばれる人々ですらこれほどいい目を持ってはいないもの。でもね、いくらわたしたちを見える目があるというだけで、力を貸したりなんてしないわ。基本精霊たちは人間界には不干渉だし」

「な、なら、どうして。どうして、キィに力を貸すの？」

勿体《もったい》ぶるわけではないだろうが、あえて遠まわしに話すリューナに、ついにシャオは焦れて声を上擦らせた。

呪術師ではなく精霊使いであり、精霊と妖精の力をこれまで借りてきたというキヴィルナズ。しかし精霊たちは本来人間には手を貸さず、たとえ特殊な目を持っていたところで動かないという。

ならばなぜ、彼らはキヴィルナズに己の力を与えているのか。

その答えをついに、代弁者たる彼女は口にした。

「キィが精霊たちの協力を受けられるのは、キィが人間ではないからよ」

「にんげん、じゃ……」

「正確には半分は人間よ。けれどもう半分はわたしと同じ、妖精なの」

言葉を失うシャオを予想していたのだろう。リューナもキヴィルナズも一切顔色を変えることはなかった。

冷静なまま、淡々と彼女は言葉を続ける。

「この世に生を受けたときはまだ、キィも真っ当な人間だったわ。けれどわたしと契約を交わし、半人となったの。この、人ならざると言われる白髪も、契約をしたことが原因でこうなってしまったのよ」

自らの代わりに真実を語る妖精を気遣うよう、キヴィルナズは肩に乗る彼女に顔を寄せる。リューナもまたそれに応えるよう身を寄せ、長い白髪を撫でた。

お互い寄り添いながら、リューナは静かに、妖精と人の間の存在となってしまったキヴィルナズの経緯について口を開く。

「キィは、捨て子だったのよ。赤い瞳と、聞こえない耳、それと不思議な力を理由に山に置いてきぼりにされた」

ついに語られたキヴィルナズの過去に、シャオはただ拳を握り聞き入った。

――不幸ではなかったと、そう思っている。捨てられた事実は変えようがないが、それでも両親を恨んだことはない。彼らには彼らの事情があり、決して疎まれ憎まれて手放されたわけではないと理解していたからだろう。

いいや、自分はきっと幸せだったのだ。幼いが故に人と違うことに気がつかず、だからこそそれが周りの者の負担になっていることを知らなかった。無知がための、人の声が聞こえていないがための、自分だけが平穏な世界だったからこそ、黒い想いに捕らわれることはなかったのだろう。

もう戻れない場所。短かった人であった時間。もうはるか昔のことのように思う、あの雨の夜。

あの日、あのとき。自分はこの世に、キヴィルナズとして再誕したのだ。

この世に産声を上げたばかりの頃はまだ、自分は確かに両親の愛を受けていた。

決して裕福な家庭ではなかったが、両親は真面目で働き者だと周囲からの評判もいい仲むつまじい夫婦で、そんな二人の間に生まれた自分もまた多くの人々に祝福されたそうだ。だがそれも、この目がまだ閉ざされていた間だけのことだった。

ようやくはっきりと開いた瞳は、まるで血のように赤い色をしていた。両親の瞳は、明暗は違えども同じく茶色の目。そのどちらにも似ていないものがここにはあったのだ。

赤い瞳など聞いたことがないと、人々は異質なものを持つ赤ん坊を恐れ、やがて一家を遠巻きに見るようになる。だがそれでも親である二人は呪われた子だと恐れられる我が子を見捨てることなく、これまで通り真面目に働き愛を注ぎ育て続けてくれたのだ。

　周りの目は冷たかったが、それを感じることなく健やかに成長した。あまり泣くこともなく、病もなく、忙しい両親の手を煩わせることもない大人しい子供だったたと思う。赤い瞳を指差し胡乱《うろん》げな目を向ける人々はおれども、世界は何事もなく回っていたのだ。

　だが自分にとって当然の世界は、周囲から見れば哀れなものだったらしい。静かに回っていたからこそ、それに気がつけなかった。

　子供たちが徐々に言葉を覚えていく年齢になり、その頃に口を開くと、両親はいつも戸惑ったような、小さな恐怖を植え付けられたような、そんな顔をした。肩に突然両親の手を置かれ驚いて振り返ったときも、彼らはほくそえむでもなく、申し訳なさそうでもなく、そんな表情だった。

　両親はいつも口をぱくぱくさせていた。それが意味するものがわからず、やってみればわかるかもしれないと真似すればやはり彼らは悲しげな顔をした。

　自分の世界が静かだった理由。それは至って単純であった。

　人々の噂どころか、両親の声も、小鳥の囀《さえず》りも、薪《まき》を割る音も、歩みに鳴る地面も、自分の呼吸も、両耳はついていても音を拾っていなかったからだ。

そもそも無音が当然であるのだから、静寂という概念も後ほど知った。

　発達の遅い早いにかかわらず、大抵の子供が言葉を発するような時期になっても、自分の声も他人の声も聞こえていないのだから学ぶことができず、口から漏れるものはまるで赤子のような意味を持たない声のみ。

　聞こえないのだから話すこともできない。だがそれでも不幸を感じなかった。誰しも自分と同じだと思っているのだから、自分の境遇が人とは異なることを理解していなかったのだ。

しかし両親は、突きつけられた現実にどれほど打ちのめされたことだろう。

ただでさえ周囲には呪われた子だと忌み嫌われていた息子が、実は聾児《ろうじ》であったのだ。人々は有名になっていた赤い瞳に注目していたこともあり、すぐに次の噂は広まっていった。

それでも、両親はまだ自分を愛してくれていたのだ。

深く愛し合い、そして生まれた愛息子。難ある人生が待ち受けていようとも、家族一丸となれば乗り越えられるだろうと信じていた。

とある日、息子の耳が聞こえないのだと確信を抱いてしばらくの頃、事故により父が急逝した。落石にのまれ、回避しようがなかったとはいえ、それはあまりに早すぎる死であった。

母親のもとには、自覚がないまでも多くの厄介を身に纏った子供だけが残された。だがそれでも彼女は決して見捨てはしなかった。

夫の忘れ形見だと、唯一の家族なのだとこれまで以上に愛してくれた。生活のために働きづめになりながら、まだ幼い我が子の世話も一人でこなした。周りは母が背負う不運を知ってもなお手を貸すことはなかったから、そうせざるを得なかったという事情もある。それほどまでにただ瞳の色が違うだけの子供は恐れられていたのだ。

それでも母は、周囲の目に決して屈することはなかった。子のため、亡き夫のためにと自らを奮い立たせていたのだ。しかし、強く保ってきた彼女の心を圧し折ったのもまた自分の存在であった。

仕事に追われる日々で母が気づいたのは、いつだったのだろう。

歳を重ねても大人しい子のままだった。感情の起伏がそれほど激しくなく、嫌だと駄々をこねることもない。子供らしからぬ子供であったと今になって思うが、女手ひとつで家を支えていた母にとって、仕事中に目を離してもそう不安のない自分は多少の助けにはなっていたことだろう。

声が聞こえなくとも、母とはそれなりに意思の疎通ができるようになっていた。ここにいなさいと指で場所を示されれば、たとえ言葉がなくとも理解し、約束通り動き回ることもなくそこにいた。

いつまででも同じところで待つことができたのには、いくつかの理由がある。

遊びに誘ってくれるような友達がおらず、敬遠されていることも知っていたし、出かけるたびについてくる視線や自分を快く思わない表情を煩わしく感じていた。外に行きたいという欲求が希薄だったのだ。

だがなによりも、興味をひかれるものが座っていてもすぐそこにあったからだ。

空を見上げれば、きらきらと水面《みなも》に反射する光のようなものを纏ったひれが波打つ美しい魚が泳いでいたし、ときには羽根のある小さな小人が飛んでいたり、瞬きをするたびにぐにょぐにょと姿を変える柔らかい球体のようなものもいたりした。不思議なものが沢山溢れていて見ていて飽きなかったのだ。

それらを眺めているうちに気がつけばあたりは暗くなり、母が迎えに来てくれることがほとんどだった。待つことが苦にならないからこそじっと大人しくしていられたのだ。

もしこのとき、自分の耳が聞こえていたならば。ここでもまた他人とは違う自分の世界に気がついていたかもしれない。だが周囲になんと言われているか知らないまま過ごしていた。

——あの赤い目は、一体なにを見ているのだろう。

周囲の人間はそう口々に噂していた。赤い瞳で不思議な生き物たちを追いかけ笑うたびに彼らは気味悪がり、囁き合い、なおのこと恐れを抱いた。

知らなかったのだ。まさか自分に見えているものが、他人に見えていなかったなど。

ときには身体の形がわかるほどの薄さの、見たこともない上等な衣を纏う、男とも女ともわからない美しい人もいて。なかには向けられた視線に気がつき、愛嬌《あいきょう》を振りまいてくれる者とていた。互いに認識し合っていたのだ。

彼らは幻などではない。確かにそこに存在していた。なにもない景色を眺めているのではなく、そこにいる者らを見つめていただけだ。それなのに誰も彼らを知らないのだ。

自分が見ていた者たちは、精霊や妖精といった次元の違う者たちだったことを知るのは、もう少し先のことになる。

彼らを見るには生まれ持った能力が必要で、常人の視界に映らないのは当然のことだ。大多数に見えていないからこそ、見えざる者たちがいないことにされているのは仕方のないことだった。

ときに見えている者が物語に彼らを登場させることもあり、一部の妖精や、精霊でも特別力が強い者ならば次元を超え実体化し、誰の目にも触れるようにすることも可能だ。かつては力ある者が今よりも多くいて、妖精たちは決して遠い存在ではなかった。

時代が移ろい、力を持つ者は稀少となり、人々は重なるもうひとつの次元を忘れていった。見える者はときに自分のように不気味に思われ、頭がおかしいのだと笑われるようになってしまったのだ。見えない者からしてみれば、虚空に対して興味ある素振りを見せているのだから、それも仕方のないことだったろう。

周囲だけでなく、生みの親である母でさえ息子の見ている世界を理解できなかった。もし話し合えることができたのならば、この特殊な世界を認め、けれども人と馴染んでいくために隠していくよう諭すこともできただろう。だが会話ができないのだからそれも叶わず、自分の行動はその大半が奇行だと思われ、周囲の目は冷たくなる一方だった。

赤い瞳と、聞こえぬ耳。そして、見えざる者を見る力。誰一人としていない味方。愛した夫との間に設けた我が子といえども、その存在は母一人にはあまりにも重すぎた。

とある日、いつも仕事に行く母がその日は手を繋いできて、一緒に連れ出された。いつも忙しく働いている母と出かけることが久方ぶりで、繋いだ手が解けないようにしっかり摑む。いつもは表情の乏しい顔も、このときばかりはにこにこと頬が緩んだ。

ほとんど休みもなく歩き続け、肉刺のできた足もひどく傷んだが、それでも母とともに長い時間いられることが嬉しくて、苦労などまるで感じない。道中で野宿し、二人は二日をかけて山をよっつ越えた森に辿り着く。

その頃には日は暮れかけ、小雨も降り始めていた。

母は鬱蒼《うっそう》と立ち並ぶ木々のなかでも一際太い幹の大樹を選ぶと、その根元に座らせた。そしてここで待っているよういつもの合図をしたのだった。

疲労の溜まっていた幼い身体は、腰を下ろした途端に鉛に代わったかのようにどっと重みが増した。霧のように細かく降る雨に空気は冷やされており、寒そうにしていると、母は荷物の中から毛布を取り出し膝にかけてくれた。

くたりと幹に背を預けると、母はおもむろに片時も離さず身に着けていた首飾りを外し、それをまだ細く頼りない首に下げた。

自分の瞳とよく似た赤い宝玉がつけられているそれは、父から母に、結婚の誓いを交わしたときに贈られた大切なものだった。そして数少ない財産のなかで、もっとも価値あるものでもある。

赤い宝玉の首飾りがどれほど大事にされたものであったのか、母から教えてもらったことがなかったのだから知る由もない。どんなときであっても決して手放さなかったそれを、暗い森に座らせた息子に贈るという行為の裏に隠した真実など、気がつくはずもなかった。

母は別れ際に頭を撫でて、わずかに目を細めてじっと見つめたあとに、唇を引き結んで背を向ける。それから一度も振り返ることなく、その身体は闇に溶けていった。

それが、最後に見た母の姿である。母はこのとき、大切な宝物をふたつ、同時に手放したのだ。

もう二度来ることはない母を疑うことなく待ち続けた。やがて雨が大粒のものに変わっても、日が去り夜となっても、母が消えた空虚のような真っ暗な森を見つめ続ける。

　大樹の下にいたがために、広く伸びた枝によって雨を凌《しの》ぐことはできたが、ここに来るまでにしっとりと濡れた身体や冷えた空気はどうしようもない。母がかけてくれた毛布に少しでも身を収めようと縮こまるだけだ。それでも容赦なく体温は奪われていく。

　雲がかかり月は隠された、ほのかな明かりすらない真っ暗闇。獣の気配もなく、ざあざあと雨が降る音ばかりが広がる。

　雨音を知らずただ寒さに打ち震えるばかりだが、幸か不幸か、生まれながらになんの音もない、母以外を知らぬ世界にいたからか、さほど孤独を感じることはなかった。

　刻一刻と時は進み、やがて日中歩き通した疲れと失われつつある体温から、ついに大樹の根元に倒れ込んでしまった。

　母から託された赤い宝玉を握りしめる。横になったまま、もう膝を抱えるだけのことすら億劫《おっくう》になっていた。

　母の姿をすぐに見つけられるようにと開き続けていた瞼をついに閉じる。しばらく経つと、ふと光を感じた。

　初めは遠くに、次第に近づくそれにそっと重たい瞼を持ち上げてみれば、手元を覗き込んでいる小人の少女がいた。

　彼女の背にある薄い羽根がほのかに光っている。それが暗闇の中の唯一の光となっていたのだ。

　まさか起きているとは思わなかったのだろう。妖精族の少女は日が合うと目を見開いた。

　そもそも妖精は精霊界にいて、まず人間に自分を見ることができるはずがないと思っていた。そのため、羽根の光も眠っているように見える子供が気づくこともないと判断して近づいたのだ。だが実際は力を持つ者だった。

　妖精の知識などなにひとつ知らず、彼女が驚いている理由を察することもない。

　普段は遠くで浮遊しているだけの存在が近くにいるので、無意識に手を伸ばしていた。

指先がかじかんで微かに震える。それでも妖精に触れようとすると、彼女はすいっと脇に避けた。手は宙を切り、力なく地面に落ちる。もう持ち上げることはできず、瞳だけを彼女に向けた。

それしかできないからと、じっと見つめて、ようやく自分の身体が動いた理由がわかった。

綺麗だな、と思ったのだ。ほんのりと光を放つ羽根が、それを受けて控えめに輝く桃色の髪が。だから気がつけば、体力が底を尽きかけている身体が動いていたのだ。

「あー」

優しい光。自覚がないまでに心細さを感じて引き結ばれていた唇が小さな安堵に笑えば、少女は片眉を寄せた。

彼女は警戒しながらも、顔の傍に近づいてきた。耳にそっと触れ、そのままそうっと肌を撫でながら頬に向かう。

「うう、あー……」

小さな手が耳朶《じだ》を撫でたのがくすぐったくて、身を捩《よじ》る。

とても近くでこちらを見据えながら、妖精が口を動かす。けれども声が聞こえないため、彼女が周りの人々と同じようにただ開閉させているだけにしか見えなかった。

このとき妖精は、可哀相に、とでも言っていたのかもしれない。

妖精は顔から離れると、この場を立ち去らずに頭上に腰を下ろした。赤毛に寄りかかられると、小さな身体とはいえ感じるほんのりとした温もりに、心強さが生まれる。

妖精としばらくともにいた。なにもできず、なにもせず、雨が降り続けるなかで寄り添い合っていた。

時折、意識を遠ざけさせ眠ってしまいそうになると、やんわりと小さな手が眠気を払ってくれる。だからこそ眠らずに母を待っていられたのだ。

やがて雨が止み、雲が晴れて。雨粒や地面に溜まった水たまりが朝陽を反射する。

この頃にはもう、意識が彼方《かなた》に追いやられる寸前までていた。妖精が頬を突いたりつねったりしてくれるが、感触が鈍く、もしこのまま眠ってしまえば、もう目覚めることはないだろう。

母はまだ来ない。待っていろと伝えられたのだ。ならばここに、ちゃんと起きていないといけない。でなければ迎えられない。

母のためにと意思を強く持とうとするが、それでも瞼は落ちてくる。

ぼんやりとした視界の中に、妖精が顔を覗かせた。口を動かしたあとで、妖精は思い出したように手を伸ばしてくる。前髪を掻き分け、額に掌を当ててきた。

掌が触れる場所がかっと熱くなる。だがそれも一瞬のことで、感覚が鈍くなっていることもあり気のせいかとも思った。しかしそれは、確実になにかが起こっていた証拠であったのだ。

「あなたは、生きたいと思う？」

少女がまた口を開く。それに合わせて、頭のなかに〝音〟が響いた。どこか不鮮明な、水のなかで目を開いているようなあやふやなもの。

生まれて初めの感覚にただ戸惑い、不安を覚えて少女を見つめる。一体なにが起きているのか、今感じたものがなんであるのかわからない。

真摯な少女の表情に、やがてその戸惑いも自然と落ち着いていく。もともと思考力が鈍くなっていた影響もあるのかもしれないが、生まれて初めての感覚をすでに受け入れ始めた。

言葉を知らないのだから、意味などわかるわけがない。少女の言葉に応えられるはずがないのだが、だがこのとき自分は、きっと本能的に察したのだろう。

理解できていないはずなのに、それでも確かに妖精の真意を悟り、頷いた。

「そう……そうよね。でもこのままではあなたは死んでしまうわ。今のあなたを救う力はわたしにはない」

また声が頭に流れてくる。しかし今度こそなにひとつ理解できずに小首を傾げた。その姿を見た小さき者は、このとき初めて笑んだ。

　妖精は額から離れると、ふたつに高く結い上げられた長い桃色の毛先をさらりと揺らしながら、投げ出された手に己の豆粒のような手を重ねる。

「わたしはあなたに生きてもらいたい。無垢《むく》で、純粋で。とても心地のいい魂だから。この朝露とともに消えてしまうのはあまりにも惜しいわ。——だから、契約を交わしましょう。わたしの妖精としての生を半分あなたにあげる。そして、欠けるその部分をあなたの人間の生の半分で埋めるの。そうすれば少なくとも今は持ちこたえることができるでしょう。完全な人ではなくなるけれど、それしか今のあなたを救う術はないわ」

　聞こえていない者の前で長く話す者はそういなかった。だからこんなにも口を動かしているところを初めて見た。そしてそれと同じ長さの声を聞く。

　未知の感覚に戸惑い、ゆっくり瞬くと、妖精の眼差しはよりいっそう優しげなものになる。

「約束するわ。わたしはあなたに多くの知識と言葉を与えましょう。人のなかにいさせてあげることはできないけれど、生きていけるようにしてあげる。だからあなたはあなたらしく生きて。ただまっすぐに育ってちょうだい」

　やはり彼女の言葉をひとつたりとも理解できなかった。だが朝露に囲まれ輝く妖精の表情が微笑む。まるで手招きして遊ぼうと伝えてくるようで、気がつけばつられるように笑っていた。

　妖精は緩く弧を描く己の口元を指差した。

「わたしの名をあげる。よくこの口を見ていて。リシュテルナ。リシュテルナよ」

　皮膚から伝わる妖精リシュテルナの名を聞くことはできても、理解することはできない。だがその名を紡ぐ口の形を見ているだけでよかった。

　妖精本人しか知らない真名《まな》が口に出されると、小さな身体が淡く光り出す。光は繋がった手から伝わり、やがては二人を包んでいった。

「わたしはあなたの名を知らないわ。だからあなたに妖精としての名をあげましょう。あなたはキヴィルナズ。今からわたしの半身のキヴィルナズよ」

このとき、それまで生きた年齢よりも長いときを語り継がれる〝キヴィルナズ〟の名を与えられた。

生みの親が与えた名は自分でさえ知らずに、呼ぶ者も母しかいなかったがために、本来の名が口に出されることは母と別れて以降二度となかった。

「あなたのことはキィって呼ぶことにするわ。わたしのことはリューナと呼んでね。もう妖精ではなくなったけれど、真名を呼ばれるだなんて慣れないし、少し照れくさいから」

妖精や精霊はそれぞれ自分がこの世に生まれたその瞬間に、自分だけが知る真名がある。それは精霊たちにとって命に等しいものであり、真名は精霊たちを思いのままに操れる他、生き死にまで自由にさせてしまえるほどの影響力があるからだ。

主従関係を結ぶ際や、生涯をともにしたり契約をしたりしたときに、己の名を相手に託し魂を結ぶ。

普段互いを呼び合うために、妖精たちは真名からとった別の名を名乗った。リシュテルナの場合はリューナだ。しかし、今やリシュテルナも完全なる妖精ではない。真名の効力は多少のものを残しほとんど失くなっていた。

二人を包み込んでいた光はやがて霧散していく。リシュテルナはキヴィルナズから手を放した。もう触れていなくても、キヴィルナスに声が届くようになったと知っていたからだろう。

「――まだなにもわからないでしょうけれど、これからキィのことはわたしが守ってあげるわ。きっとみんなもあなたのことなら助けてくれるし、もうあなたは仲間も同然。人間に受け入れてもらえなかったとしても、こちらで暮らせるようにしてあげるから」

不意に、キヴィルナズの赤い目からぽろりと涙が溢れた。それは次々に零れ落ち、やがて幼い獣のように声を上げ泣き出した。

契約を交わしたことにより、キヴィルナズはこのとき初めて、リシュテルナの〝声〟を聞いたのだ。

正確には直接頭に妖精の言葉が、彼女が今抱く温かな感情が伝えられた。

先程皮膚を通して感じていたものは文字を追っているようなものだ。なんの色もなかった。だが今はより耳で聞くのに近い、ほとんどそれと変わりない声だった。

これまでのリシュテルナの言葉のひとつひとつが、雪のように心に降り積もっていた。それが熱を持ち始めた心に溶けて、多くの者から忌諱《きき》された瞳から溢れ出てくる。

本当は、なんとなく気がついていたのだ。皆が当たり前のようにしていることが、交流の手段が自分に欠けていることに。きっと、平穏な世界こそが欠けていたものだったのだろうと。

耳が聞こえるようになったわけではない。リシュテルナの声だけが感じられるようになっただけだ。だがそれでも、これまでの一人の世界は一変する。その予感をいち早く悟った心が奇跡に歓喜し震え上がった。なにより、伝わってきたリューナの真意が嬉しかったのだ。


契約によりキヴィルナズが得たものはいくつかある。まずは妖精の身体。半分は人間であるため、日常においてかけ離れた変化はないが、傷や疲れの回復が早くなり、食糧も水も数日に一度の摂取だけで十分事足りるようになった。

妖精の食事は自然から得られる気であり、緑に囲まれている場所や温かな日差しの当たる場所にいることができればいい。半分妖精のキヴィルナズもそうしたものから食事を取ることができるようになったのだ。

そしてもうひとつ、リシュテルナの言葉だけがキヴィルナズに届くようになった。魂を繋げた、もはや互いを自身の半身と言っても過言でない二人は、離れていても互いの心に直接語りかけることができる。思考も互いに受け入れる意思があれば読み取ることが可能で、感情も曖昧ながらも伝わるようになったのだ。

出会ったばかりの二人であるが、すでに深い結びつきで、互いをかけがえのないものとしていた。

リシュテルナはキヴィルナズに寄り添った。幼い身体よりもうんと小さな身体は、けれど温かい。母とは違う体温を持つ彼女は、キヴィルナズに家族とは違う他なる存在を強く認識させる。

キヴィルナズが涙している間に、この身にもうひとつの変化があった。母親譲りだった赤毛が、雪を被ったかのように真っ白になっていたのだ。

妖精としての生を受けたからなのか、髪の変色の原因はリシュテルナにもわからない。リシュテルナとて妖精と人間、それぞれの性《さが》を半分ずつ交換する契約など前例を見たことがなかったから、どれほどの影響があるか知らなかったのだ。だが人間にとっては受け入れがたい白髪といえども、妖精にしてみればそう珍しいものではない。

よりいっそう人間に拒絶されてしまうであろう、艶やかな白髪。リシュテルナが憂いていることが繋がった心から伝わってくる。しかしキヴィルナズの胸中は雲ひとつない快晴の空模様のように澄み渡っていた。

これから待ち受けるものがきっと困難であるのは半身が教えてくれている。知っていてもなお、不安はなかった。

この森で、これまでの自分でも知らぬ名も、母も過ごしてきた人生も、たったひとつの宝玉だけを残し失った。その代わりに新たに得たものすべてを抱き、キヴィルナズは前に進むとたった今決めたのだ。

こうして後に鬼と恐れられる、人であり人でない白髪赤眼の者が誕生した。

妖精としての性《さが》を半分受け取ったキヴィルナズは、彼女の協力もあってその後は順調に体力を回復させ、リシュテルナの仲間の妖精と精霊たちに受け入れられて穏やかに幼少期を過ごしていった。

過去を見ることができる精霊と出会うことがあり、キヴィルナズはこのとき母がなぜ自分を置き去りにしたのか、見捨てなければならなかった事情を知ることになる。悲しくはあったが、互いの立場を理解すれば憎むことなどできるわけもない。それどころか彼女はキヴィルナズのため、よく尽くしてくれたと言えるだろう。置き去りする際まで、最後まで自分の母であったのだから。

もう会うことはない、唯一の味方であった最愛の母。ともに過ごした日々を、彼女の笑顔とともに胸の奥深くにしまい込んだ。

いつか人間の世に出てもいいようにと読唇術を学び、言葉も覚えていく。決して簡単なことではなく、多くの知識を有する精霊でさえも初めてのことに困惑していて、試行錯誤を繰り返しても成果は芳しくなかった。

いざとなれば自分が通訳するからもう学ばなくてもいい、とリシュテルナは何度も言ってきた。彼女が傍らにいれば、確かにわざわざ相手の口元を読まずとも、誤読もなく確実なものを教えてもらえるだろう。しかしキヴィルナズは諦めず、たえまぬ努力によって相手の唇の動きから言葉を聞き取る術を取得した。

その後に信頼のおける力ある呪術師と巡り会うことになる。

彼はキヴィルナズが白髪であろうとも、赤い瞳であろうとも、ましてや人間でなくともすべてを受け入れた初めての人間だった。彼もまた多少なりとも精霊たちを見る目があり、彼らと交流をしていたからだ。

妖精、精霊たちの協力のもと、森の奥に人目につかぬよう小屋を建て、しばらくそこで呪術師とともに暮らした。

呪術師からは精霊たちでは知り得ない人の身での生活のことだけでなく、呪術師という職、薬学や文字など様々な知識を授けられた。キヴィルナズに精霊たちを使役し仕事を遂行するのはどうかと提案したのも彼である。

キヴィルナズ自身が有する力は、見えざる者を見る力、ただそれだけである。だが彼はその純真でひたむきな心から、なにより精霊たちに愛されていた。

精霊の祝福と加護を受けし者。大いなる恵みを生む者たちの愛し子。呪術師はそれに目をつけたのだ。

精霊たちはキヴィルナズの言葉、正確にはそれを代弁したリシュテルナの声を聞き、自らが納得したことならば力を貸すとそれぞれが約束を交わした。それにより精霊たちの力を振るえるようになったキヴィルナズは、師となった呪術師でさえできぬことをいとも簡単にやってのける術を手に入れたのだ。

どんなに硬い素材でも一瞬にして砕いたり、人間を暗示にかけたり、なにもないところから荷物を取り出したり、その場で明かりを灯したり。一時的に肉体を強化し膂力《りょりょく》を常人離れさせることも、皮膚を硬化させることもキヴィルナズには可能だった。すべて精霊たちの力を借りているからこそできるのだ。

特殊な協力者のいるキヴィルナズを師は、精霊と妖精を使役する者、精霊使いと呼んだ。しかし、精霊の力を借りられることを周囲に知られてしまえば騒ぎになる。精霊たちの力は計り知れず、天地を揺るがすような大災害を引き起こすことさえも不可能ではないからだ。

力を欲する者は精霊使いを取り込み、その力を我欲に使うことだろう。精霊たちは決して愚かではなく、私欲にまみれた悪行に手を貸すことはない。しかしキヴィルナズを介して彼らの弱点を知ることもできるだろう。なにより精霊たちはキヴィルナズを愛していたのだから、その命が盾に取られたとき、たとえ高潔であろうとしてもどこまで言いなりになるかわからない。

最悪の事態を恐れた師は、故に呪術師を名乗るよう言いつけた。

キヴィルナズが十四歳になった頃、呪術師としての仕事を始めることになった。

道具を揃える元手に使われたのは、縁を切ることになった親との間を唯一繋いでいた、赤い宝玉の首飾りだった。それを質に入れささやかではあるが金を作ったのだ。

師は援助を申し入れたが、それをキヴィルナズが聞き入れなかった。リシュテルナが自らの宝物を差し出すからそれだけは売るなと言っても、それでもかけがえのないものをこれからの人生のために金に換えたのだ。

魂を分け合った者だからこそ、繋げた者同士だからこそ伝えられる言葉で、キヴィルナズは自身の想いをリシュテルナへ届けた。

大切な首飾りを手放したのは過去と決別するためではないし、捨てるつもりでもない。改めて新たな人生を歩むためにも、区切りをつけたかったのだ。

リシュテルナの助力により多くの知識を得たキヴィルナズは、誰より自身が置かれた立場を理解していた。迫害を受けることが十分あり得る身であるからこそ、人の目があるところでは必ずその顔を隠したし、少しでも怪しまれればすぐさまその場から離れるようにも心がけていた。

いつでも逃げられる準備をしていたのだ。もしものときに備えるのであれば常に身軽でなければならない。なぜなら自分の両手で抱えられるものには限りがあり、大荷物があっては動けなくなってしまうからだ。

キヴィルナズにとって、母との繋がりである首飾りは確かに大切なものであった。しかしそれよりも大事にしている記憶は常に持ち歩いている。似たものはふたつもいらない。だから物のほうを切り捨てた。そして思い出の品を手放すことで、これから自分が精霊使いとして呪術師の名を借り生きる道を、過去を振り返ることなくまっすぐ見られるようになるだろうと思ったのだ。

リシュテルナと出会い、精霊と触れ合い、そして呪術師と巡り会って。他人と接する日々でキヴィルナズは成長していた。

変わらず静寂の世界に生きてはいる。しかし道は常に波乱に満ちていた。両親の庇護から外れたときから、人とは遠き者たちからの助力を受けながらも、根本では自分の力で生きてきた。

音が聞こえないということは不便が多かったが、それでもこれは自分が持って生まれてきたもの。切り離すことはできないし、ならば折り合いをつけて共存していかなければならない問題だ。自身の弱点を受け入れ、それを補う解決策を見つけていくことで、キヴィルナズはより逞《たくま》しく己の足で立てるようになっていた。

キヴィルナズの呪術師としての独り立ちを見届け、師である呪術師はともに暮らした小屋を去った。その後は精霊たちがよく顔を出すものの、キヴィルナズとリシュテルナの二人で過ごした。

呪術師としての仕事の傍ら、キヴィルナズは白らの住まう森の守護も買って出た。ここに自然とともに生きている精霊たちのため、キヴィルナズに懐いてくれた動物たちのためにだ。

森を切り開いて町を広げようとする人間をあくまで害がない程度に脅し、ときに惑わすため亡霊のように己の姿も晒せば、人食い鬼の噂が瞬く間に広がり誰も立ち入らなくなった。

後にキヴィルナズたちは、人の気配がほとんどなくなった森で一人の赤子を拾うことになる。その子供にミミルと名づけ、いずれ養子に出すつもりで自分の場所を仮宿とさせ、彼を新たな家族として受け入れた。

もとより次元の違う存在である精霊たち、そんな見えざる者たちを見る力がある師の呪術師。そして、生まれてすぐに捨てられ、人の群れから外れ鬼と恐れられる自分に育てられた赤子。

彼らはキヴィルナズを受け入れてくれた。だがそれも当然であるのだ。

師である呪術師は自らの経験のなか、人ならざる者たちとの交流があり、理解もある人物だ。彼らの存在を認めている呪術師が、半人であるという理由でキヴィルナズを拒絶することはない。もしキヴィルナズを受け入れないようなことがあれば、それはきっと彼自身の根本をも否定することに繋がる。一方のミミルは、半妖精となり姿を隠すことができなくなったリューナ以外の精霊たちを、自らの意思で見ることは叶わない。見る力を持っていないからだ。しかし目も見えぬうちからキヴィルナズが育てたのだから、その育ての親に外見での偏見を持つはずがない。現に周囲には恐れられる白髪や赤い瞳は、そこにあって当たり前のものだとミミルは認識している。町に出て他の人間を見ることはよくあり、彼らのなかにキヴィルナズと同じく若くして白髪の者がいないことも、赤い瞳を持つ者がいないことも知っているが、あくまでミミルのなかの人間像とはキヴィルナズが形作っているのだ。

だから、キヴィルナズは決して孤独ではなかった。

愛してくれる相手がおり、理解者がおり、慕ってくれる子がいて、受け入れてくれた者たちがいる。リューナや精霊たちの助力もあり、仕事は安定的ではないが大きな収入もやりがいもあって、暮らしに目立った不自由もない。

人目を忍んでいること以外、精霊使いであることに目をつけられることさえなければ平穏な暮らしであった。

苦労がなかったとは決して言わないが、それでもうまく運命は回っていたのだ。それでも多分きっと、キヴィルナズは寂しさを抱えていたのだと思う。

人の輪に入れなかったからこそ、精霊たちは愛してくれた。だがやはり人の身を基本としたキヴィルナズと彼らとではわかり合えないことも多々あった。

自由に空を飛ぶことができて、病も疲れも知らない。助け合うことなく個々で存在し続けられて、果てないときを過ごしてきているからこそ、些末なことを気にかけることがなくて。精霊とはときに神として奉られていることもあり、キヴィルナズは彼らに情けをかけてもらっている立場に過ぎない。決して対等な立場ではないのだ。もしも彼らが気に入ってくれているというキヴィルナズの魂が黒く染まることがあったとき、きっと彼らはこれまでのどんなに色濃く重ねてきた思い出があったとしても、あっさりと自分を見限ることができるだろう。情はある。しかしそれを切り捨て、潔いまでに割り切った判断を取れるのだ。

ミミルにはキヴィルナズが半分妖精であるとは教えていない。まだ理解できないだろうし、なによりキヴィルナズに育てられてきたのだから拒絶することもないだろう。もしミミルを見つけたのが、彼が物心ついていた頃だとするならば、決して今のような全幅の信頼は得られなかったはずだ。

森の番人として、人食いの鬼と恐れられているキヴィルナズは、一度姿を露わに人の輪に飛び込むようなことがあれば皆が拒絶する。実際に一度とある町で白髪と赤い瞳を晒したとき、人々はキヴィルナズを見て逃げ惑ったのだから。

リューナは彼らが口にしていた言葉を教えてくることはなかったが、読唇術の心得があるキヴィルナズは口の動きを読み取っていた。

ただ髪の色が白く、瞳が赤いだけだ。確かにもう半分妖精ではあるが、その他は人間と大差ない。それでもキヴィルナズは指差された。化け物だ、と。呪われた男だと。

本当は少し、期待していた。

生まれ育った場所が排他的だっただけで、別の場所であれば自分は受け入れてもらえるのではないだろうか。形はほとんど変わりないのだから、色がほんの少し違うだけなのだから、もしかしたら。

だがそれは所詮、淡い希望でしかなかったのだ。

たった一度の挑戦は儚く散って、それ以来キヴィルナズが町中で日深く被った外套を外すことはなくなった。そして人間と必要以上に関わりを持とうということもしなくなったのだ。

仕事の都合で町に下りるときも、キヴィルナズは用を済ませばすぐに、脇見をすることもなく帰宅するようにしている。だからこそあのときシャオを見つけたのは本当にただの偶然だった。

あの日、仕事の依頼人に会うからとミミルには留守番を任せ、リューナも家に残してきた。キヴィルナズの耳を補助してくれる者はおらず、そのためもし周囲でなにが起きようとも、目に見える範囲と肌で感じた気配のみで状況を知るしかなかった。

そのように認識できることが狭まっているキヴィルナズだったが、ふとなにかを感じ取り、歩みを止めて横に顔を向けた。そして見つけたのだ。折檻というには度を外れた暴力を主に振るわれる奴隷を。その者は主の持ち上げられた足の下で丸くなっていた。

伸びた髪と、頭を抱える腕にほとんど隠された表情は窺えなかったが、キヴィルナズはそのとき確かに、見たのだ。

たすけて——救いを求める彼の〝声〟を。

こめかみに流れる、諦めようとする涙を。

キヴィルナズは考え込むことなく、誰も関心を寄せようとはしない騒ぎの中心に立ち入った。そして虐げられていた奴隷を、多くの者に支えられて稼いだ金で買ったのだ。それがいざこざなく現状を丸く収める、最善の手段と思ったからだ。

結果的に判断は正解だったらしく、主である男は一人の奴隷に対して破格な金額を受け取ると、呆気ないほどあっさりとシャオを手放した。彼の口元を見て言葉を読み取ろうとせずとも、表情でなにを思っているのかわかるほどにやついた笑みを浮かべて去っていった。

不要な者が消え去ったあとに抱え上げた少年の身体はあまりにも軽く、彼の身なりを見ればこれまでどのような扱いを受けてきたのかが容易に想像がつく。顔を顰めたくなるような傷痕でさえ、治療されることなく放置されたままだった。

シャオにとって、キヴィルナズとの出会いは幸運だっただろう。揉め事を避けるべく買い取ることにしたが、キヴィルナズはシャオを奴隷として扱おうなどとは毛頭考えていなかった。たとえこの身を恐れられたとしても、生きていくうえで必要な知識を与え、人間である自信をつけさせたならば、いずれは人の輪に、本来いるべき場所に返してやるつもりだったのだ。

シャオが、あのとき一体どんな声で救いを求めたかはわからない。だが助けを呼ぶあの涙を見てしまえば、たとえどんな拒絶が待っていようとも、自分が他人に手を差し伸べるべき者ではないと理解していても、見て見ぬ振りはできなかった。

町の噂で鬼と恐れられるキヴィルナズを、シャオも知ってはいたのだろう。ともに暮らしていく以上被りものをしたままではいられないと、キヴィルナズが素顔を晒して目の前に現れてみれば、シャオはひどく怯えていた。しかしキヴィルナズの代行者であるリューナのおかげか、人食い鬼だという誤解は解かれ、予想に反してシャオはキヴィルナズを少しずつ受け入れていったのだ。

人々は常にこの白髪と赤い瞳を恐れた。受け入れてくれた人間はこれまでに二人だけ。出会ったときにはすでに人ならざるものを認知していた師である呪術師と、目も見えぬうちからキヴィルナズに育てられたミミルだけだ。

二人ともキヴィルナズの存在を否定できない立場にあった。否定をすれば今まで見てきたもの、教わってきたものをすべて拒否するようなものなのだから。

初めから見えない者ばかりの世界にいて、そういうものとは遠い世界にいて、それでもキヴィルナズを受け入れた。それはシャオが初めてだった。

シャオとて人の輪から外れかけた場所にいたが、それでも精霊や妖精、鬼と関わりがあったわけではないだろう。それは彼が初めてキヴィルナズを見たときの態度でわかった。彼はあのとき当然の反応をしただけのことだ。だからこそ受け入れられるとは思いも寄らなかった。

人間は自分と似ていても、どこかが異なればその者を恐れるものだ。これまで迫害された経験を積み重ね、キヴィルナズはそれを知っていた。

だがシャオは心を開いた。勿論キヴィルナズが囚人ということもあるだろう。彼もまた人の輪を眺めるしかなく、味方のいたキヴィルナズと違い絶望的な孤独のなかにいたのだから、与えられた優しさに縋《すが》りたかったのかもしれない。そうわかっていても、懐かれていくのは心地いいものがあった。

震えている彼を安心させるために抱きしめて眠った夜は、いつしか自分の心が安らぐかけがえのない時間になった。言葉の練習にと拙い文字が書かれた紙は、たとえ一言だけのささやかな書き置きであっても、一枚も欠くことなく今も大事に保管している。

遠慮ばかりするシャオが自らキヴィルナズの背に手を回して眠るようになったように、紙の束が厚みを増していくように、二人の距離は徐々に詰まっていった。

　日々が過ぎていくにつれ、明るく笑うようになったシャオを見られるのが嬉しかった。服の袖を引き、自らの意思を伝えられるようになったり、ふと目があった瞬間に微笑んでくれたり。キヴィルナズが仕事で遅くまで起きているときは心配をしてくれて、ときにはお茶を淹れてくれたこともある。遅く寝台に入り込んだキヴィルナズに起こされても、煩わしげにすることもなく、シャオはただ嬉しそうにして身を寄せてくるのだ。

　小さな口が、キィ、と呼んでくれる。なにかを語りかけてくれる。もしも、その声を聞くことができたのならば、きっと温かい気持ちになれるのだろう。彼の表情を見ていればそんな気がした。

　深く傷つけられた心を癒してやらなければ。これまでのつらかった日々を取り戻せるよう、沢山の喜びを教えてやらなくてはと、手を差し出した者としての使命感に駆られていたが、今になって思えば、癒されていたのはむしろキヴィルナズのほうだったのだろう。

　いつかは終わるものだとわかっていても、陽だまりのなかにいる気持ちにさせてくれるシャオの傍はあまりに心地よく、少しでも長く四人での暮らしが続けばいいとキヴィルナズは密かに願ってしまった。

　順調で平穏な日々が続くあまり、だからこそキヴィルナズは忘れていたのだ。

　己が何者であり、どれほどの力を有しているのかを。なぜ身軽でなければならないと考えていたのかを。

　その油断が招かれざる不幸を呼んだのだ。

　突如として現れたシャオの姉を名乗るシャナ。彼女とシャオとの対話の様子を一足早く報告にきたリューナが異変に気がつき、道を急く途中に見つけた泣きじゃくるミミルを保護して。そしてようやくシャオのもとまで辿り着いたとき、キヴィルナズは初めて怒りで我を忘れる感覚を知った。いや、むしろ冷静であったかもしれない。どうすればよりシャオを傷つけた元主のザラーナに見合った力の使い方ができるかを考え、そしてそれを実行した。シャオは純真な心を持つ者であり、精霊たちは彼を気に入っていたために、喜んで報復に力を貸してくれた。

いつもキヴィルナズは気がつくのが遅い。以前ミミルが火傷を負うことになった事件もリューナが発見するまでわからなかったし、だから今回ミミルも、シャオも傷ついた。

守るだけの力は持っているのだ。キヴィルナズが本気を出せば、たとえ何十人と束になってかかってこようとも、精霊の力を借りそのすべてを退けることなど容易だ。ましてやザラーナ程度の男ならば力を借りずともキヴィルナズ一人で十分だろう。だが気づけないことにはなにを持っていてもすべてが無意味だ。

二人を守れず、さらなる面倒事に巻き込んで。ようやく決心がついた。

今まで先延ばしにしていたが、蒔かれていた災禍の種が芽吹いた以上、キヴィルナズはもう助けになってやることはできない。だからこそ人間ではない自身の正体を明かしたのだ。

もしかしたらミミルはそれでも別れを納得しないかもしれないが、それは口のうまいリューナに任せればよい。どうしたってキヴィルナズは、ミミルの涙に弱いのだから。

純粋に懐いてくれていたシャオは、本性を知ればきっと自分のもとから離れていく。優しい子だから、キヴィルナズが傷つかないように配慮してくれるだろう。そしてそれに自分は感謝するのだと思う。

あとは二人を信頼のおける人物に託せばいい。今後キヴィルナズとともにいるより余程安全であるし、いざとなれば二人だけでも暮らしていける知識は与えているのだから。

彼を見守っていたときの穏やかさを、抱えて眠ったあのほのかな甘さを、もう失わなければならない。四人で過ごした楽しかった日々も、すべてだ。ミミルも、そしてシャオも、手放さなければならないときが来てしまったのだから。

キヴィルナズは、たとえ疎まれたとしても人が好きだった。

仲間と触れ合い笑い、ときには違《たが》えて泣き、喧嘩をして、仲直りをして。そんな様子をいつも遠くから、羨ましく眺めることしかできなかった。

人は支え合って生きている。食べ物を分け合い、自分で作れないもの、得られないものは等価交換をして互いの暮らしを回している。

一人では生きられないからこそ同じ人間を求め、だからこそその輪を壊すような者を取り除くのだ。だが排他される立場にあるキヴィルナズとて人間であった。たとえ今は半分が妖精だとしても、その根本は人間でしかなく、だからこそ危険ばかりしか存在しない町にときには出ていた。一人でも食材は調達できるし、薬も作れる。家さえも建ててしまったが、キヴィルナズでは布地は作れないし、精霊の力が及ばない人工物を生み出すこともできない。なにより人の書いた書物が好きでもあった。

二人は精霊たちと暮らすだけでは知ることのなかった多くの感情を教えてくれた。だからこそ関わり合いを持てたシャオたちには感謝しかない。

生きていくうえで苦悩は多くあった。いくらそのすべてを受け入れたとしても、なくなるわけでも苦痛が和らぐこともない。それでも彼らと過ごす日々は自分を木漏れ日のように心地よい気持ちに浸らせてくれた。

それだけで、十分だ。

自分は身軽でいい。この両腕で抱えられるものには限度があるのだから。しかし心に容量などない。荷物は持てないが、だからこそ形のない思い出は沢山抱えている。

今はもう別れてしまった両親。彼らの首飾りを始めとした、これまでにいくつも得て、そして手離してきたもの。

それらが心にさえあればいいのだ。

できることなら、自分と同じように、これまでともに過ごしてきた記憶をシャオたちにも抱えていてほしいと思う。時々思い出し、笑ってくれるような。

――きっと、シャオはそうならないかもしれないが。

それを寂しいと思うのはやはり、自分のわがままであるのだろう。

二人は人間としての成長をキヴィルナズに見せてくれた。その過程で生み出された思い出はもらったからこそ、真実を伝えたとして、怯えられてももういいのだ。

道が分かたれた先でシャオとミミルの幸せがあるのなら、自分に見せてくれたあの笑顔が残っているのなら、もうそれ以上望むものはない。


自身との繋がりができるまでの話をリューナの口から聞き終え、シャオは俯かせていた顔を上げる。視線の先には、決して逸らされることなく向けられていた赤と緑の二対の瞳があった。

「成り行きがどうであれ、キィが人間でないことは確かよ。人が噂するような冷酷な鬼ではないけれど、あながち遠くもない。——今まで騙していて、悪かったわね」

優しげに微笑まれるも、その顔は悲しげだった。真実を知った今ならその表情の意味もわかるような気がする。

謝られるようなことはされていないと首を振るが、リューナの表情が和らぐことはない。キヴィルナズもただ静かにシャオを見つめるばかりだ。張りついた仮面の下、はたしてなにを思っているのだろうか。

驚いていないと言えば嘘になる。

これまで人間だと思っていたキヴィルナズも、妖精であると知っていたリューナも、それぞれがそれぞれの性《さが》を分け与えた同士である〝間の者《はざま》〟であったとは。人間でもないが、妖精でもなかったのだ。

キヴィルナズの生い立ち、リューナ——リシュテルナとの出会い。そして師と巡り会い、森に捨てられていたミミルを見つけ出し、シャオを救い出すまで。そのすべてがまったく想像できなかったとは言わない。尋ねたことはなかったが、容姿と耳のことで苦労はしてきただろうと察してはいたし、人里から離れ森の奥深くに暮らしているのも事情があってのことだとわかっていた。

今は多くの情報が詰め込まれ混乱していた。もとより物覚えの悪いシャオは、一度に多くを語られてもすぐに整理することはできない。理解しきれていない部分もある。口もそううまくないため、覚えなくてもいい罪悪感に苦しむ二人にかける言葉すら思い浮かびはしない。

キヴィルナズにとっては、受け入れられないことが当然で、恐れられ、拒絶されるばかりだったのだろう。シャオとて初めは恐れたが、触れ合えば染みわたる優しさにすぐに彼の本質を感じたものだ。

キヴィルナズは決してわかりにくい男ではなく、言葉を交わすことはできないが、飾ることなく生きていることがよくわかる。穏やかな性分であり、表情はそれほど変わらないというのに反応も素直なものばかりで、懐に一度飛び込んでしまえばその広さで、安堵に気が緩んだ。未だに他人が傍にいると不安がつきまとうが、キヴィルナズであれば抱かれていても眠りの泉に浸ることとさえできるほどに。

キヴィルナズたちは決してシャオを騙してなどいない。一度として鬼と呼ばれることを否定したことはなかったし、自らを人間であると言ったこともない。それどころか自分の住む場所が人間たちの場所でないことを悟り、だからこそ生粋の人間であるシャオもミミルもいずれは手放そうと考えてくれていた。

養子に出るか、と以前尋ねてきたリューナの真意がこれでようやくわかった。平和な生活であっても普通の生活ではないと語られたその言葉の意味も、キヴィルナズにまつわる話を聞き、ようやく理解できた。

キヴィルナズたちはシャオとミミルに、人間らしく生きてもらいたかったのだ。自分たちのもとだけで感じられる閉鎖的な喜びではなく、人の輪に加わり覚える感動を、幸せを得てもらいたかったのだ。だがそれは間《はざま》の者のいる場所ではできぬこと。それこそ養子に出て人間の家庭のなかに入らねば体験できないことだ。

キヴィルナズはもう人間としては生きられない。白髪赤瞳の彼に寄り添う妖精もまた、一度人目に触れれば異形の容姿は周りの好奇な目に晒されるだろう。

自分たちが得られないものだからこそなおのこと、手を伸ばすことを許された二人にはそれを願っていたのだ。

人でない彼らは、同じ人間たちから見放された二人を、見捨てても構わなかった人間を拾い育ててくれた。いずれは本来いるべき場所に返してやろうと、別れを知りながら。

シャオは未だ困惑する頭で思い出す。

小さな手と人差し指で交わした握手。撫でてくれた大きな掌。暗い気持ちなど跳ね飛ばしてしまう、眩《まばゆ》い無邪気な笑顔。三人と家族になったあの日のことを。

優しいスープの味、穏やかな夜の時間。ふかふかの寝台も、陽の匂いがする柔らかい毛布も。少しずつ覚えていった文字に、広がっていく物語。他人の体温に、初めての贈り物、初めての喧嘩。甘い飴に、腕が千切れそうなほど重たい荷物。しっかりと繋がれた手。

次々に溢れてくる記憶。どれも暖かく、思い出しただけで涙が滲みそうになる。そうして胸に広がる気持ちが、すべての答えであるのだと知っていた。

こみ上げるものを抑え込み、シャオは長い沈黙のあとようやく口を開く。

「――キィは、悪いこと、なにもしてないんだよね？　人を呪ったり、傷つけたり。そんなこと、してないんだよね？」

「ええ、していないわ。キィはあくまで呪術師として人々の手助けとなるようなことをしているだけよ。誰も傷つけるようなことはしていないわ。先日は、やってしまったけれど――あれが初めてだった。それはキィもわたしも誓って、嘘なんて言ってないわ」

リューナの言葉を肯定するようキヴィルナズも頷いた。それぞれの反応にシャオは頬を緩める。

「よかった」

シャオの笑みを見て、二人は目が覚めたようにはっとして息をのむ。

「ねえ、リューナ。キィと二人きりに、させてくれる？」

リューナはわずかに不安げな翳《かげ》りを顔に見せた。

「大丈夫、だから」

シャオの声音と、そして今も浮かべる微笑に、心配などないのだと思い直したのだろう。これから起こることを察したらしいリューナは深く頷いた。

「――ええ、勿論」

リューナはシャオの願いを聞き届け、キヴィルナズの肩から飛び立つ。

部屋に残ったキヴィルナズとシャオは、消えたリューナの背からそれぞれ目を逸らし、互いに向き合った。

平然を装った顔つきだが、それでも美しい赤い瞳が揺れているのは隠しきれていない。心の内で彼がなにを思っているのかがなんとなく伝わってくる。

たとえ穏やかな声を出したとしても、それが伝わることはない。しかしシャオは少しでもキヴィルナズが恐れているものが消えることを願い、彼がわかるように大きく口を開き、柔らかく告げる。声が伝わらないからこそ、その赤い瞳を見つめて。

「キィは、キィだよ。怖くなんてない。半分だけ人間、っていうのには、驚いたけど。でもキィがキィのままなら大丈夫。だってキィが誰よりも優しいこと、おれは知ってるから」

ザラーナからの暴力を受け、動けなかった身体を抱え上げてくれたときの力強さも、会話ができぬ身ながら精一杯シャオを癒そうと世話をしてくれたことも、不安な夜はいつも眠るまで背を撫でてくれたことも。湖の傍らでシャオの言葉を見つめてくれていたあの穏やかな眼差しも、すべて覚えている。多くの優しさを与えられ、シャオは今シャオであるのだ。

勘違いした最初を除き、彼を恐れたことなど一度もない。そう思わされたことさえないのに、なにを怯える必要があるというのか。

「キィは優しい人だよ。リューナだって、妖精だけど、でもおれにいっぱい優しくしてくれた。だから二人とも、人間じゃなくても、大好きなままだよ。二人は、人間のおれを、ミィを嫌がったりしない。奴隷だったおれを、受け入れてくれた。それと同じだよ」

自分はシャオだ。奴隷ではない、一人の人間のシャオなのだ――そう思わせてくれた、かけがえのない相手。キヴィルナズを見つめているだけで、シャオは幸福に浸れた。

人であっても、妖精であっても、そのどちらもが混ざった存在で在ろうとも。シャオが奴隷でも元奴隷でもなく、〝シャオ〟になったように、たとえ半人であったとしてもキヴィルナズはなにも変わらぬ〝キヴィルナズ〟のままだ。

シャオにとって何者であるかは重要ではない。誰であるかが、大切なのだ。

「おれは、半人だとか、妖精だとか、精霊使い、とか。正直よくわからないし、どうでもいいんだ。キィたちといれるだけで、それで、それで――」

それでいい。そう言い終える前に、目の前のキヴィルナズの顔がぐにゃりと歪んだ。眩しいものを見たかのように、こみ上げてくるものに耐えているかのように、つらそうに。

初めて見るキヴィルナズの表情に、シャオは言葉を止めて目を瞬かせる。

無意識に身体が動いていた。そっとキヴィルナズの頬に手を添えると、彼の掌が重なり、すり寄るように顔が寄せられた。

傍に寄った温もりに、人であろうと妖精であろうと大差はないことを思い出す。二人がリューナとキヴィルナズである以上、やはり種族や力など関係ないのだと安心できた。

しばらく目を閉じシャオの手に頬を押しつけていたキヴィルナズは、やがてゆっくりと目を開ける。

重ねていた手を解くと、離れるでもなく、シャオの背中に腕が回された。

緩い力で抱きしめられる。シャオが自ら身体を預ければ、その重みを噛みしめているかのように、次第に拘束する力が強まっていく。

咄嗟に彼の服を掴んだ拳を解き、遠慮しながらも自らキヴィルナズの身体に腕を回す。いつも不安がっているときにしてもらっているように、そっと広い背中を撫でた。

キヴィルナズの胸に顔を埋めれば、傷を負ったシャオのために毎日煎《せん》じている薬草の香りが染みついていて、心が安らぐ。流れ落ちている白髪が鼻先をくすぐった。

すっかり馴染んだ匂いにほうっと息をついたそのとき、肩を押され、視界がぐるんと回る。

視線の先にキヴィルナズがいた。背中には敷布が来ていて、どうやら押し倒されたらしいということに間を置いて気がつく。

キヴィルナズの長い白髪が、シャオの顔の脇に垂れている。一房が頬を掠めてくすぐったかった。

「キイ……？」

名を呼んだときと重なるよう、キヴィルナズの顔が下に行く。離れていくわけではない動きがなにをしようとしているのか、追いかけようと身体を起こすために腹に力を込めれば、そっと右足を掬われた。

肩と肘で身体を支えながら下半身へ目を向ければ、足の指先にキヴィルナズが唇を落としたところだった。

触れるだけのそれは人差し指に、上に向かうと足の甲にもなされた。包帯が巻かれているくるぶしにも唇は伸びる。

「キィ、き、きたないよ」

肩を押し返そうとすれば、その手を取られ今度は指先に口づけられる。もう片方の手で顎を押し上げようとすれば、次は掌に、滑り落ちて手首の内側に。

両手が捕らわれたところで、ようやく顔を上げたキヴィルナズと目が合った。

今こそ、駄目だ、と言わなければならない。赤い瞳のなかに口元が映っているときでなければ彼に言葉は届けられないのだから。そうわかっていたが、

シャオはその目を見つめているうちになにも言えなくなり、ただ口を閉ざす。

キヴィルナズの視線は外され、頭はそのまま首に伸び、鎖骨へ、首筋へと口づけをして、さらに顎へ落とされた。

痛いほど心臓が高鳴る。このまま破裂してしまうのではないかと不安がこみ上げるも、顔は青くなるどころか朱色に色づく。

確かに身体は変化しているのに、シャオはその理由がわからなかった。ただキヴィルナズが触れているだけなのに、なぜこうも熱く感じるというのか。

赤く染まった耳たぶに、額、目尻。頬に鼻先、こめかみと、顔中に触れていく。シャオが抵抗せずにいると、ふとキヴィルナズの動きが止まった。

じっと、その瞳はシャオの唇を見つめる。一度だけ触れたことのある場所。初めて見る熱の籠った眼差しがそこにはあり、シャオは無意識に息をのんだ。

そこを見つめたまま、キヴィルナズの頭がゆっくり落ちてくる。思わず目を瞑ると、薄い彼の唇は、シャオの唇にぎりぎり触れない場所へ押し当てられた。

「ぁ……」

思わず漏れた声が聞こえていたかのようにキヴィルナズは目を細め、ようやく身体を起こす。戸惑うシャオを再び抱きかかえ、そのまま寝台の上に横になった。

「――寝る、の？」

いつも眠るときのような体勢になり、シャオは服を引いて意識を向けさせてから声をかける。浅い頷きが返ってきて、ならばとシャオはキヴィルナズの顎の下に収まりながら自ら抱きついた。

居心地のいい場所を探しもぞもぞと動き、ようやく見つけて落ち着いた。その頃にはあれほど感じていた心臓の高鳴りは収まり、緊張からか火照っていた身体も平常を取り戻す。

広い腕の中に収まりながら目を閉じた。

しばらくすると身体に乗りかかった腕の重みが増し、安らかな寝息が聞こえてきた。先にキヴィルナズは眠りについてしまったらしく、顔を上げるためにシャオが身じろいでも目覚める気配はなかった。

　抱えられたままの身体を伸ばすもキヴィルナズの頬に唇は届かない。そこは諦め、近場の首筋に押し当てるよう口づけたとき、不意に部屋の入り口の方から物音がする。

　キヴィルナズが起きないよう注意しながらも慌てて肌から顔を離すと、リューナが視界の中に現れた。

「今日のことはありがとう、シャオ。いくらあなたでも、受け入れてくれるとは思わなかったから……嬉しかったわ。キィも同じよ。本当にありがとう」

　きっと、キヴィルナズを通してシャオの言葉を聞いたのだろう。だからこそリューナは自身の半身が眠りについたあとに戻ってきたのだ。

　シャオに感謝を伝える、ただそれだけのために。そんなこと必要ないというのに。

「おれのほうこそ、大切な話をしてくれて、ありがとう。二人のこと、もっと知れてよかった」

「ふふ、そんな風にお礼を言われるなんてね――」


潤んだように見える緑の瞳は、決して見間違いではないのだろう。

「キィがあなたを連れてきたときは驚いたけれど、でも出会えて本当によかったと思っているわ」

　心の底から放たれる偽らざる言葉にシャオははにかむ。キヴィルナズを見上げ、安らかそうに見える寝顔に安堵する。

「おれたち、ずっと一緒にいられるよね」

　シャオはキヴィルナズたちが何者であろうと気にしない。きっとミミルもそうだろう。ならば四人が別れる理由などもうないはずだ。

　目先の寝顔にばかり気を取られていたシャオは、だからこそリューナの浮かべるどこか悲しげな微笑に気がつくことはなかった。

　リューナはキヴィルナズをシャオに託し、部屋を灯していた小さな火を吹き消してミミルのもとへ戻っていった。

　シャオも目を閉じる。

　もう大丈夫――そう、思っていた。

キヴィルナズたちが感じていた引け目は、すべてが語られたことによりきっとなくなっただろう。たとえ彼らが間《はざま》の者だとしても構わないと言ったシャオの本心も伝わったのだと、重なる体温が教えてくれる。

今まで通り、皆で一緒に暮らせるだろう。普通ではないかもしれない。それでもキヴィルナズがいて、リューナがいて、ミミルがいて、それぞれの笑顔がある、平穏で幸せに溢れた日々があるはずだ。

キヴィルナズの生い立ちを聞いて、それを受け入れ、そのことで精一杯になっていたシャオは、望む未来を信じて疑っていなかった。すっかり忘れてしまっていたのだ。

残された時間は限られている――それを覚えているのは、寝た振りをしていたキヴィルナズと、彼と契約を交わしたリシュテルナだけだった。

三日後、宣言通りに答えを聞きに来た騎士に首を振り、キヴィルナズは拘束された。

キヴィルナズの腕がまるで罪人のようにきつく括《くく》られる。

両脇を黒髪と赤毛の騎士に挟まれ、一度として振り返ることなく立ち去ってしまった。

あまりの唐突さに、呆気なさに。シャオは言葉を出すこともできなかった。ただ呆然と見送るしか。

彼らの背が消えた頃、へたりとその場に崩れ落ちる。その肩に手がかかり、振り返れば不安げに唇を結ぶミミルがいた。

「シャオ……キィ、どこ行っちゃったの？」

隠していたのだから、ミミルは事情を知る由もない。

突然現れた男たちがキヴィルナズを連れ去ったと思っているのだろう。彼らは抜き身の刃もちらつかせていたから、状況が決して穏やかでないことを悟っているはずだ。

幼い瞳に見つめられ、そのときようやくシャオは、追いかけなくては、と思った。追いかけてキヴィルナズを取り戻さなくては。そうしなければ、彼は――。

慌てて立ち上がり走り出そうとしたシャオの背を、凛とした声が引き留めた。

「追いかけなくていいわ」

「リューナ……」

振り返れば、ミミルの頭を撫でるリューナが目に映る。その顔はどこか寂しげに、けれども静かに微笑んでいた。

「これでいいの」

連れ去られた男の半身である妖精が、そう言った。信じられなかった。これでいいとはつまり、黙ってキヴィルナズを見送ればいいということだ。連れていかれる先になにが待ち受けているか、彼女が知らないはずがない。シャオよりも余程理解しているはずなのに、なぜそんな言葉を口にできるというのか。

「なん、で……なんで、そんな、そんなこと言うの？　キィは、キィが、こ、このままじゃ！」

「報いは受け入れるべきよ。人を陥れた」

それは先日シャオに暴力を振るった元主のことを示しているのか。あれこそ報いではないのか。

「違う、あれは、おれのためだった！　それなのに、だからってなんで⁉　なんで、しょ、処刑だ、なんて――っ」

リューナの言葉をすべて否定するよう、今の状況すらも拒否するようにシャオは首を振る。

キヴィルナズがあのとき元主に力を奮ったのは、シャオを思ってのことだと、たとえ本人に言われずともわかっていた。

なにかをすれば報いを受けるというのであれば、キヴィルナズは罪など犯していない。彼が行ったのはまさに報いを与える行為であるはずだ。それだけのことをあの男はしでかしていたのだから。

困惑が露わになる言葉でも考えは十分に伝わっただろう。しかしリューナは、シャオがそう考えていることこそが悲しいとでも言いたげな顔をしていた。

「ありがとう、シャオ。でもいいの」

滅多に出されることないシャオの大声に怯えるミミルから離れて、正面に回ったリューナは二人を並ばせる。

「シャオ、ミィ。よく聞いてね。今すぐこの森を出て北に行きなさい。いつも水を汲みに行く川の流れをひたすら遡るの。何日もかかるけれど、わたしがこれまで教えてきたことをよく思い出して進み続けるのよ。そうすればいずれシュナンの町に辿り着くわ」

「シュナンの、まち――」

「そう。その町で呪術師をしているフィラロエルという老人を訪ねなさい。偏屈なじいさまではあるけれどきっとあなたたちを助けてくれる」

シュナンの町、呪術師フィラロエル。初めて聞くふたつの名にシャオの頭はますます掻き乱される。それを知ったうえでリューナは話を止めなかった。

「地下に二人の荷物をまとめておいたわ。それを持って行って。お金も用意してあるわ。お金は肌身離さず、色々なところに小分けして持っていくのよ。もし途中誰かに会ってもそれを見せては駄目。でも脅されることがあったりしたらいくらかは渡してしまいなさい。フィラロエルに会えたらすべてを預けて。彼のもとに着いたらもう安心してもいいから」

二人にそれぞれ向けていた顔を今度はシャオだけに向け、道中は必ず杖を使用するよう注意した。シャオの右足は恐らく骨にひびが入っているだろうから、できるだけ負担をかけないためだ。

川から離れるな、危険な野生動物に遭ったらすぐに水に飛び込め。食べられるものと食べられないものの見極めはしっかりして、わからないものは決して口にするななど、他にも多くの言葉は並べられていく。だが、そのすべてが内に留まらず流れていった。

まるでこうなることを予感していたような、淀みない説明と準備のよさだ。――いや、きっとわかっていたのだろう。

ようやく忠告を終えたリューナはふわりと飛び上がった。

「さあ準備して。用意はしてあるから、もう二人だけでも出発できるわよね」

「リューナはどこにいくの？」

「キィのもとに」

震えるミミルの声に、安心させてやるよう、何度でも妖精は微笑む。

「リューナ……」

「わたしとキィは一蓮托生《いちれんたくしょう》の身よ。一人の生を二度分け合ったから、魂自体繋がってしまったの。片方が欠けたら、もう片方も同じくなるわ」

傍らのミミルを意識してか、あえて死ぬという言葉をリューナは出さなかったが、シャオに伝えるには十分だった。

唇を噛みしめるシャオの隣で、ミミルは手の届かない場所にいる妖精に縋るような眼差しを向ける。

「キィはどうしたの？　リューナはいっしょに行かないの？　どうして、家を出なくちゃならないの？」

「――シャオ、ミィ。わたしたちのことはもう忘れなさい。この森を出て、次の町で今度こそ普通に暮らして」

「や、やだよ。どうしてそんなことというの？　ミィはわすれないよ。つぎの町なんて行かない。キィたちといる。この家がいい」

「お願いよ、ミィ。わたしを困らせないで」

その言葉にミミルは口を噤んだ。だが潤み出した瞳は一向に、幼い胸の内にのみ込まれた言葉を切々と訴えている。

やだ、と今にも泣き出しそうなミミルから目を逸らし、緑の瞳はシャオへと注がれた。

「シャオ、ミィをお願いね」

口が開けない。だから、ゆるりと首を振る。それが彼女を困らせる言葉と一緒だとわかっていても、頷けるわけがない。

呆然とするしかないシャオへ、リューナはいつもの優しい眼差しを向け、身を寄せて頬を撫でた。

「シャオ、あなたはいい子よ。だからわたしの言いつけ、守れるでしょう？　あなたが頼りなのよ」

言いつけ。それはシャオにとって決して捨て置けないものである。奴隷であったからこそ今も心の奥深くに染みついた心理を利用し、たった今リューナは呪いの言葉を吐いたのだ。

　言われた通りにしなければならない。よい子でなければいけない。信用を、裏切るなどできない。

　短い言葉だが、その効力はシャオだからこそ果てなく重かった。

「さあ、もう一度だけ言うわ。荷物を持ったらすぐに森から出なさい。家に戻っても駄目よ。そして北にあるシュナンの町へ行き、呪術師フィラロエルに会うの。わかったわね？」

「――りゅ、な……」

「それじゃあね、シャオ。ミィ。今ある心を忘れず、まっすぐに育って。わたしもキィも、あなたたちの幸福をいつでも願っているわ」

　シャオの覚悟が決まるのも見届けぬまま、妖精は二人のもとから飛び去った。小さくなる姿に手を伸ばすことも、声をかけることさえもできずただ見送る。

　どれほど、空を眺めていただろう。

　服を引かれて自分を取り戻す。

「シャオ」

　振り返るとそこにはミミルがいた。不安でいっぱいの、今にも崩れ落ちそうな顔で。いつも傍にいてくれた妖精までもが立ち去ってしまったからだ。彼が縋る相手はもはやシャオしかいない。

　覚悟を決めていた二人が帰ってくることはもうない。残された自分たちでなんとかするしかなかった。

　守らなくては。この子を守り抜かなくては。もう他に誰もいはしないのだから。もう、シャオだけなのだから。

　シャオはふらつきながらも立ち上がると、自分の服を握りしめているミミルの手を取り、家の中へと入った。

　まっすぐに地下へ行き、入り口の傍らに準備された二人の荷物と杖を見つける。容量の違うそれぞれを見て、多いほうへ手を伸ばした。

　口を結んでいる紐《ひも》を解いて中身を確認すると、一番上に小袋が入っていた。開けると中には金と銀と銅、途方もない金額が詰め込まれている。シャオたちがすぐにでも様々な場所へ忍ばせられるよう上に置いていたのだろう。

　その下には服やキヴィルナズ特製の用途を分けたいくつかの薬、簡易的な治療道具に口持ちのいい食料、シャオが使い慣れたナイフや食べられる植物の図鑑など実用的なものばかりが入っていた。親愛なるフィラロエルへ、とキヴィルナズの字で書かれた手紙も見つける。

　いつの間にこんなものを準備していたのだろう。いつから、用意していたのだろう。

　食すことが可能な草や実のことは、日頃から外に出たときに教わっていた。魚の捕まえ方や火の熾《おこ》し方、外での寝床の作り方も、様々な知恵をキヴィルナズたちは授けた。お金の隠し場所とて以前言われたことがあり、そのときはそんな知識いつ使うのだろうと首を傾げたものだ。

　きっと、二人は初めから今回のような事態を想定していたのだろう。

　いつでも、シャオとミミルの二人で旅立てるように。実際に事が起きるよりずっと前から準備をしていたのだ。

　唇を噛みしめながら、シャオは取り出したものをしまい鞄《かばん》の紐を結び直した。

　お金はあとで分けよう。今は一刻も早く家を出なければいけない。そう思い、後ろに立たせたままでいたミミルを振り返る。

「み、ミィ、準備、しなくちゃ。早く家を、出よう」

　動揺する声を抑えきれないまま、震える指先でミミルに用意された荷物を手に取る。それを彼の両肩へ背負わせようとしたとき、ついにミミルが抵抗を見せた。

「やだ！」

　シャオの手が払いのけられる。あまり力が入っていなかった指先からは荷物が呆気なく重たい音を立てて床に落ちた。

「ミィ……だめ、だよ。家を、でなくちゃ。は、早く」

リューナが、言ったのだ。荷物を持ったらすぐに家を出ろと。きっとあの騎士の仲間がこの家にやってくる可能性があるからなのだろう。キヴィルナズを連れていくことが目的だったろうが、リューナが危惧しているのであればそれで終わりとは思えない。

シャオたちが一刻も早く家を出て、ここから離れて。そして北の町を目指す。それがリューナと、そしてキヴィルナズの願いなのだ。それがもっとも安全な道筋であるのだろう。

落とした荷物をもう一度持とうとしたところで、ミミルがその手を掴んだ。

いつもぽかぽかと温かな体温を持つはずの手が、いつも冷たいシャオと同じようになっていることに驚く。

「ミィやだよ。キィとリューナがいないのなんて、やだ」

重なったふたつの手は、どちらも震えていた。

苦しげに呻く悲痛な声に、シャオは呼吸を忘れる。

「シャオだってやでしょ。リューナたちがいないの、やでしょ？」

いやだ、いやに決まっている――幼い声に、心が叫ぶように応える。だが喉の奥から声が出てこない。

頭を巡るのは、リューナから与えられた言葉だ。

やだ、と言ったミミルにリューナは困らせないでと返した。やだという言葉は彼女をただ困らせるばかりのものなのだ。

リューナが望んでいるのは、シャオたちが無事呪術師フィラロエルのもとへ辿り着くこと。きっとキヴィルナズもそれを願っている。だからこそシャオは言われた通りに動かねばならないのだ。

困らせてはならない。頼りにしていると告げられたその言葉を、裏切ってはいけない。たとえ自分の心を押し殺してでも、言いつけられたものは守らないといけない。

やだと言っては、いけない。

シャオが自身の深くに押し留めているもの。しかしミミルは、幼い少年は自分を殺しはしない。

「なんで……ばらばらにならなくちゃ、いけないの？　ミィたち、かぞくなんでしょ？　いっしょにいていいんでしょ？　ミィはみんなといたいよ。キィもリューナも、シャオも、みんながいなくちゃやだよ。やだ、やだやだ……！」

　これまで堪えてきた涙をぼろぼろと零しながら、ミミルはありのままの感情をシャオへとぶつけた。

「みんないてくれなくちゃ、やだよ……っ」

　シャオの胸にミミルは飛び込んだ。反射的に受け止めながら、ぎゅうっとしがみつく小さな身体に、ようやくはっと気づかされる。

　よい子に、自分はよい子でなくてはならない。キヴィルナズたちを困らせたくないから。聞き分けをよくして彼らに喜んでもらいたいから。否定されたくないから。だから今回のリューナの言いつけも守らなくてはいけないのだ。

　だがはたして、本当に大切なことはそうであることなのだろうか。別れがあると知っていて、それでも自分の心の叫びを無視してよい子を演じて、それで皆が納得する結末があるというのか。

　自分にしがみつく少年を守らなくてはいけない。だが、守るべきものは彼だけなのか。シャオの心にいるのは、たった一人だけだったのか。

　シャオ自身の心は、なにを望んでいるのだろう。このままでは失われるものを、抗いもせず、ただ諦めて自ら手放すことだというのか。

　キヴィルナズの、リューナの未来が不幸で終わることはないのか。

　よい子にして、諦めて。それでミミルもシャオもこの先笑えるのか。本当に、後悔しないか。

　問いかけ続けた先に出た答えに、ようやく呪いは解かれ、シャオは〝シャオ〟になる。

「――いやだよ」

　抱きつく身体に、同じぐらい強く抱き返した。

「ミィ、おれもいやだ。キィとリューナもいてくれなくちゃ、いやだよ。幸せにもなれっこない。みんなでいられなくちゃ」

　キヴィルナズたちのもとを訪れ、シャオは生まれて初めての平穏を、幸福を得た。彼らの家族になれたからこそ変わることができたのだ。それが今、望まれぬ形で崩壊しようとしている。

覚悟をしていた者はいれども誰一人として別れなど求めていない。キヴィルナズと過ごしてきた夜の時間も、幸福を願うと告げたリューナも、家を離れることを拒否したミミルもシャオも、互いを想う心に変わりはないのだ。

「シャオ……」

そっと抱擁を解けば、自ら離れていく小さな身体。ようやく合わさった彼の顔は、涙と鼻水でぐずぐずになっていた。

指で雫を拭いながら、シャオは濡れた瞳を見つめる。

「ミィ、一人でお留守番、できる？」

「……シャオは？」

「おれはキィたちを迎えにいってくるよ」

腕を掴む手に力が込められた。

「また、みんなでいられる？」

「うん」

「ミィだけ、置いてかない？」

「うん。ちょっとだけ、一人ぼっちで待たせちゃうけれど」

なにが待ち受けているかわからない場所へ、ミミルを連れていくわけにはいかなかった。この家とて安全ではないが、少なくともシャオの向かう先には多くの危険が伴うであろう。自分の身だけで手一杯な今、彼を守りきる自信はない。

それを理解しているのだろう。自分もついていく、とミミルは口にしなかった。

「ミィ、まてるよ。シャオたちがかえってくるの、一人でもちゃんとまてる」

「おれのこと信じてくれる？」

「うん。だってシャオ、うそつかないもん。やくそく、やぶったことないでしょ？　だからミィ、シャオのこと信じてるよ」

――必ず、キヴィルナズたちを連れ帰ってきてくれると。

しばらく二人は言葉を交わすことなく見つめ合い、やがてシャオが強くミミルを抱きしめた。

「ありがとう、ミィ。約束だよ。絶対キィたちを連れて帰ってくるから」

抱擁を解き、シャオは立ち上がった。


地下から決して出ないよう強くミミルに言い聞かせ、シャオは家を飛び出した。

右足の痛みに耐えて森の中を駆ける。慣れない杖は邪魔になるだろうと持ってこなかった。

赤みがかり始めた陽光に目が眩《くら》みながらも進んでいけば、頬や手が行く先を阻む枝に擦れる。しかし傷つくことなど厭わずに走った。途中完全な夜へと切り替わり、月明かりだけの仄暗《ほのぐら》い世界となったが、それでも足を緩めることなくわずかな月光を頼りに道なき道を行く。

森を抜け町の端へ辿り着いた頃にはもう、シャオの身体には多くの傷が刻み込まれていた。そのどれもが浅いものではあるが、乱れた髪も、そこに絡みついた葉も、途中転んでついた土も、すれ違う人々に何事かと振り返らせる。

好奇の目に晒されようとも気にならなかった。走り続けるうちに痛みがさらに強くなった右足を、引きずりながら前へと進み続ける。

キヴィルナズたちがどこにいるかは知らなかったが、リューナが飛んで行った方角は町のある場所であった。それを頼りにここまで来たのだが、その先どうするかは未定であり、向かう間も答えは出ていなかった。しかし夜になっても家に帰らぬ人の多さに救われることになる。

彼らは皆、町の中心に向かっていた。そこにきっと注目が集まるようななにかがあるのだ。その答えを途中すれ違った町人が呟いていた。

鬼が捕まったらしい――シャオにとって十分すぎる情報だった。

この町で鬼といえば森に住む番人のこと。そしてそれは、キヴィルナズのことである。

人々の歩みの先へついていくと、やがて彼らが町の中心にある時計台広場へと向かっていることに気がつく。その頃には目的地近くに辿り着き、できあがっていた分厚い人垣に確信をした。

この先に、キヴィルナズがいる。

シャオは未だ全快ではない身体を奮い立たせ、人波へと飛び込んだ。

行く先を阻むものを押しのけて進めば、誰かの足を踏んでしまったらしく怒声を投げられる。無理に裂いた壁からはあちこちから不満の声や不快感を表す言葉が飛び出した。

一方で、それとは別の様々な言葉が耳に入る。

「あれが鬼だとさ」

「おお怖い。なんだいあの髪、真っ白じゃないの」

「瞳だって真っ赤だそうだぞ」

「そんな人がいるの？」

「人じゃない、鬼だよ。見てみろ、化け物そのものじゃないか」

「今まで町に何度も来ていたやつらしい。ほら、あのいつも外套を深く被った――」

男も女も、老いも若きも、集った者たちは囁き合う。

耳を塞ぎたい衝動に駆られたが、両手で人ごみを掻き分けていく。

「ザラーナのもあいつの仕業らしいぞ」

「子供たちが消えていたのもやつのせいと聞くが」

「頭から丸のみするんだってな。そうできるようには見えないが、きっとあれは本性を隠しているんだろう」

「人間に化けやがって」

違う、と容赦なくキヴィルナズを傷つける言葉に心の中で強く首を振ったそのとき、ついに人垣を突っ切った。

押し出されるように最前列から飛び出してしまい、つんのめった身体を支えきれず転んでしまう。

冷たい石畳に身体を打ちつけ服の下で膝が裂ける。痛みに呻きながらも顔を上げれば、視線の先に見えた姿に一瞬、呼吸を忘れた。

町の中に聳《そび》えるもっとも高い建造物である時計台の前で、キヴィルナズは背後に立てられた棒に後ろ手を縛られ、うなだれるように両膝をついていた。取り囲む街灯の火に赤く照らされている。

腕を戒める鎖は首にも繋がっていて、少しでも腕を下げれば喉が締まるようになっていた。力ないその姿の傍らに妖精の影はない。

キヴィルナズの両脇には、家に来て彼を連れ去っていった二人の騎士が、槍《やり》を構え厳格な表情で立っていた。初めに来て選択を迫った声の持ち主らしき男はおらず、また他の騎士の姿もない。

俯く顔はそのほとんどが長い白髪に隠されていたが、微かに見えた腫れ上がった頬と口元から流れる血らしき濃い色に、殴られたのであろうことを悟った。

ようやく見つけた姿に、耐えきれず叫ぶ。

「キィ……っ！」

捕えられた鬼に向かい悲痛に叫ぶシャオの姿に、押しても退かなかったはずの人々はさあっと波が引くように離れていった。

野次馬のなかにはシャオのことを知る者もいるのだろう、鬼と一緒に買い物に来ていたやつだ、と囁き声ですぐに情報が広まる。

鬼の仲間だ、と誰かが言った。

右足のみならず血を噴き出す両膝の痛みに耐え、俯いたままでいるキヴィルナズに手を伸ばしながら駆け寄る。

両脇に立っていたうちの片方の男が、ぬっと足を踏み出した。

黒髪の男は、シャオが距離を詰めると手にしていた槍を取り出す。間近まで迫ると、石突きの部分でシャオの胸を突いた。

「つぅ……」

鋭く尖ってはいないものの、押された痛みに呻きながら後ろへひっくり返った。

呼吸のたびに鈍痛の走る胸を押さえながら身体を起こす。視線の先のキヴィルナズはシャオの声に一切気がつくことができないために、変わらぬ姿でうなだれていた。だがあと十歩と少しで届きそうなほど近くにいる。

　自分を睨む二人の男など気にせぬままに、シャオが彼の名を口にしようとすれば、黒髪の騎士が先に声を発した。

「助けにでもきたか」

　冷ややかなそれに、シャオは強い眼差しを男に向ける。しかし威圧ある騎士の瞳にのみ込まれ、冷や汗を流した。

　赤毛の騎士がゆったりとした足取りで青ざめるシャオへと近づく。

「無駄だ無駄だ。明日の朝には馬車がつく。これは王国へ行けば処刑される身。助けるなど無駄だよ」

「きさま、これの連れだった者だな。助けにでも来たか。きさま一人では、どうしようもできないだろうに。今ならまだ見逃してやる。早々に去るといい」

　不遜な言い草に、一度は萎《しぼ》んだ心が燃え上がる。

　拘束されたとき、キヴィルナズは押さえつけられて腕を繋がれた。しかし命じられずとも、引きずられずとも、きっとキヴィルナズは自らの足で騎士たちについていっただろう。なぜなら彼はすでに、その覚悟をしていたのだから。

　キヴィルナズが本気を出せば、精霊たちの力を借りて現状から逃げ出すなど他愛もないはずだ。それこそシャオの助けなど必要ない。しかし彼は大人しく鎖に繋がれている。それはキヴィルナズの意思があって初めて成り立つ状況なのだ。

　騎士たちはキヴィルナズのことをなにひとつ理解していない。彼を鬼と思って拘束しているのだから、わかっているはずがないのだ。

　彼がどれほど優しい男であるのか。この場にいる大勢のなかで知っているのはどれだけいる。シャオだけではないのか。誰も知ろうとさえしていないではないか。

　唇を噛みしめ、道を立ち塞ぐ騎士どもから目を離してキヴィルナズを見つめる。もう一度彼を目指し駆け出そうとしたところで再び胸を突かれた。

　尻餅をついた際、掌が石畳に擦れて血を滲ませる。

だがそれよりも胸の痛みのほうが強かった。

　突かれた場所ではない。それよりももっと深いところにある、人の目には見えぬ心が軋んだ音を上げる。

「っ、キィ！」

　もう一度起き上がり、痛む胸に手を当てながらも前に進もうとするが、今度は肩を押し返された。

「無駄だと言っているだろう。そんなに声を上げても変わりはしないさ。あいつ、なにも聞こえないいんだろう？　おまえの声とて届きはしないよ」

　赤毛の男は呆れながら見下してくる。それでもなお立ち上がろうとするシャオに二人は渋い顔をしながら、それぞれが手にした槍を交差させ道を完全に塞いでしまった。

　行かせはしないと、言葉にされずとも態度で示される。それでも諦めるわけにはいかない。

　たとえ好奇の目に晒されようとも、きつい眼差しを、冷ややかな声を浴びようとも。ここで引き下がれば二度とキヴィルナズに会うことはできなくなる。


それこそ本当にこの言葉が届かなくなる。

　騎士たちの声に耳を貸さず、シャオは交差された槍すらも乗り越えようと柄に手をかける。それに甲髪の騎士がついに焦れた。

「しつこい」

「うぐっ」

　先程石突きで突かれたばかりの肩を、今度は騎士の足で蹴り上げられた。

　今までとは違い勢いがついて後ろへ倒れ込んだシャオは、そのまま強く頭を打ちつける。しばらく痛みで起き上がることもできなかった。

　じわりと、シャオの頭から石畳に暗い色の液体が広がる。これまで成り行きを端から見つめていた町人たちがざわめいた。

　ようやく身体を起こしたシャオの額に血が垂れる。しかし怪我など見慣れた二人の騎士はそれぞれ眉を顰めるだけだった。

「――き、い……」

　掠れた声で、なおも捕らわれの男の名を呼ぶ。

そうするしか知らぬように、立ち上がりふらついた身体で進もうとするシャオの前で、再び交差する二本の槍が行く手を阻んだ。柄を摑み押すが、鍛えられた身体が支える棒は揺らぐことさえない。

「キィ、かえ、ろ。ミィが、待ってる。リューナも、いっしょに」

視線の先にいるはずの彼はどんなに名を呼んだところで、どう語りかけたところで、顔を上げることはない。当然だ。それでもシャオは言葉をかける。

「けが、手当てしなきゃ。頬、腫れてる。ひやさ、ない、と」

「――黙れ」

「キィ、かえろ。今晩はみんなで、寝よう？　今日は少し、さむいから。そのほうがきっと、あったかいから」

「黙れ！」

今度は赤毛の男に蹴られた。シャオは力なく後ろへ転げるも、また起き上がるために動き出す。

その姿に確かな恐れを滲ませ、騎士はついに刃《やいば》を突きつける。

「いい加減にしろ、無駄だって言っているだろう！　このままあの男のもとへ向かおうとするならば、今ここでおまえを叩っ斬る！」

頭から流した血が左目に入ったがために片方の瞼を閉じながら、もう片目で月光を反射するよく手入れをされた槍を見つめた。

凶器を手にする一方が怯え、それを向けられる一方が静寂を纏う。そして刃を持つ者こそが騎士であり、なにも持たぬ者は非力そうな痩軀の青年という構図は、不自然なものだと人々に思わせた。

ここにいる誰もの目が、シャオただ一人へと注がれる。だが彼の視線はすぐに赤毛の騎士から白髪の者へと移された。

「キィ……っ！」

もう幾度めかもわからぬその名が口にされたところで、偶然にもキヴィルナズは俯けていた顔を上げた。

多くの者を恐れさせる赤い瞳がついにシャオを捉

える。

なぜここにいる、と驚いた表情がありありと彼の心情を語っていた。

咄嗟に身体を動かそうとしたのか、前のめりになるも、しかし棒に繋がれた両手が動きを阻み、さらに首にも巻かれた鎖が喉を締める。

首に与えられた苦しみと痛み、歪んだキヴィルナズの顔を見たシャオが駆け寄ろうとするも、突きつけられた槍の穂先がそれを制した。

喉元に迫った刃に見動きが取れなくなりながらキヴィルナズへ目を戻せば、重なった視線の先で彼はゆっくりと首を振る。

傷だらけのシャオと、その前に立ちはだかる一人の騎士。構えられた槍に、すべてを悟ったのだろう。もう来るなと、自分のことは放っておけとその瞳が告げている。だがそう伝えられたところで止まるつもりなどない。大人しく言うことを聞くつもりであったのならば、そもそもリューナの言葉を振りきってでもここに来ることはなかった。

差し向けられた、容易に肌を裂く切っ先に傷つくことも厭わず動けば、シャオではなく穂先のほうが逃げていく。

「う、動くな」

「――キィ、かえろ。むかえにきたよ」

「動くな！」

ようやく伝わるようになった言葉を放てば、苦しげな表情でキヴィルナズはまたも首を振った。

「ミィがね、ひとりで留守番、しているの。かえったら、ほめてあげてね」

きっと今も一人で不安に震えているのであろう少年を思い出せば、キヴィルナズも想像したのだろうきつく彼の唇が結ばれる。

「黙れ！　ここから去れ、あんなやつのために命を無駄にしたいか！」

騎士のその言葉に、ようやくシャオは赤毛の男に目を向けた。その眼差しの強さに怯《ひる》んだのは騎士のほうだ。

突きつけられた槍の先端にシャオは手をかける。

自分の掌が裂けるのも構わず、力ずくでそれを押し下げた。

血に慣れているはずの騎士は、けれども己が手にする槍から滴り落ちた赤を恐れたように後退《あとずさ》る。そのときシャオの手からも刃は離れていった。

痛む全身を奮い立たせながら起き上がり、至るところから体液を流しながら一歩を踏み出す。

沈黙を続けていた黒髪の騎士がついに言葉を放った。

「あれは鬼だぞ」

騎士の言葉に足を止める。赤毛の男とは違い冷静さを保ったままの目が向けられていた。

「肩入れするならばきさまもあれとともに処刑場に送ってやらねばならなくなる。巻き添えを食らって死んでもいいのか」

シャオをきさまと呼び、キヴィルナズをあれと言う男に。

一度俯き、呟くように言葉を吐く。

「――鬼じゃない」

「なに？」

「鬼なんかじゃ、そんなんじゃない。あそこにいるのはキィだ。鬼じゃない」

聞き返してきた騎士に片目を向ければ、男は不快そうに眉を顰めた。

「はっ、馬鹿《ばか》を言え。あの頭を見てみろ、年老いたわけでもなくすべてが真っ白だ。あの目、血のように赤い。あんな人間見たことがない。きさまはあれを鬼じゃないと言うが、ならばキィとやらは何者だというのだ」

「キィはキィだ。みんなと同じ、人だ」

「人？　あれは鬼だ」

騎士が晒した嘲笑にシャオは拳を握る。

「ちがう」

「違わない。どう見ても人の形を真似ているだけの別のなにかだ。処刑されるそのときにでも本性が見れらるかも――」

「違う！」

言葉を遮り張り上げられた声に、男は咄嗟に口を嗤んだ。

　キヴィルナズを侮蔑する言葉も笑みも引っ込め、己を睨《ね》め上げるシャオを、冷えた眼差しで長身故の高みから見下す。だがシャオは繋がれたままのキヴィルナズへと目を向けた。

　赤い瞳も同じくシャオを見る。白く長い髪が垂れ地につきそうになっていた。微かに流れる風に揺らいでいる。

　あの髪の柔らかさを、シャオはよく知っていた。

「――鬼って、なに？　キィのなにが鬼だっていうの？」

　ぽつりと放たれた問いに答えを出したのは、傍らの騎士ではなく、騒動を囲う町人たちだった。

「あの髪、あの目。人間のものであるはずがない」

「髪が白かったら、目が赤かったら、それだけで人間じゃないの？」

　シャオの反論に、さらにどこからか言葉が飛び出す。

「森に迷った人間を頭から食べるそうじゃないか」

「キィはそんなことしない。誰か、そうしているところを見たの？」

「でも、帰ってこない子供たちが――」

「森に捨てられていた赤ん坊を育てていたキィが、子供を食べるの？　森には獣だっているよ。彼らが人を襲わないだなんて、言いきれない」

　キヴィルナズと一緒にいたシャオのことを知っている者がいるのであれば、当然ミミルを知る者もなかにはいる。

　太陽のように笑うあの子を思い出した誰かが、群衆に埋もれながら言葉を詰まらせる。

「耳が聞こえないのは悪魔と契約したからという話じゃないか。なんでも自分以外と契約しないよう嫉妬深い悪魔が、他に耳を傾けないようにそうしたってな。ザラーナのやつを奴隷の姿に変えたのだって、その悪魔の力なんだろう」

「違う、キィは生まれつき聞こえないんだ。どうしようもできないことなんだ。キィは悪魔となんか契約していない。キィに手を貸してくれるのは、精霊たちだ。キィをここまで育ててくれた精霊たちが、協力してくれているんだよ」

精霊は己の意にそぐわないことには力を貸さない。あのときザラーナはシャオに暴力を振るったがために、キヴィルナズだけでなく精霊たちの怒りも買い、だからこそ姿を変えさせられたのだとシャオは真実を訴えた。

不確かな精霊に関してはほとんどの者が口を閉ざしたが、以前から目についたザラーナの酒癖の悪さを知る町人は多かった。そして一年ほど前から姿が見えなくなった、いつもぼろきれのような一着の貫頭衣を纏っていた奴隷のことを思い出した者が、あの過ぎた折檻は、もはやただの暴力であったことをぽつりと呟く。

生傷が絶えず、目を向ければいつも叱られ蹴られているか、倒れそうになりながらも休まず働かされているか。瘦軀で小柄だったその姿を覚えている群衆の誰かが、今キヴィルナズを庇《かば》っているシャオこそがあの奴隷だったのではないか、と言った。

たとえ小さな呟きといえども密集した人々が口々に囁いていけば、あっという間に全体に伝わっていく。

「あの子は、死んだんじゃなかったのか」

「売られたと聞いたけれど」

「ザラーナのやつが大金を手にしたのと、あの奴隷が消えたのは確か同じ時期だったな」

「あれで買い手がついたの？」

「蛆が湧いているような傷もあったじゃないか」

「だけどあの子、確かにあの奴隷に面影が――」

傷つけられた奴隷を知る者はいても、死にかけた奴隷を救った男の姿を見た者がいないのはなぜなのだろう。

シャオは灼熱を押し付けられたかのように熱を持つ掌を、それでもぎゅうっと握りしめた。流した血に今にも途切れそうな意識を、痛みで繋ぎ留める。

シャオは自分に学がないことを理解していた。リューナに教わっている最中であり、一年をかけたところで周囲に到底追いつけはしない。だがそんなシャオの言葉を詰まらせることができる者は、これだけ多くいる人々のなかで誰一人としていないではないか。

シャオより賢い者も、歳を重ね多くの経験を得た者もいるはずだ。それなのに、口を揃えてキヴィルナズをあれは鬼だと言いながらも、確固たる証言を持ち得ていない。

当然だ。誰もキヴィルナズの真実を知らない。知ろうとさえしていない。ただ外見に惑わされているだけなのだから。

シャオがよく知るキヴィルナズは、真実を求めようともしない者たちに奪われていい存在ではない。鬼などと罵られ、蔑まれていいはずがないのだ。

どんなに傷つけられても、それでもキヴィルナズは沈黙を貫いてきた。それは声を発する発さないの問題ではない。行動に出るかどうかだ。

キヴィルナズは精霊使いとして十分な力を持っている。鬼と言ってきた人々に復讐するなど、強固な枷を破壊できるのだから、容易なことだろう。彼の置かれた境遇を考えれば精霊たちも協力するかもしれない。だがキヴィルナズは一度としてそうはしなかった。

報復するだけの力を持ち得ながらもただひたすらに耐え抜き、妖精や精霊にばかり慰めてもらっていた。それでも人間に対する優しさを忘れはしなかった。

捨てられていた赤子を拾い、太陽のような温かさを持つ子に育て上げて。奴隷だった、道具のように扱われていた自分をここまで人間にしてくれた。恨みを抱えていいはずの人間である二人に、元主のザラーナのように虫の居所の悪さで暴力を振るったことさえない。

鬼と呼ばれた男は、人間に害なすどころかミミルとシャオに未来を与えてくれた。人々に見捨てられた将来を拾い上げ、道を示してくれたのだ。

流した血で、キヴィルナズと同じ赤に自身の左の灰瞳を染めながら、シャオは無知な人間の群れを両目で見つめる。

「みんな、キィのなにを知っているの。なにを知って、キィを鬼だって言っているの」

好き勝手な話でざわついていた町人たちが一斉に口を噤む。二人の騎士も、傷だらけのシャオへ目を向けた。

「キィは、とても、とても優しい人なんだよ。汚いおれを、抱きしめてくれて。ご飯を、たべさせてくれて……傷だって治してくれた。色々なことを教えてくれた。話を聞いてくれた。抱きしめて眠ってくれて、不安なときはずっと背中を撫でてくれた」

まだ一年ほどの思い出しかない。けれどもその日日は濃密で、とても穏やかで。

これまで過ごしてきた十何年の記憶など覆い隠してくれて。

欠けてしまったものを補い、足りないものは満たしてくれて。

「なにも悪いことなんてしない。キィは、悪い人なんかじゃ、そんなんじゃない……！　ただ静かにしていたよ。みんなが怖がるから、隠れていたんだよ！　みんな、みんなキィの髪も目も鬼だって、そう言うから！」

平和な日々だった。四人だけの暮らしで十分満足していた。だが結局のところは、そうあれるよう、満足できるようにしていなければならなかったのだ。

大勢の人間がいるというのに、声を張り上げるのはシャオだけだ。誰もが口を閉ざし、その言葉に耳を傾けている。

囚《とら》われのキヴィルナズとて、ただ一心にその口元の動きを眺めていた。

「ねぇ、キィのなにが鬼なの？　なにがいけないの？　なにが違うの？　髪の色が違うから？　瞳の色が違うから？」

問いかけに答える者はいない。

「確かに、キィの色を持つ人はいないかもしれない。あり得ない、色なのかもしれない……でもおれは、そんなことでキィを鬼とは思わない！　噂に振り回されて、一体このなかでどれだけの人がキィと触れ合って、心から鬼だって思ったの？　誰もなにも自分の目で確かめたことがないのに、周りがそれを悪いと言えば、そうじゃなくても悪いものになってしまうの？」

少なくともキヴィルナズは自分の姿が見られぬよう、外套で全身を覆った姿で幾度もこの町に足を踏み入れている。その姿を訝《いぶか》しんだ者もいただろう。だが誰も拒絶することはなかった。キヴィルナズがなにもしていなかったからだ。

ただ買い物をして、ただ去っていく。それだけだったから。故に誰もキヴィルナズが鬼と呼ばれる存在だと気がつかなかった。ミミルやシャオの存在があってこそだが、ときには親しく接してくれる店の者もいた。

もらった飴の甘さを、未だにはっきりと覚えている。顔を綻ばせたシャオに、キヴィルナズは自分のことのように嬉しそうに微笑んでいた。

それが、真実なのではないか。

キヴィルナズは放っておいても害をなす者ではないと、そう認識されていたから。だから怪しい身なりでも、なにも語らずとも受け入れられつつあったのではないか。

「キィと、ずっと一緒に暮らしてきた。でも、みんなとなにも変わらないよ」

傷ついたシャオを、とろけてしまいそうなほどキヴィルナズは甘やかした。だが癒しはすれども、自らを失いかけるほどシャオを傷つけたのは、キヴィルナズでもリューナでもミミルでもない。

「――奴隷だって、一人の人間だ。けどみんなは、奴隷を奴隷としか見ない。でもキィは初めから、おれを一人の人間として見てくれたんだよ。偏見なんて持たず、優しくしてくれた。綺麗な手が汚れた身体で染まるのだって平気な顔して。キィが助けてくれたから、今おれは元気でいられるんだ……っでも、町のみんなはいつもおれを見ない振りしていたじゃないか！」

傍目からでもわかるほどの惨い暴力を受けたのは一度や二度ではない。たとえ現場に居合わせなかったとしても、身体が痕跡を残していた。

奴隷だった頃のシャオを知る者は多くいるはずだ。それなのに誰一人としてザラーナに苦言を呈する者はいなかった。厄介事に関わりたくないからだ。

再会した彼に路地裏へ引きずられたときもそうだ。大通りに人は幾人もいたが、たとえシャオがもう奴隷でなくなっても誰も止めには入らぬままだった。

「自分たちと違う姿が怖いの？　違ったらみんな鬼なの？　違う、そんなわけないだろ！」

シャオを殺しかけたのは、本当に罪ある者は、捕らわれたあの白髪赤髪の男ではなく――。

「キィは、鬼なんかじゃない！　鬼は、キィを苦しめるみんなだ！　なにもしてないキィを人の輪から追い出すだけじゃなくて、命まで奪おうとしてっ。本当に人を食らっているのは、みんなのほうじゃないか……！」

あちこちから流れるシャオの血が滴り落ち、冷たい石畳の上に落ちる。だがこれまでこの血を受け止めてくれた者はキヴィルナズだけだったのだ。

溢れる感情に耐えきれず地団駄を踏んだシャオだったが、右足の痛みが思いのほか強くそのままその場に倒れ込んでしまった。だが当然、誰も助けようとはしない。

ただ一人、繋がれたことも忘れシャオに駆け寄ろうとした男を除いて。

地に蹲り、呻くようにシャオは言った。

「――受け入れてくれないなら、それでもいい。それでもいいからせめて、静かに暮らさせてよ……。おれからキィをとらないで。ミィだってキィのこと待っているんだ。リューナだって、でないと帰ってこない……必要なら、もう町に、顔を、出さないから――だから、だからお願い。この人を殺さないで。おれから、奪わないで。お願いします」

これまで気丈に訴え続けたシャオは、ついに声に涙を滲ませる。

地に手をつき頭を下げるその顔は見えない。だが全身がシャオの切実な願いを伝えていた。

「かえ、して。キィを、かえしてくだ、さい。どうか、おねがいします」

傷だらけの小さな身体を折り畳んでの懇願に、誰もが言葉を失う。場を取り仕切らなければならない赤毛の騎士も黒髪の騎士さえも、ただ呆然と丸まり震える背を見つめていた。

お願いします、と嗚咽に途切れる言葉が何度も繰り返されるなか、不意にぱきりと音がした。

二人の騎士がはっと目覚めたように時計台のほうを振り返れば、そこで鎖に繋がれていたはずのキヴィルナズが拘束から解かれ、手首を擦りながら立ち上がっていた。

先程の音は、鎖が解き放たれたものだったのだ。

キヴィルナズの足元には鎖であったものの残骸が、粉々に砕けた状態で散っていた。明らかに不自然な壊れ方に、黒髪の騎士は歩み出した鬼へ手にした槍の切っ先を向ける。それに続き赤毛の騎士も青ざめた表情のまま、同じく構えた。

「動くな！」

子供が聞けば泣き出してしまいそうな鋭い声音だが、それを向けられる男は歩みを止めることはない。止まるわけがないのだ。そもそも騎士どもの声など一切、なにも聞こえぬキヴィルナズの耳には届いていないのだから。どんな恐ろしいものであろうともわからないのだから。

だが――黒髪の騎士は槍の穂先を下げながら、思う。

だがもし、この声が聞こえていたとして。はたしてこの男は立ち止まるのだろうか。

繰り返される騎士の制止の声を浴びながらも悠然と歩き、やがて蹲るように頭を下げ続けるシャオのもとへと辿り着く。

傍らにしゃがみ込み、小さくなった身体をそっと抱え上げた。

「――ぁ」

掠れた声を上げながら、シャオは自分を抱き上げた人物を見た。すでに涙が溢れていた目元をさらに濡らしながら震える両手を広げて、強く、キヴィルナズに抱きつく。

切れた掌の痛みも忘れ、手に触れた白髪を巻き込みながら服を握りしめた。

「キィ、キィ……かえ、ろ、キィ。一緒に、リューナも……ミィ、待ってる。一人で待ってくれてる。約束、したの。おれも、待っているから、だから、だから——」

顔を見合わせなければ告げている言葉が一切伝わらないのに、それさえも忘れシャオはキヴィルナズの首筋に顔を埋め、泣きながら言った。聞こえぬそれに応えるよう、嗚咽に跳ねる細い背に手を回し、そこを何度も優しく撫でてやる。

キヴィルナズは歩き出す。あちこちから血を流したシャオに服を汚されても、白髪を染められても、手放すまいと強く抱いたまま。自身が与えてしまった痛みを和らげさせてやるために、冷えた身体に温もりを与えてやるために。

行く先を阻む者はもはやいない。町人が成した壁は場所を譲るよう二手に分かれ、キヴィルナズが歩いていけるよう今度は道となる。騎士もただ、去っていく背を見送った。


建物の陰に白髪が消えてもしばらく人々は沈黙を続ける。

やがて一人がぽつりと呟いた。

「もしかして、あいつは初めから鎖を壊してしまえたんじゃ、ないだろうか」

「いつでも逃げられたということか？」

「でも、ならなぜそうしなかったの。あのまま捕われていたら、処刑されるのよ」

「——まさ、か。自らの意思で、逃げなかったっていうのか……？」

そんなわけない。そう、言葉を返す者は誰もいなかった。

赤毛の騎士は己の槍の穂先についた血を眺め、黒髪の騎士は地に散らばった戒めの鎖だったものに目を向ける。

町人たちはいつまでも、自分たちが鬼と呼んでいた者と、自分たちを鬼と呼んだ者とが重なり消えた暗闇を見つめた。

大勢の足元に隠れていた小さな身体の妖精は、口

を閉ざした彼らを一瞥し、誰にも気づかれぬままに空高く舞い上がった。


満月が綺麗だからと、シャオはキヴィルナズとともに月見に湖のほとりへとやってきていた。

昼間は日差し避けに使っている大樹の根元へ腰を下し、キヴィルナズは逞しい幹へと背を預け、シャオはそのキヴィルナズの膝の上で横抱きにされたまま彼に寄りかかる。

骨にひびが入っているシャオの足を気遣ってか、移動のほとんどは抱えられていた。今のようにどこかに腰を下すときはキヴィルナズの膝の上だ。大丈夫だと何度伝えたところでキヴィルナズはシャオが離れるのを許さなかった。

口では別にいいのに、とは言うが。実際のところシャオも満更でもないためそれほど抗議はせずにいる。あの一件があってからというもの、キヴィルナズはシャオに以前にも増して甘くなり、そしてシャオもキヴィルナズに甘えたがりになってしまっているのだ。

キヴィルナズが拘束され、迎えにいったあの夜。いつの間にか気を失っていたシャオが目覚めたら、場所は時計台広場ではなく、自分たちの家に移っていた。

傍らにはミミルだけでなく、キヴィルナズもリューナもいた。二人はすぐさまシャオに謝罪してきたのだった。

怪我をさせてすまないと。もう二度と勝手に離れたりはしない、シャオとミミルの傍に、これからもいると。

すでに先にミミルに誓ったものを、シャオとも約束をしてくれた。だから置いていかれようとしていた二人は、置いていこうとした二人のことを許すことに決めたのだ。

ようやく不安から解放されたシャオたちは、安堵から大泣きした。二人揃ってキヴィルナズの広い腕に抱かれても泣きやむことなどできるわけもなく、許しはしたものの、自分たちを追い詰めた彼らを散々に責めた。シャオたちにとってキヴィルナズたちがどれほど大切な存在か、かけがえのない者であるのか、あまりにも理解が足りていなかったからだ。わかっていれば置いていけるはずがない。

駄々をこねるようなシャオたちの言葉を、キヴィルナズたちは困ったように、けれども嬉しそうにただ受け入れたのだった。

数日が経ったが、シャオの心配を余所《よそ》にあれから騎士たちが現れることはなかった。キヴィルナズからも彼らが来ることはないだろうと言われたため、安心して怪我の回復に専念でき、今もこうして夜の森へと出てこられている。

ここではよくキヴィルナズに、話すことの練習に付き合ってもらった。今日のように月の綺麗な晩には、リューナたちを含めて空と水面に映るふたつの月を眺めたことも、日のあるうちには折角美しい風景があるのだからと食事をしたこともある。シャオ自身も清美なこの湖が好きだった。なによりここで釣れる魚はおいしい。そう言うと、キヴィルナズは肩を小さく揺らしながら笑った。

シャオの足がもう少しよくなれば、四人で旅に出ることになっている。この湖を眺めることができる時間も限られていると思うと、よりいっそう愛おしく思えた。

見納めの日も近いからと、だから満月の日にもう一度行っておこうと、思い出のあるこの湖に連れてこられたのだ。

二度とこの場所へ帰ってくることはないと皆で決めた。そして今度こそ穏やかに暮らせるところを、キヴィルナズが顔を隠さなくてもいい場所を見つけようと約束をしたのだ。

これまで迫害を受けていた白髪赤眼の男を受け入れてくれる場所が、はたしてどこにあるのか見当もつかない。だが何度拒絶されても、恐れられても、きっと理想郷があると信じて、その場所が見つかるまで探し続ける覚悟をした。

たとえ見つからなかったとしても、四人でいられたならそれだけでもう十分だ。だからそれほど急いた気持ちもなく、それぞれの心には逼迫《ひっぱく》した思いはどこにもない。旅に出なくてはならないのでなく、自分たちの意志でここから旅立つからでもあるのだろう。

内に籠り続けていてもキヴィルナズを受け入れてくれる場所は見つからない。自らが探しに行かなければありはしないのだと、彼の心を代弁したリューナが語る。そしてそれに気がつかせてくれたのはシャオだというのだ。

自分たちはあの町人たちになにも訴えてはこなかった。ただ拒絶を招かぬよう隠れ続けていただけだと。だから状況は鬼の者からなにひとつ変われなかったのだと。恐れられても顔を晒して平然としていれば、変わるものがあったかもしれない。確かに悪いことのほうが多いだろう。しかし、奇跡もあり得たかもしれないと、そう妖精は語る。

だからこそ次なる地で、新たに始めようというのだ。キヴィルナズとリューナだけなら挫けてしまうかもしれない。けれどもそこにシャオもミミルもいれば、四人でならば、きっとつらいことがあっても乗り越えられるだろう。

四人の旅立ちは希望に溢れていた。待ち受ける困難を知ってもなお、家族が揃ってさえいればどうにでもなると信じている。たとえ血が繋がっていなくとも、たとえ種族が違おうとも、それぞれがそれぞれの過去を抱えていようとも。固く繋がった絆は切れることはないのだから。

騎士の来訪から今日までに、随分状況は変わってしまった。だが後悔はない。

キヴィルナズが、リューナが、ミミルがいてくれれば。それだけでシャオの幸せはここに存在する。

胸いっぱいに抱えた今の幸福にシャオは笑み、キヴィルナズに頬をすり寄せる。すると彼の長い白髪が肌を撫でた。

顔を離し、一房白の流れを汲み上げる。

「――おれ、キィの髪好きだよ」

真っ白な髪。汚れなどないそれを、いつも美しいと思っていた。

「キィもキィの髪、好きだよね？」

シャオの言葉にキヴィルナズは驚いた。だがその感情を表に出すことなく、ただ口元を緩め頷く。

鬼と呼ばれる所以《ゆえん》のひとつである白髪。それは妖精との契約の副産物である。契約を持ちかけた彼女さえ想定していなかった変化だった。

リューナは今でこそ口には出さないが、キヴィルナズの白髪に常に罪悪感を抱いていた。

赤い瞳だけならばまだ誤魔化しようがある。夜の闇の中でならば見えることもないだろう。だが白髪ともなれば隠しようがないと、それを与えてしまったことを気に病んでいるのだ。

しかしキヴィルナズは己の白髪が好きだった。疎んだこともありはしない。これに苦しめられているというのならば、こうも長く伸ばすことはなかっただろう。嫌っていれば目に入るのも嫌だと短く刈り上げているはずなのだから。

いつもは聡《さと》いはずのリューナだが、未だキヴィルナズの長い髪の理由を知らない。伸ばした髪は自身の白い色を好んでいることもある。だがなにより、彼女に思い悩むことはないと訴えるためでもあったのだ。

そんな事情など知らぬシャオは、キヴィルナズの白髪を指に絡め遊んでいる。最近リューナに教わった三つ編みを編んでみたり、指通りのよさに何度も梳いたりもしていた。キヴィルナズはただ穏やかな瞳でその様子を眺める。

やがてシャオは動きを止めると、手に取った一房をしばらくじっと見つめ、そっと唇を落とした。

「――へへ」

頭を起こしたシャオは、照れくささに笑みながらようやく髪を手放す。

キヴィルナズのほうへ顔を向けると、白髪に触れていた唇に、今度は彼の唇が重なってきた。

ゆっくりと顔が離れていっても、シャオはただ瞬くしかできない。やがて、ようやく状況を理解し始め、その頃にはじわじわと顔全体が赤く染まっていった。

「あ、あの、キィ、くち、は……」

以前、健康を願う意味があるという昔話にあやかったおまじないを、ミミルたちとし合ったことがある。それは頬などに口づけるというものだったのだが、おまじないとしてするとき、唇は特別なのだとリューナに教えられていた。だから誰にでも気軽にしてはならないと。夫婦や恋人関係に当たるような、特別な好きを持っている相手としかしてはならないと。

ただ親しいだけでは合わされないはずの場所である。だが確かに、そこにキヴィルナズは触れてきた。

前に一度、キヴィルナズがシャオの涙を唇で吸い取ったことがあった。だがそれはシャオが泣いていたからで、きっと深い意味はなかったのだと思う。だがシャオはあのときのように瞳を潤ませているわけでもなかった。

偶然ではない。互いに視線を絡ませながら静かになされたものは、不意の事故では済ませられない。

そこに確かな意図があったからこそ、よりいっそうシャオの頭は混乱していた。

シャオが俯くと、顎を取られ、上を向かされてもう一度唇を重ね合わせられた。

「……っ」

再びなされてしまえば、苦しい言い訳さえも通用しない。

キヴィルナズは笑みながらもこの行為に間違いはないのだと知らしめた。

許容を超えたシャオは固まってしまう。キヴィルナズは結ばれた小さな唇を指先でそうっと撫でながら、開いているもう片方の手をひっそりと背中に回す。

不穏に動く手にシャオが気づいた頃には、それは服の下に入り込み素肌を撫でていた。

「あっ……き、キィ……？」

くすぐったさに身を捩れば、頭にキヴィルナズの顔がすり寄せられる。甘えるような行動をしながらも、身体を冷やさないようにと着込んでいた服が一枚剝がされた。

　とにかく話をしようと、行き場なく彷徨わせていた両手でキヴィルナズの頰を摑んだ。自分と目を合わさせるが、シャオが言葉を紡ぐ前に顔が寄せられる。

　三度目の唇の交わり。薄い唇は違う体温を持っており、確かに触れ合っているということを教えている。近すぎてぼやける顔、けれど赤い瞳と視線は確かに重なっていて。

　唇同士を触れ合わせるのは、特別な好きを持った相手とだ。恋人や夫婦でするものであり、それは友人や親子、兄弟ではしないもの。

　シャオはまだ恋慕と親情の違いをよくわかっていない。リューナもミミルもキヴィルナズも、みんなが好きだ。だがはたして三人に対して抱くのはどれも同じ好きであるのか、それとも違うのか。自分の心なのにそれさえもわからずにいる。

　それも仕方がないことだ。シャオは奴隷でなくなったその日から初めて自分の心を得た。感情の種類は数え切れぬほどあり、たとえ同じ嬉しいとてさらにどういう嬉しいなのか多岐にわたる。長年自分の心を抱え生きてきた者でさえ自身の抱えたものに気がつかないこともあるのに、生まれてそこそこしか経たぬシャオがわかるわけもない。

　四人でいることは好きだ。ミミルに振り回されるのは大変だが楽しい。リューナと少年のやり取りを見ていてつい頰が緩む。彼らといられると心がぽかぽかと温かくなる。だが、キヴィルナズと二人だけで過ごす静かな時間も好きだった。

　彼の胸に抱かれると安心する。赤き瞳に見守られていると不安が消える。分け与えられる温もりに、怖いものはなにもないのだと教えてもらっているようで。いつも、穏やかになれるのだ。

　だが今はどうだろう。

　あの夜、身体のあちこちに口づけが施された、あの夜のように、今は胸がどきどきと高鳴っていた。全身が熱くなり、耳まで赤く染まっていると自覚さえある。それは穏やかとは到底無縁のものであるが、だが不安や恐れは一切ない。

　名前の知らぬこの感情をミミルとリューナに抱いたことはなかった。どきどきしたところで、それはミミルが無謀をやらかしたときくらいで、不安が付きまとっていたのだから違うものだとわかる。

　だが、わからない。

　キヴィルナズだけに抱くこの想いがなんであるのか。なぜリューナやミミルには向けられないのか。

　はたして、ミミルたちを想う好きと、キヴィルナズを想う好きは、違うのか。

　今の未熟なシャオでは、どんなに思い悩んだところで答えは出ない。

「――キィ」

　また一枚服が剝がされる。肩を軽く叩けば顔を上げたキヴィルナズと目が合った。

　あまり表情を変えない彼の心は読み取れない。だからこそシャオは頰に手を添え、自ら顔を寄せていく。

　四度目は、シャオからの口づけ。キヴィルナズは瞠目し、すぐに離れたシャオの顔を驚いたように見つめていた。それにただ微笑を返す。

　彼に抱く感情はわからない。だが、それでいいと思えた。

　キヴィルナズにならばすべてを委ねられる。彼は決して、シャオの嫌がることをしない。傷つけるようなこともしないのだから。もし嫌だと直感すればそのとき抵抗すればいい。そうしたとしても受け入れてくれるはずだ。

　答えは出ていない。彼に特別な好きの気持ちを抱いているのかわからない。だがそれでいい。これからともに歩む長い時間のなかで知っていければ、気づいていければ、それでいいのだ。

　五度目は、互いに引き寄せられるよう。

　シャオはキヴィルナズに身を委ねた。


　シャオだけがすべての服を剝がれ、キヴィルナズと向かい合わせになるように彼の上に跨《またが》る。

しっかりと着込まれたままのキヴィルナズの服に素肌が擦れた。

「ん、はぁ……っぁ」

詰めた息を吐き、目の前の胸に縋るように身を震わせる。

痛めている右足を気にしながらも尻たぶを掴んだ両手は、指に纏った軟膏をシャオの中に塗り込んでいった。

もう何度、キヴィルナズの指が出入りしたか覚えていない。もはや彼の指はふやけているのではないだろうかとさえ心配してしまう。

突き入れられた指は狭い穴を解し、ぬめりが足りなくなればいつもキヴィルナズが持ち歩いている傷薬を掬って再び動かされる。それを繰り返すうちに、初めは一本の指が入るのでもぎゅうぎゅうに締めつけていた場所は、キヴィルナズの長い指を根元まで三本も受け入れられるようになっていた。

「ん……っ」

動かされるたびに漏れてしまう声に、それでも口を押さえて耐えようとした。しかしある一点を擦られれば覆いなど意味をなさなくなる。

「っあ、あぁ――！」

キヴィルナズは時折、シャオの中にあるしこりを撫でた。そこを押し上げられると身体が勝手に跳ねて声が出る。

指先に力が入り、キヴィルナズの服を握りしめる拳が震えた。

シャオの小振りな性器からこぷりと先走りが溢れ出す。もう二度も達しているからか、立ち上がったそこが噴き出すことはなかったが、それでも強い快感に目が眩んだ。

一度目はキヴィルナズの手で、二度目は服と擦れて達した。キヴィルナズの着ているものはシャオの精液で濡れている。自身も自らが放ったものに白く粘ついていた。

初めに射精したとき、シャオはキヴィルナズの手で達した申し訳なさと羞恥で一度泣き出していた。

だがそれは恥ずかしいことではないのだと、至るところに口づけされ宥められた。そうして甘やかされながらここまでこられたのだ。

服をすべて脱ぎ去ったときも、もう消えることはない傷痕をひとつひとつ撫で、少しでもシャオがつらそうにすれば触れているその場所に文字を書き、大丈夫かと問いかける。

その優しさに、シャオはすべて頷きを返していた。

今なされている行為そのものはリューナから授業を受けて知っていた。健康体になり生理現象を催すようになって戸惑いに泣いたシャオのために、性の知識は必要だからと以前に教わっていたのだ。だがそれは男女の間のものであるし、なんのためにキヴィルナズがそれをシャオにしているのか、どうしてされているかもわからない。だがシャオはただ受け入れた。

リューナは愛を育むものだと、身体を重ねることについて説明をした。互いの想いもそう、二人の想いの結晶である赤子もこうしてできるのだと。

同じ男であるシャオとキヴィルナズの間に子ができることはない。ならばきっとこれは、互いの想いを育むものであるのだろう。

シャオは自分の抱える感情がわからないが、キヴィルナズは理解したうえでこの行為に及んでいる。ならばそれでいい。

指が引き抜かれ、喉の奥からか細い声が上がる。くたりと力なく目の前の身体に寄りかかった。

荒くなった息も、火照った身体も、指が抜かれたというのに収まらない。深呼吸をしようにもそれだけの気力さえなかった。

すでに慣れない行為に疲れきっていたシャオの身体を、キヴィルナズは持ち上げる。

これまで散々解したそこに、取り出した自身のものを宛がった。

指よりも太く熱いそれに、シャオは息をのむ。

覚悟はしていたのだ。それが入れられるのだと、誰にも晒したことのない場所を指で慣らされたとき、すでにキヴィルナズから教えられていたから。だが実際に押し当てられると、威圧感に不安が過る。

いくら指で慣らされ多少柔らかくなっていたとしても、そもそもそこはなにかを入れる場所ではない。ましてや、見えていないながらもシャオのものより逞しいとわかるそれが、はたして狭い自分の中へ入るのか。

想像しただけで、それまで蜜を垂らしていたはずのシャオのものは小さくなっていった。

恐れから、ぎゅうっとキヴィルナズの肩を掴み首筋に額を押しつけると、不意に〝声〟が聞こえた。

「――ぁお」

ここにはシャオとキヴィルナズの二人しかいない。そして言葉を発するのはシャオだけだ。

シャオはなにも言ってはいない。それなのに、初めて聞く男の声がした。

まさか――。

凭《もた》れかかっていた身体を起こせば、食事のときくらいしか開かれないキヴィルナズの口が、シャオの灰眼の中で動く。

「あ、ぁお」

「――もしかして、おれの名前を……呼んでくれているの？」

口を閉ざしたキヴィルナズは、少し不安げに、けれども小さく頷いた。

幼い頃に、感覚を掴んでどうにか言葉を発することはできないかと、キヴィルナズはリューナとともに発音の特訓をしたことがあると教えてもらったことがある。だがどうしてもうまくはいかず、結局普通には聞こえないからと諦めてしまったそうだ。

今もキヴィルナズが呼んだシャオの名は、確認をしなければならないほどに聞き取りづらいものであった。統一されていない不安定な声量。頭文字さえ母音になってしまっている。言葉というより、ただの声だ。

だが確かに、キヴィルナズはシャオの名を口にしたのだ。

気づけばシャオは、一度は引っ込めた涙を頬に伝わせていた。

「そっか。そっか……おれを、呼んでくれているんだ。嬉しい。嬉しい、キィ。ありがとう」

いつもは温かいはずのキヴィルナズの手は、涙の痕を辿るときには冷えていた。それほどまでに声を発する行為は彼にとって恐ろしいものであったのだ。

それでも自分の名を呼んでくれた。シャオと、初めて聞かせてくれた声で。

そしてまた、自分には聞こえていないはずの声で名を口にする。

「大丈夫、おれはここにいるよ」

心もとない表情に、安心を与えてやる笑みを浮かべる。

拭われてもなお溢れる涙をそのままに、シャオは自ら腰を落とした。

「っ、ふ――」

慣らしてもらったはずの縁に痛みが走る。だが気にならなかった。

内壁を擦りながらキヴィルナズのものがシャオの中へと収まっていく。途中一度動きを止めると、労るように腰を擦られた。

励まされ時間をかけながら、最後までのみ込んでいく。

根元まで収まると、二人して息を吐いた。熱っぽい顔を互いに合わせ、そして吸い寄せられるように口づけを交わす。

よくやった、とでも言わんばかりに大きな手で頭を撫でられ、シャオはまた涙を零す。

「……キィ。ずっと、おれといて」

いつまでも伝う涙を、何度でも受け止めていたキヴィルナズの手が止まる。

「も、もう、いなくなったり、しないで。お願い」

頬に触れていたキヴィルナズの手にもシャオの涙が流れていく。

ともにいると、これまで何度も四人でし合った約束。それでもシャオの不安は拭いきれてなどいなかった。

振り返りもせず去っていったキヴィルナズ。別れを口にして飛び立ったリューナを見送り、ミミルと二人で冷たい手を重ね合わせ。

押しつぶされそうな不安のなかで必死に抗い、ようやく取り戻すことのできた大切な存在。今はもう帰ってきてくれているか、あのとき感じた恐怖はこれからもシャオの心に居座り続けるだろう。

鎖に繋がれた大切な人を見て、どれほどシャオが恐ろしく思ったか。どんなに伝えたところでそれはシャオ自身しか理解することはできないのだ。

「お願い。キィと、いさせて。ずっとずっと、いっしょにいさせて」

そのためならばどこへでも行こう。そのためならば、この身とて差し出そう。

キヴィルナズがシャオのもとにいてくれるためならば、なんだってしよう。

温もりを取り戻した指先が涙を拭う。嗚咽に震える背を優しく撫でられた。

閉じてしまったシャオの目を自分に向けさせ、唇を重ねる。それがキヴィルナズの答えだった。だが疎いシャオはそれがわからず、かけがえのない者からの特別な愛を知らず知らずに受け取る。


満月はひとつに重なり合った二人をほのかに照らし続けながら、その誓いを見届けた。


とある森に、白の賢者が住むという。

彼は傍らに桃色の髪を持つ妖精を置き、迷える人人に彼女を介して助言をするそうだ。それは賢者が耳が不自由で、言葉を語れぬ身であったからだと伝えられている。

そして賢者の傍らにはもう二人、小柄で控えめな男と、明るい笑顔の男の姿があったという。

彼らは人柄のよさから近くの町人たちから愛され、永らく幸せに暮らしていったそう。

かつてのように白の賢者を鬼と呼ぶ者は、もはや誰一人としていはしない。

おしまい

# とある賢者と約束の夜

一人の男が寝台の上に横になっていた。燭台《しょくだい》に灯《とも》る明かりと窓から差し込む月光に照らされた身体《からだ》はあまりにも痩《や》せ細り、咳《せき》をひとつついただけで折れてしまいそうなほど頼りない。

すでに別れを済ませた妖精と青年は、男が倒れてからというもの片時も傍《そば》を離れることをしなくなった白の賢者を残して部屋を去った。

投げ出されるように置かれた手に絡《から》めた指先を解《ほど》くことなく、空《あ》いたもう片方の手で眠る男に触れる。いつものように黒髪を撫《な》でつけ、梳《す》き。頬《ほお》を擦《さす》り、目尻にわずかに刻まれた皺《しわ》をなぞる。

ふと、眠っていたはずの灰眼が薄《うす》らと開いた。

自分に触れる手に気がつき、顔を横へ向ける。赤い瞳を見つけて穏やかに微笑《ほほえ》んだ。

「――キィ、まっていて、ね」

掠《かす》れた言葉ははたして、耳が聞こえぬ賢者へ届いているだろうか。

彼は読唇術の心得はあったが、それは完全なものではない。実際のところ男が想像していたよりも賢者は理解しきれていなかったことが多かったと、真実を知ったのは随分経《た》ってのことだった。

妖精がいるときはいつも彼女が彼の耳代わりをしていたが、男と二人きりのときは補助する者はいない。そうとは知らず沢山《たくさん》のことを声で語りかけてしまっていたが、聞いていた振りをしていた賢者も、語りかけていた男も後悔はしていない。だが知ってからというもの、ほとんどを筆談で会話するようになっていた。

しかし今、病に侵《おか》され弱りきった男は筆を握れない。枕元に道具は置かれているが、手すら伸ばすことができないのだ。

だからこそ、久方ぶりに声で話しかけた。

賢者はその一字一句を逃《のが》さず理解しようと、荒れた唇《くちびる》を懸命に見つめる。その姿に男は申し訳なく思いながらも、大切な誓《ちか》いを立てた。

「いつか、妖精にでも、精霊、にでも。きっと、生まれ変わって。また、会いに来るよ」

　言葉を理解したのだろう。見開いた赤い瞳が、揺れる。

「それまで、寂しい思い、させてしまうけれど。でも、おれを信じて、待っていて」

　絡め重なりあった手を、賢者は強く握りしめた。それに弱い力で、男は応える。

「約束、だよ。必ず、必ずまた、会いにくるから――」

　男は静かに目を閉じる。そして、もう二度と動くことはなかった。

　白の賢者と呼ばれる青年は、穏やかに、まるで眠っているような男の顔をいつまでも眺《なが》める。

　男は〝シャオ〟と名づけられたただの人間であるが、白の賢者は半分人間の半分妖精だった。生まれたときは生粋《きっすい》の人間であったが、いつも手を貸してくれる妖精の彼女と互いの性《さが》を分け合ったからだ。その影響で、賢者の人生は大きく歪《ゆが》むことになる。

　不死とはいかぬまでも不老の妖精。その生と混じり、限りはあれども人間からしてみれば途方もない寿命を賢者は得たのだ。

　七歳の少年が三十一歳の青年になるほどの時が経過しても、賢者の歳は周りと切り離されてゆるやかに過ぎていく。すでに六十を超えた歳のはずの彼が、未《いま》だ成長の止まった二十四歳のときの容姿から変わらぬままであることがそれを証明していた。

　だからこそ、それを知った灰眼の男はああ言ったのだ。

　人は死ねば、いずれ生まれ変わりこの世に再誕する。もしそのときの姿が妖精か精霊であれば不老の生を手に入れたことになるはずだ。そうすれば、これからも途方もない時間を生きる賢者の傍にいられる。

　それ故《ゆえ》の転生の誓いだった。そして、果てない愛の約束でもある。

　どんなに強く握りしめたところで、重なった手が応えてくれることはもうない。
賢者は横たわった男にゆっくりと被さり、かさついた唇に口づけた。
ぽたりと、瞳を閉ざした男の頬に雫《しずく》が垂れ、賢者は唇をわななかせる。
獣《けもの》の唸《うな》りのような泣き声が、一晩中森に木霊《こだま》した。

おしまい

# とある精霊の旅路

目覚めるとそこは光ばかりの世界だった。

眩《まぶ》しくはない。けれども輝き、温かな場所。ぬるま湯に浸《つ》かっているような心地よさがあり、ゆりかごに揺られているような穏やかさがある。

しばらくそこに漂っていると、背後から声をかけられた。振り返れば長く灰色の髪を垂らした男とも女ともとれる者が微笑《ほほえ》みかけていた。

いつからいたとも知れぬその者は、すっと己の胸に手を置く。

「初めまして、わたしはノーイル。精霊の誕生を見届ける者である」

ノーイルと名乗ったその者、精霊の生誕の見届け人は、今まさに生まれたばかりの精霊に会いにきたのだった。

この次元はすべての精霊がいのちを形作る場所。溢《あふ》れる光は、世界より集められた善良なる魂たち。死した魂はこの場所に収納され、そしてときが訪れれば精霊、もしくは妖精に転生する。そしてノーイルと会い、自らの居場所を探すために旅立つ地点であった。

つい先程目覚めた、つまりは生まれた精霊は、ノーイルの説明を聞き緩慢に頷《うなず》く。

すべては知っていた。転生をする際に与えられる知識にあった。だが生まれて間もないこの精霊は未だ意識が寝起きのようにどこかぼんやりしている。

姿は成人した人間のようではあるが、その中身はまさに赤子も同然である。これから時間をかけて自身を形成し、意思を、心を得ていくのである。そのための旅立ちでもあった。

「さて、手を出してもらえるだろうか。きみがどんな力を持って生まれたか教えてあげよう」

促されるまま、人形のように表情もなく手を差し出す。それを受け取ったノーイルは目を閉じると、腰を屈《かが》め、そうっと手の甲に額を押し当てた。

数秒ほど姿勢を保ち、頭を上げる。

「ふむ、きみはどうやら稀有《けう》な力を持つ者らしい。

長いことこの場所の管理を任されているが、きみのような力とは初めて出会う」

どうやら肌に触れただけで生まれたばかりのこの精霊の力を知ったらしいノーイルは、その詳細を説明する。その姿を光の宿らぬ瞳に映しながら、他人事のように話を聞いた。

「さあ、説明は以上だ。あとは己で居場所を見つけるといい」

ノーイルからは決して多くは語られなかった。至って簡易的なものであったが、この魂の転生場を知っていたのと同様、生まれながらにしてある知識は己がどうすべきかを知っている。

赤子のような精霊は、ノーイルに浅く礼をすると、そのまま空間に溶けるようにその姿を光へと変え霧散させた。

こうして、新たな精霊は己の居場所を求めるべく旅立った。


精霊はあてもなくただただ世界を見て回った。

果てがないのではないだろうかと思えるほどの広大な海を渡る。長く続いた砂浜の端にあった漁村が、最初に見つけた人間の住む場所だった。

精霊の姿をほとんどの人間は見ることができない。それを知る精霊は間近で人間たちを観察した。

海には船が繋がれ、半裸の男たちが乗り込み漁へと出ていく。帰ってくる頃には船はずっしり重たくなり、網には人量の魚が捕らわれていた。それを囲む人々は老いも若きも皆が喜ぶ。

子供たちと人が赤褐色のぶよぶよとした軟体生物を囲み、それを突いたり、細長く伸びる足についた吸盤にくっつかれたりして遊んでいた。生き物はときには真っ黒な墨を吐き出す。彼らはそれを〝たこ〟と呼んでいた。子供たちは慣れているのか、不気味なそれをおもちゃにしていたが、精霊は近寄りがたくて遠巻きに見ていた。そのとき初めて〝苦手〟という感情を思い出した。

三週間ほど漁村に滞在し、精霊は次に陸地を進んだ。山に入り多くの動物たちを見る。

人間同様に動物も精霊の姿を見られぬ者が多い。だが三割ほど見えるものもおり、ときには精霊を警戒し、ときには興味を持ち近づいてくることもあった。

精霊は旅のなか、同じ見えざる者に出会うこともあった。同じ精霊や、その身の周りを世話する妖精だ。

彼らは美しい場所や、素敵なもの、自分たちはどんな旅をしてきたか、これまでなにをなして暮らしてきたか、様々なことを生まれたての精霊に語ってくれた。

出会いと別れを繰り返しながら精霊は彷徨《さまよ》い続けた。人間が住む村や町もいくつも訪れ、そこでの人々の暮らしを眺めた。

やがて精霊はこの世界でもっとも大きい国を訪れた。とても広く、精霊は丸一年ほど滞在し、市井《しせい》の生活だけでなく、城内も散策し、様々な情報を得た。

この王国はかつてとある騎士の謀反により王が討たれ、代わりにその騎士が王位についたという過去があった。

前王は悪政をしき、自らの富のため豪遊のため人々から税金を厳しく取り立てていたという。また戯れに町に下りて見目のよい娘を見つけると、強引に王に献上させるという恐怖も与えていった。馬車の前を横切ってしまったまだ幼い子供の首を刎《は》ねたこともあった。民は不満と怒りを蓄え限界を迎えていたところの謀反だったということもあり、その後は善良なる民の意に沿った政《まつりごと》をした新たなる王は、人々から好かれたという。

新たな王は、実は悪王の実子であった。しかし彼は奴隷であった母が、その美貌から王に見初《みそ》められ、夜伽《よとぎ》に命じられた末に生まれた子であったのだ。下賤の者とはいえ王の血を継ぐ者。城で暮らしていたが、周囲の目は冷たかった。当時奴隷に多かった黒髪で生まれたこともあり、他の王の子は皆王族特有の金髪しかいなかったのも疎まれる理由にあっただろう。

　彼には王位継承権すら与えられることはなく、すぐに飽きられた母は彼が赤子のときに自ら命を絶っていた。味方などおらず、仕えているはずの者たちからも悪意のある扱いを受けていた。

　成長した彼は騎士になった。だが王には、父には絶望しており、ただ流されるままに剣を握っていた。だがそんな彼に転機が訪れる。

　当時の王が精霊の力を使役する者を見つけ、その捕縛に騎士を指名したのだ。しかし騎士は精霊使いを取り逃がし、その者は行方知れずとなってしまう。怒った王はその精霊使いを見つけ出し連行しなければ入国を許さないと言い切った。騎士はその言いつけ通り、同じ捕縛の任を与えられ失敗した仲間の騎士とともに旅に出た。

　誰しも騎士はそのまま帰らぬと想像していた。しかし黒髪の騎士はやがて帰還した。精霊使いを連れてこない代わりに、多くの仲間を引きつれて。

　騒乱の末、国内にも潜んでいた騎士の仲間と協力し城を制圧、悪政をしいた王を殺害し、その血に濡れた王座に自らが腰を下ろしたのだった。

　民は血による改革に新たなる恐怖が始まると不安がったが、訪れたのは長く厳しい冬が明けたあとの花溢《あふ》るる季節のような、そんな穏やかな日々だった。

　税制は本来のあるべき姿に戻り、大きな変化のひとつとして奴隷制度が廃止された。完全にそれが消え去るまでは長い時間を要することになるが、それでも彼は偉業を成し遂げたと人々に賞賛された。その苦労の甲斐《かい》もあり、奴隷に多かった黒髪は一般的な髪色となった。

　騎士王はすでに亡くなり、新たな王が彼の跡を継いで国を治めている。しかし前王は未だ人々から愛され、彼の命日には盛大な祭りが開かれていた。精霊は一週間続くそれを眺め、さらに四日後にその国を後にした。

それからふたつの町とみっつの村を回り、次の町を探索しているとき、墓地でとある親子に出会った。

親子は墓参りに来ていたらしい。今は昔話をしているらしく、気になった精霊は大人しく座り母を見上げる息子の隣に腰を下ろし、同じようにして語られる内容に耳を傾けた。

「それでね、昔、おばあさま――あなたのひいおばあさまは、ひいおじいさまのことを一度だけ裏切って、とても大切な人を傷つけてしまったとおっしゃっていたわ」

それは、彼女の祖母の過去のようだ。そして会話から、親子が墓参りしていたのが祖母の墓だったことを知る。

精霊は耳を傾けながらも、墓石に刻まれた名を眺める。

「ひいじいさまをきずつけたの？」

「いいえ。ひいおじいさまも傷ついたでしょうが、別の人よ。確か――再会した弟だと、おっしゃっていたわ」

「なんできずつけたの？」

息子はくりっとした灰眼をぱちくりと瞬《またた》かせ小首を傾《かし》げた。

「さあ、それは教えてくださらなかったの。でも最後まで後悔していらしたわ。〝ああするしかなかった、でもそのせいできっと彼は不幸になってしまった〟と。その話をするとき、いつもおばあさまは泣いていらっしゃった……」

祖母との記憶を手繰り寄せているのか、彼女は語りながら息子を見る眼差《まなざ》しを悲しげにする。それを感じ取ったのか、息子は困ったような顔をした。

母の表情に戸惑う彼女に、彼女は微笑み小さな頭を撫《な》でてやる。柔らかそうな黒髪が小さく揺れた。

「亡くなるときも、その方の名前を呼んでいらしたのよ」

「そうなの？　ひいじいさまじゃなくて？」

「ええ。ひいおじいさまと同じくらい、その方も大切だったのでしょうね。とても素直で、優しい方だったんですって。その方のように善《よ》き人になってもらいたいからと、だからあなたはその方から名前をもらったのよ」

　母は腰を下ろしていた息子を立ち上がらせた。正面にしゃがみ服を叩《たた》いて土埃《つちぼこり》を払ってやる。

「さあ、帰りましょうか。今日はおとうさん、早く帰ってこられそうなんですって」

「本当？　ならいっぱい遊んでくれるかなっ」

　手を繋ぎ歩き出した二人は、腰を下ろしたままの精霊に背を向け遠ざかっていく。けれども聞こえる笑い声は容易に二人の笑顔を想像させた。

　精霊も彼らに遅れながら立ち上がる。そのまま進もうとしたところで思い止《とど》まり、振り返る。

　墓石に刻まれた名をもう一度じっと見つめて、それから旅を再開させた。


　多くの場所を見て回る精霊が次に訪れたのは、廃《はい》墟《きょ》と化した町だった。かつては賑《にぎ》やかであったらしいそこに今や人は住んでおらず、建物が風化しながらも残されているだけだ。

　前回訪れた町で、精霊はこの廃《すた》れた町についての噂を耳にしていた。

　この町はもう何十年も前に流行《はや》り病に冒された。薬となる薬草はこの周囲で採ることができず、なす術《すべ》もなく町人たちは次々に命を落としたという。残った人々は町を立ち去り、そして今では誰一人として住む者のいない廃墟と化してしまったのだ。

　ただ荒れた町はさして見る場所などなく、精霊は早々にそこを立ち去った。

　近くの森を進むと、奥深くに古びた一軒の小屋を見つけた。あの町同様に長らく人が住んでいた気配はないようで、外壁はひどく荒れて今にも倒れそうだ。実際森の中という風のない環境だからこそ保っているように見えた。窓から覗《のぞ》いてみると、小屋の内部はまるで子鬼たちが暴れたように机やらなにやらすべてひっくり返り荒れていた。

精霊はその場から離れ、ふらふら漂っているうちにすっかり夜になっていた。しかし精霊の目に暗闇など関係ない。平然と進み続け、そして森の中で湖を見つけた。

猫が引っ掻いたような細い三日月が水面《みなも》に揺れている。

精霊はふと立ち止まり、傍《かたわ》らに生える大樹の根元に腰を下した。太い幹に背を預け、独り空を見上げる。

星はない。ただ水面に映っていた月がそのままそこにあるだけ。まあるくない。

精霊は気づけば夜が明けるまで、長らくそうして月を見上げていた。

精霊は湖の周りで二晩ほど過ごし、旅を再開した。

その途中で、あの廃墟となってしまった町と同じ疫病にかかった村を見つけたのだった。

そこも同じく周囲から薬草が採れぬ地域であったが、そのとき偶然に村を訪れていたという、白の賢者と呼ばれる者の知恵によって救われたそうだ。

人々は笑顔で白の賢者について語る。なんでもその呼び名は、その人が持つ真っ白な髪からきているそうだ。そして瞳は赤く、彼が訪れた当初、村人たちは鬼か死神が襲いにきたのだと恐れたという。しかし彼は襲うどころか、どこからともなく薬草を取り出す不思議な術を用いて村を救ったのだった。

旅人であった白の賢者とその連れは、その一件によりこの村に受け入れられ、やがて近くの森に家を建てそこに住みついたという。村人はなにかあれば彼を頼り、助言を求めたり、薬を願ったりしているそうだ。白の賢者は生まれながら耳が不自由であるも、さしたる問題になることもない。

賢者は村を訪れた日からもう何十年と経《た》っているのに、歳《とし》を取らず、姿も変わっていないそうだ。誰しも彼が人間の姿に似たなにかだと気がついていた。

どこから来たかもわからない賢者の過去を知る者はおらず、彼が本当は何者であるのか、答えは出ない。だがそれでも彼を追い出そうとする村の者は誰一人としていなかった。

明らかに異質なものである得体の知れない賢者を受け入れ、そして彼から与えられるものに皆が感謝していた。彼は村人たちから愛されているのだ。だからこそ、彼のことを語る人々の表情は優しげで、そして寂しそうでもあった。

「あの方が亡くなって、もう随分と経つけれど……未だ賢者さまは笑わないままだねえ」

「ミィさんやリューナちゃんが色々尽くしても駄目なんだ、仕方ないよ。こればっかりは」

「本当、とてもいい人だったのに、あんなにも早く天に召されることになるなんて――」

井戸の周りを囲む壮年の女性たちは、一様に深いため息をついていた。見えないのをいいことに精霊はすぐ脇で話を聞く。

どうやら白の賢者は大切な者を亡くし、それ以降笑うことがなくなってしまったそうだ。もとよりそれほど笑みを見せる人ではなかったそうだが、まったくというわけではなかったというのを彼女たちの会話から知る。

女性たちは白の賢者から日常的なものへ、やがて夫の愚痴へと話が流れていく。もういいかと精霊はその場を離れ、ふらふらと森のほうへ向かった。

白の賢者という人物を見たいと思った。人ならざる者の髪と瞳の色。そして年老いぬ身体に、豊かな知識、不思議な力。純粋に興味を惹《ひ》かれたからだ。

彼が住むという小屋の場所を女性たちの会話から聞き取っていた精霊は、迷うことなくそこに辿《たど》り着《つ》くことができた。

小屋が、廃墟の町の傍らにあった森の中で見た家屋とそっとても似た造りをしていることに気がつく。人が住んでいるということもあり、よく手入れされていた。

精霊は小屋が見えるなり立ち止まっていた。それに気がつき前に進もうとする。しかしなかなか身体が動かない。

精霊はしばらく小屋を眺めていた。ただそれだけで胸がいっぱいになる。その理由はわからなかった。こんなことになるのは初めてだからだ。

玄関の前に立つことができたのは、どれほど経った頃だったろうか。もとより時間の感覚が曖昧な精霊にはわからない。だがただの人間であっても、感覚が狂ってしまうような、言いしれぬ感情に戸惑わされていたことだろうとも思えた。

精霊は存在していながら、次元の違いによって実体があるようでない者である。そのため障害物などないにも等しく、この精霊も扉を開くことなく壁をすり抜け小屋の中に入った。

初めて入る家であるにもかかわらず、精霊はまっすぐとある場所を目指す。そうしている自覚はなかった。

そう広くはない小屋は、知らず知らずのうちに目指していた部屋の扉を精霊に見せた。精霊は再び立ち止まる。

手を伸ばし、はっとして思い止まった。自分はどうやってこの建物の中に入ってきたのか。障害物などすり抜ければいいだけではないか。これまでもそうしてきたのに、それなのになぜ自分は今、取っ手を握ろうとしたのか。

精霊は緩く頭を振り、それからゆっくりと目の前の扉をすり抜けた。

部屋の壁は本棚に囲まれ、多くの書物がそこに収まっている。その隙間に挟まるように机が設置され、精霊に背を向けた一人の男がなにやら紙面に書き込んでいた。

彼の腰に届くよりも長く背に流れる髪は真っ白だ

った。だからこそこの人物こそが白の賢者であるのだと気がつく。

皆、彼を賢者さまと呼び慕っていた。今も誰か人のために役立つようなことをしているのだろうか。

ときには夜遅くまで、小さな蝋燭《ろうそく》の火で手元を照らし、誰もが寝静まっているような時間も本を読み知識を蓄えて、それを人々に授けるのだ。放っておけば平気で不摂生を重ねてしまうから、周りが注意をし、寝る時間になったら寝台に引きずり込んでやって。

夜食もよく用意した。身体が冷えぬようにと芯から温める効用のある茶葉を畑で栽培して、それを淹《い》れたら賢者はよくその茶を褒めてくれた。

少しでも彼の役に立てばと、自ら薬草の勉強をした。やがて賢者の指導がなくとも薬を作ることができるようになり、賢者の助けになるだけでなく、村人たちからも感謝してもらえるようになった。

夜はともに寝る。寝台はずっと狭いままだが、それでも構わなかった。くっついて寝れば関係ないからだ。そのほうが温かいしより互いを感じられる。でも最後は一人で眠った。薄ら寒さはなにをやっても取れなくて、賢者は眠らずに隣で手を握り続けてくれた。

起きていられる時間はだんだんに短くなっていき、筆を握ることもできなくて。口の動きを見せようにも、はっきりとわかるように動かせず、無理をしようとすればすぐに咳《せき》が出た。それだけでも体力は削られ、息が切れた。

もうなにも食べられなくなって、死期が近いことを悟った。賢者もそれに気づいていただろう。だがそれでも看病を続けてくれた。壊れものを扱うように丁寧に手を取り、身体を清潔に保ってくれて。目を向ければ髪を梳《す》くよう撫でてくれた。

最期の力を振り絞り、誓いを交わした。もうそのときが昼なのか夜なのかもわからなかった。それでも賢者の顔だけを見つめ、彼の手を握りしめ、そして。

そう、〝自分〟は最期までともにいたのだ。賢者と、彼と――。

『キ、ィ……』

精霊は、聞いたことがないはずの賢者の名を呼んだ。これが初めて精霊が声を発した瞬間だった。

聾唖者であるはずの、耳が聞こえていないはずの白の賢者は、弾かれたように顔を上げる。勢いよく振り返り、そして確かに見えぬ者であるはずの精霊をその赤き瞳に捉《とら》える。

立ち上がり、震える指先が伸ばされた。精霊はふらついたように一歩踏み出し、賢者に近づく。

精霊も手を伸ばすと、実体化していないはずの手首が確かに賢者に摑《つか》まれた。

強引に引き寄せられ、広い彼の胸に捕らわれる。精霊も自ら手を伸ばし、賢者を力強く抱きしめた。

『――ああ、キィ、キィっ』

精霊の目から涙が零《こぼ》れ落ちる。だがそれは賢者も同じだった。顎の下にすっぽりと収まる精霊の頭に、溢れた彼の熱い想いが雨のように降り注ぐ。

『お待たせ、キィ。いっぱい待たせて、本当にごめんね……でもこれからは、ずっと一緒だよ。ずっとキィの傍《そば》にいるから』

前世の記憶を取り戻した〝言葉の精霊シャルテナオス〟は、獣の唸《うな》りのように声を上げて泣く白の賢者キヴィルナズとの隙間《すきま》ない抱擁をほんのわずかに解き、頭を上げる。

顔をくしゃくしゃにして幼子のように泣くキヴィルナズと顔を合わせると、シャルテナオスの頬《ほお》に今度はいくつもの雫《しずく》が落ちる。

涙を混ぜ合わせながら、二人はようやく笑い合った。

おしまい

# あとがき

初めまして、向梶《むかじ》あうんと申します。

この本をお手に取っていただき、ありがとうございました。

少し変わった家族の様子、キヴィルナズと抱き合い眠る夜の穏やかさや、よく突撃するミミルの騒がしさ、見守るリューナの笑み、シャオ自身の人としての成長など、彼らの物語の一幕で楽しんでいただけたのであれば幸いに思います。


イラストは日野《ひの》ガラス先生に描いていただきました！　ラフを拝見させていただいたときには興奮でしばらく顔のにやけがとまらず、周囲に不審がられるほどでした。だってどうしようもできないくらいに嬉しかったんです……！

繊細で、透明感があり、キヴィルナズたちに見守られ、じんわりとシャオが感じていった優しさのようなものが、見ている者の心にも広がっていくようです。

日野先生、素晴らしいイラストを本当にありがとうございました！


イラストを担当してくださった日野先生、編集者さま、こうして出版の運びとなるまでに支えてくださった方々に、執筆を応援してくださった読書の皆さま、心より感謝申し上げます。おかげさまで、こうして本という形にとして皆さまのお手元に届けることができました。

もしまたどこかで名前を見かける機会がございましたら、どうぞよろしくお願いいいたします。

向梶あうん

## 初出

| | |
|---|---|
| 月下の誓い | 商業誌未発表作を加筆修正 |
| とある賢者と約束の夜 | 商業誌未発表作を加筆修正 |
| とある精霊の旅路 | 商業誌未発表作を加筆修正 |

## 君が恋人にかわるまで《きみがこいびとにかわるまで》

**きたざわ尋子**

イラスト：**カワイチハル**

本体価格870円+税

会社員の絢人には、新進気鋭の建築デザイナーとして活躍する六歳下の幼馴染み·亘佑がいた。十年前、十六歳だった亘佑に告白された絢人は、弟としてしか見られないと告げながらも、その後もなにかと隣に住む亘佑の面倒を見る日々をおくっていた。だがある日、絢人に言い寄る上司の存在を知った亘佑から「俺の想いは変わってない。今度こそ俺のものになってくれ」と再び想いを告げられ…。

# リンクスロマンス大好評発売中

## 追憶の果て　密約の罠《ついおくのはて　みつやくのわな》

**星野 伶**

イラスト：**小山田あみ**

本体870円+税

元刑事の上杉真琴は、探偵事務所で働きながらある事件を追っていた。三年前、国際刑事課にいた真琴の人生を大きく変えた忌まわしい事件を——。そんな時、イタリアで貿易会社を営む久納が依頼人として事務所を訪れる。依頼内容は「愛人として行動を共にしてくれる相手を探している」というもの。日本に滞在中、パーティや食事会に同伴してくれる相手がほしいと言うが、なぜかその愛人候補に真琴が選ばれ、さらに久納とのホテル暮らしを強要される。軟禁に近い条件と、久納の高圧的で傲慢な態度に一度は辞退した真琴だが、「情報が欲しければ私の元に来い」と三年前の事件をほのめかされ…。

## 掌の檻《てのひらのおり》

**宮緒 葵**
イラスト：**座裏屋蘭丸**
本体価格870円+税

会社員の数馬は、ある日突然、友人にヤクザからの借金の肩代わりさせられ、激しい取りたてにあうようになった。心身ともに追い込まれた状態で友人を探すなか、数馬はかつて互いの体を慰めあっていたこともある美貌の同級生・雪也と再会する。当時儚げで劣情をそそられるような美少年だった雪也は、精悍な男らしさと自信を身につけたやり手弁護士に成長していた。事情を知った雪也によってヤクザの取りたてから救われた数馬は、彼の家に居候することになる。過保護なほど心も体も甘やかされていく数馬だったが、次第に雪也の束縛はエスカレートしていき…。

# リンクスロマンス大好評発売中

## 黒曜の災厄は愛を導く《こくようのさいやくはあいをみちびく》

**六青みつみ**
イラスト：**カゼキショウ**
本体870円+税

黒髪黒瞳で普通の見た目である高校生の鈴木秋人は、金髪碧眼で美少年の苑宮春夏と学校へ行く途中、突然穴に落ちてしまった春夏を助けようとし……なんと二人一緒に、異世界・アヴァロス王国にトリップしてしまう。どうやら秋人は、王国の神子として召還された春夏の巻き添えとなったかたちだが、こちらの世界では、黒髪黒瞳の外見は『災厄の導き手』と忌み嫌われ見つかると殺されてしまう存在だった。そんな事情から、唯一自分を認めてくれた、王国で四人いる王候補の一人であるレンドルフに匿われていた秋人だったが、ある日何者かに攫われ…。

LYNX ROMANCE

# 小説原稿募集

リンクスロマンスではオリジナル作品の原稿を随時募集いたします。

## 募集作品

リンクスロマンスの読者を対象にした商業誌未発表のオリジナル作品。
（商業誌未発表のオリジナル作品であれば、同人誌・サイト発表作も受付可）

## 募集要項

＜応募資格＞
年齢・性別・プロ・アマ問いません。

＜原稿枚数＞
４５文字×１７行（１枚）の縦書き原稿、２００枚以上２４０枚以内。
※印刷形式は自由。ただしＡ４用紙を使用のこと。
※手書き、感熱紙不可。
※原稿には必ずノンブル（通し番号）を入れてください。

＜応募上の注意＞
◆原稿の１枚目には、作品のタイトル、ペンネーム、住所、氏名、年齢、電話番号、メールアドレス、投稿（掲載）歴を添付してください。
◆２枚目には、作品のあらすじ（４００字～８００字程度）を添付してください。
◆未完の作品（続きものなど）、他誌との二重投稿作品は受付不可です。
◆原稿は返却いたしませんので、必要な方はコピー等の控えをお取りください。
◆１作品につき、ひとつの封筒でご応募ください。

＜採用のお知らせ＞
◆採用の場合のみ、原稿到着後６カ月以内に編集部よりご連絡いたします。
◆優れた作品は、リンクスロマンスより発行させていただきます。
原稿料は、当社既定の印税でのお支払いになります。
◆選考に関するお電話やメールでのお問い合わせはご遠慮ください。

## 宛先

〒151-0051
東京都渋谷区千駄ヶ谷４−９−７
**株式会社　幻冬舎コミックス**
**「リンクスロマンス　小説原稿募集」係**

この本を読んでの
ご意見・ご感想を
お寄せ下さい。

〒151-0051
東京都渋谷区千駄ヶ谷4-9-7
(株)幻冬舎コミックス　リンクス編集部
「向《む》梶《かじ》あうん先生」係／「日《ひ》野《の》ガラス先生」係

リンクス ロマンス

# 月下の誓い

2015年9月30日　第1刷発行

著者……………向《む》梶《かじ》あうん
発行人…………石原正康
発行元…………株式会社　幻冬舎コミックス
〒151-0051　東京都渋谷区千駄ヶ谷4-9-7
TEL 03-5411-6431（編集）
発売元…………株式会社　幻冬舎
〒151-0051　東京都渋谷区千駄ヶ谷4-9-7
TEL 03-5411-6222（営業）
振替00120-8-767643
印刷・製本所…株式会社　光邦
検印廃止


ISBN978-4-344-83530-6 C0293
Printed in Japan

幻冬舎コミックスホームページ　http://www.gentosha-comics.net